三奴时代：婚奴 房奴 孩奴

等待我的茶◎著

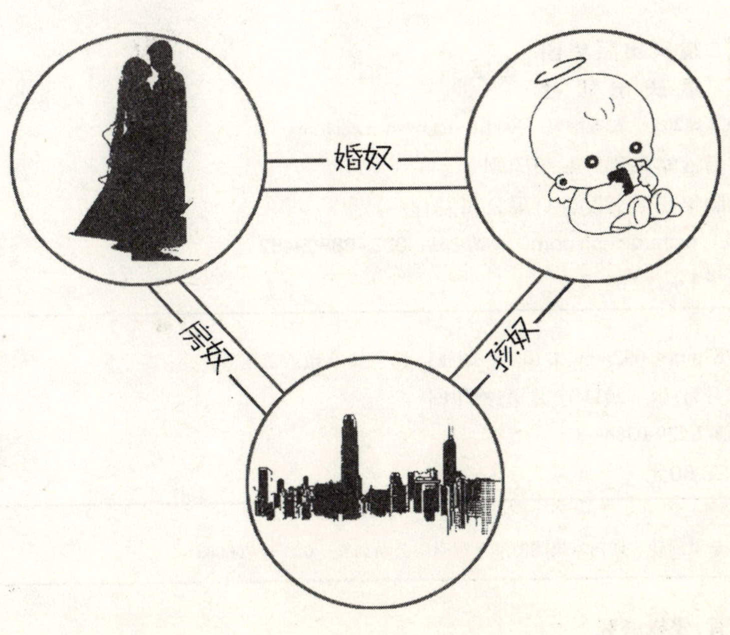

重庆出版集团 重庆出版社

图书在版编目（CIP）数据

三奴时代：婚奴　房奴　孩奴 / 等待我的茶著. --

重庆：重庆出版社，2011.7

ISBN 978-7-229-03887-8

Ⅰ. ①三… Ⅱ. ①等… Ⅲ. ①长篇小说－中国－当代

Ⅳ. ①I247.5

中国版本图书馆CIP数据核字(2011)第063790号

三奴时代：婚奴 房奴 孩奴

SANNU SHIDAI：HUNNU FANGNU HAINU

等待我的茶 著

出 版 人：罗小卫

策 划 人：方模启　赵海霞

责任编辑：陶志宏　汪晨霜

责任校对：胡　琳

封面设计：零三一五艺术设计

重庆出版集团
重 庆 出 版 社 **出版**

重庆长江二路205号　邮政编码：400016　http://www.cqph.com

北京市后沙峪印刷厂制版印刷

重庆出版集团图书发行有限公司发行

E-MAIL：fxchu@cqph.com　邮购电话：023-68809452

全国新华书店经销

开本：787mm×1092mm　1/16　　印张：15　　字数：222千字

2011年7月第1版　2011年7月第1次印刷

ISBN 978-7-229-03887-8

定价：26.80元

如有印装质量问题，请向本集团图书发行有限公司调换：023-68706683

目 录

CONTENTS

楔子 …… 001

第一卷 我为婚狂

第 一 章 狗血俗套的开头 …… 001

第 二 章 生命不息，相亲不止 …… 008

第 三 章 真巧，居然在这里遇见了你 …… 015

第 四 章 我们结婚吧 …… 024

第 五 章 凭你，也想跟我抢男人？ …… 034

第 六 章 赌气要嫁人 …… 040

第 七 章 无巧不成书 …… 048

第 八 章 婚姻备胎 …… 056

第 九 章 婚礼进行曲 …… 065

第 十 章 婚奴 恨嫁 …… 075

第十一章 宋宇，我们离婚！ …… 083

第二卷 走出蜗居

第十二章 房子越来越小了 …… 093

第十三章 要学会投资 …… 101

目 录

CONTENTS

第十四章 亲亲我的宝贝 …… 108
第十五章 你爸你妈，我爸我妈（1） …… 117
第十六章 你爸你妈，我爸我妈（2） …… 125
第十七章 再度遇到他们 …… 134
第十八章 借钱难，难于上青天 …… 142
第十九章 屋漏偏逢连夜雨 …… 150
第二十章 事情总会有转机的 …… 157
第二十一章 各为各家，成不了家 …… 164
第二十二章 我来接你回家了 …… 172

第三卷 沦为孩奴

第二十三章 差点在火车上生孩子 …… 179
第二十四章 妈妈，你不要哭 …… 187
第二十五章 婆婆不是妈 …… 195
第二十六章 谁偷走了我的“性福” …… 205
第二十七章 红杏出墙 …… 215
第二十八章 家花哪有野花香 …… 223
第二十九章 生活充满了狗血，但不俗套 …… 227

楔子

“小米，明天上午九点，老地方见，别忘了。”

接到段心蓝电话的时候，我正在用电磁炉烧热水，对着手机愣了一下神才反应过来：“明天，又是星期天，又是新的一个月了吗？”

“不会吧，小米，别告诉我你忘记了明天的约会。五年了，每月的第一个周末我们相约一起去逛步行街，这可是雷打不动的老项目了。而且这一天，我们要放开俗事，抛开男人，继续过单身女人的自由奢侈日子。最初，这个提议还是你提出来的，哪怕你结婚以后，我们也一直都是这么做的。怎么，这才刚刚生了孩子，你就忘了？”段心蓝笑着说。

的确，我是忘了。倒不是故意的，的的确确是太忙，忙忘了。

想当初，大学刚毕业初到S市的时候，见识了大城市的风花雪月，我们很是为S市的繁华和热闹兴奋了一把。逛街，吃饭，K歌，泡吧，所有年轻人喜欢的娱乐项目，我们都进行了一遍。

而后，过了好些天馒头咸菜果腹的清苦日子。S市消费太高，而我们工资太低，于是我就想出了一个又省钱又能娱乐自己的法子：每个月月初和段心蓝逛一回步行街，只逛不买，就算一定要购物，也要控制在一张红票子之内。这样还能增加老同学之间的感情，不能不说是一个好方法。

五年了，我们都是这样过来的，以前每到这个日子之前，都是我打电话提醒段心蓝不要忘记的。没想到，今天完全反过来了，而且，要不是她的这通电话，我根本就记不得还有这么一件事。

我只能对着电话苦笑了：“对不起，我真的忘记了。我已经出了月子，按说，是应该和你一起出门去逛逛的。这段时间我每天窝在屋里陪嘉嘉，都快发霉了。可是我实在太忙了，现在又不是自由身，怕是去不了了。”

“忙，你有什么好忙的？又不上班，孩子有你公婆帮忙带着，嘉嘉不是也在吃奶粉吗？我们只是逛个半天，这样也没时间？每次打电话给你，都是一副忙碌的样子，贝小米童鞋，你现在到底在忙什么啊？”

说实话，我可以跟段心蓝说我很忙，具体忙了什么，却也是说不上来的。

一般，我会每天早上七点左右起床，因为女儿嘉嘉就是在那个时候醒。起床之后，和公婆大人还有老公一起吃早餐，然后给女儿洗澡，搞一下个人卫生、家里卫生，这就差不多一上午了。再看看书做点儿自己的事情，陪女儿玩一会儿，然后吃饭午睡，看书陪嘉嘉。就这么的，一天的日子就过去了。

自从生了嘉嘉之后，这一个月，我差不多都是这么过的。生活重心就是孩子，偶尔间或的，想一下自己的人生目标，想着如何赚更多的钱。

“真够无聊的。”段心蓝哧了一声，“你现在的任务主要就是带好嘉嘉，赚钱是你老公的责任，你想那么多干什么？钱奴。”

“能不想吗？要养活我们这一大家子，还有房子要供，靠他一个人，累死啊。我就是一个钱奴，爱钱爱得要死。”这是实话，大大的实话，这世上没有谁不爱钱。没有钱，大家的日子都过不下去了。

电话那头沉默了下来，因为她也面临着跟我一样的问题：要生活，要养家，要买房子，于是都需要钱。

心蓝突然说道：“你果然不爱你老公，也难怪，你们当初仓促结婚，差不多是被你妈逼婚的。”

“为什么要这么说呢？”我十分讶异，跟宋宇的感情一路发展下来，虽然算不上狂风暴雨、浓情蜜意，两个人的感情也算是经历了许多考验。

心蓝居然说我不爱他？

“你天天以孩子为主，想着赚钱，就没想过老公，这能说是爱他吗？”

我哑然失笑，是啊，好像心蓝说得也不错，我们的婚姻比较混乱，是被逼着为婚而婚；然后买了房子，每天绞尽脑汁想的都是如何赚更多的钱；生了孩子之后，我每天就只顾着如何带好嘉嘉了。

才不到三十岁的年纪，却感觉自己苍老得像八十岁的老太太了。细想这几年的生活，只有一个字可以形容：累。因为，我们都做了生活的奴隶，婚姻、房子、孩子，这些最最现实的问题逼迫着我们学着长大，学着承担，学着成熟……

段心蓝的话不禁让我想起了从前，刚认识宋宇的那一年。

第一卷 我为婚狂

第一章 狗血俗套的开头

只能说，这个世界真是越来越变态了。

我，贝小米，典型的80后，20出头的青春美少女，人见人爱，花见花开，可爱到天下无敌。

就是这么一个大美女，居然落得了一个剩女的称号。

泪……被一大把烂菜叶子砸中脑袋，小样儿，你这20都出了好几个头了还青春美少女，你好意思说，人家还不好意思听呢。

好吧，我承认，咱这20出头出得有点过，都快奔三的人了。就算如此，也还是一个花样年华的美女啊，咋就被人称做剩女了呢？心里那叫一个悲凉啊，简直想仰天长啸，又怕被楼上的人扔臭鸡蛋，只好作罢了。

晚上打电话回家，将这一悲惨情况告知我家老太太，向她诉说着我的委屈："娘啊，你闺女被人欺负了。"

"怎么了？"电话那头马上就传来老妈的大嗓门，"谁敢欺负我们家小米，报上名来，我马上飞过去给你报仇。"

护短，是我们贝家最大的特色。

小时候，我跟隔壁的王二丫吵架，两人争抢一块饼干。被我妈看到了，我妈当机立断地上前阻止，以她大人对付小孩胜之不武的力道将饼干抢在手中，并对王二丫说："就这么几块饼干，还不够我们家小米吃，再拿几块过来吧。”

王二丫是哭着跑回家的，从此之后，老妈的恶名就在邻里之间传开了，她居然帮着自己家姑娘欺负别人家的小孩。于是，很多小朋友都不跟我玩了，一度差点导致我有一个悲惨的童年。

“我们公司的一个女人，仗着自己有几分姿色，就喜欢搔首弄姿的。成日里不务正业，工作不好好做，偏偏经理就吃她这一套。哼，那个好色的中年男人。”

那个死女人，同时周旋在好几个男人中间，我看不过去说了一句公道话，她居然就恶毒地诅咒我是剩女，说我嫁不出去，气死我了。

当我把这话告诉老妈时，她立马义愤填膺地来了一句：“敢说我的闺女嫁不出去？哼，贝小米，明天就找个男人把自个儿给嫁了。”

“妈——”

“赶紧找个男人带回来给我们瞧瞧，要是看着顺眼的话，老妈马上给你办嫁妆。”我一句话还没说完，就被老妈的吼叫声打断了。

不会吧，我傻眼了，她以为找男人跟买菜那么简单，说找马上就可以带回去一个啊？

差点忘了，我的急性子其实就是遗传自老妈，而且她的火暴脾气比我还要厉害几分。

“妈，我又没有男朋友，哪里去找啊？”

“大街上那么多男人，你随便拉几个回来遛遛不就行了？”

又不是遛小狗，我这边还在为老妈无比彪悍的话语震撼到无言，电话那头又飞过来一句话，当即震碎了我的小心肝。

“林志远回来了，不过带回来了一个老女人，据说他们马上就要结婚了。”

……

“小米，小米，贝小米，快回魂啦——”

“妈，你别喊了，耳朵都快被你喊聋了。”不过是失神了三秒钟，老妈就在那头鬼喊鬼叫个不停。

我知道了，其实她今天的脾气异于寻常地火暴，不是因为我被人骂了向她哭诉。

只是那个林志远回来了，还要结婚了，老妈受刺激了！

林志远，那个林志远，我的心里涟漪荡漾的，感觉有很多小剪刀在咔嚓咔嚓的。

电话那头，老妈还在那里絮絮叨叨：“哼，那个没良心的男人，他还好意思回来。一回来就要结婚不说，他妈还神气活现地到我们家来下请帖，说她儿子要跟他们公司老总的女儿结婚了。哟，这就是出息了，养了一个吃软饭的小白脸，还好意思出来跟我炫耀。”

事关女人的虚荣和脸面问题，老妈火气十足，噼里啪啦不停地向我发泄着，足足有半个小时。

眼看着手机开始提示电量不足就要关机了，我们为中国移动的飞速发展又作出了一份贡献，我却不敢吭气，只能任由老妈发泄着。

谁让我就是那个最初肇事的罪魁祸首呢？

说起来就是再俗套不过的剧情了，老妈和林志远的妈妈是一个厂里的同事，表面上看是好姐妹，二十多年的老朋友了。

不过女人嘛，就是这么的奇怪，上一秒钟还是朋友，也许下一秒就可以变成仇敌了。

年纪相仿，样貌不分高低，老妈和林太太从年轻开始就喜欢较劲。两个人比拼工作能力，炫耀各自的爱人，然后就是孩子了。

林志远比我大两岁，也算是同学吧，同一个小学同一个中学甚至同一个大学。青梅竹马、两小无猜，我们是彼此的初恋，多么浪漫的爱情啊。

但是，请注意，一般狗血的剧情里，初恋都是没有好结局的。生活，虽然不是到处充满了狗血，却也脱离不了俗套。

先我两年毕业，在学校里也确实比我优秀许多的林志远毕业的时候，签到了S市的一家科技公司。比较幸运吧，工作一开始就有了着落，而且待遇不差。

去南方打拼之前，他与我约定了，先在那里打好基础等着我。两年后我毕业也去S市，有他照顾着，我就不会吃苦头了。

这年头，大学生也就是一棵金子做的烂白菜，高价种出的不中看也不中用的物件。在博士硕士满天飞的S市，一个大学毕业生想要找到一份好工作比登天还难。

所以，当年林志远的那番话着实感动了我，特别是那句："小米，放心，我一定会照顾好你的。"

当时就让我乐开了花，回头就给老妈打电话，让她准备嫁妆，我打算一毕业就把自己给嫁了。

只是可惜，计划永远没有变化快，就在大四下学期，我准备南下的时候，林志远的电话却突然打不通了。

本来我所学的专业求职范围就比较狭窄，在S市其实不好找工作的。老爸舍不得我吃苦，想让我回老家，托关系把我弄进一中做老师误人子弟。

可是，为了林志远，我拒绝了老头子的好意。

以为林志远只是手机出了问题，我还是依照原定的日子踏上了南下的列车。甚至在火车上还是志得意满的，总是隔着电话线诉衷肠的小情人就要见面了，自然是无比地滋润和喜悦。

下了火车之后，才发现，形势比我想象的要严峻多了。

在火车站足足等了三个钟头，没有人来接我，无奈之下只好拨通了表叔家的电话。

这个所谓的表叔是我爷爷的不知道哪门子的表姐的儿子，20世纪80年代末期南下闯荡，几经艰难险阻成就了一番事业。而后，衣锦还乡，右手上戴着两颗硕大金戒指的表婶，到家里串门子的时候总会忆苦思甜。

诉说当年他们是如何如何艰难困苦，没有一个人帮忙，她和表叔是吃了多少苦头才有今天的好日子云云。

现在日子稍微好过了一点儿，总会有许多人找上门，七大姑八大姨的。

"当然了，我不是说你们，小米大学毕业之后要不要到S市找工作呢？到时候去找表叔吧，放心，多一个人吃饭家里还是没问题的。"表婶笑眯眯地说着，还对妈妈感慨道，"我现在算是体会了一句老话：穷在路边无人问，富在深山有远亲。"

为了这句话，老妈怄得要死，再三嘱咐我，做人要有骨气，以后咱就算穷死饿死在路边，也不会去找他们的。

只可惜，骨气是不能当饭吃的，当我一个人拎着大行李箱，还有一个大背包站在火车西站外面，原本还是阳光灿烂，等了几个小时之后开始电闪雷鸣，瓢泼大雨倾盆而下的时候，我还有选择吗？

表叔倒是很客气，马上就开车将我接到他家了，表婶让我在她孩子房里打地铺。两个男孩子，一个六岁，一个三岁，调皮捣蛋得很。

“小米，这样吧，你白天去找工作，晚上就教表弟们做功课吧，反正你闲着也是闲着。”

寄人篱下，我能说什么？反正他们觉得我是闲人。

白天奔波于人才市场和各个招聘会现场，晚上回来之后还要对付两个小魔头，还要帮他们做家务。

工作不好找，文科毕业生说好听点儿，是人文艺术气质浓厚，其实没有一点儿真功夫，没有一技之长。

往往，用人单位一句“我们要招的是有两年以上工作经验的人”就将我们拒之门外了。

偶尔碰到有单位愿意招新人的，人家要的是博士硕士以上学历的，或者专业英语八级以上的。

泪，都是要求高端人才，我们这样的普通人该怎么混啊？

就这么一边辛苦找工作，一边继续拨打那个电话，不死心地打，一次十次一百次，每次都能听到那个甜美的女声：“您所拨打的电话已关机……”

到他的公司去找，前台小姐给我的答案却是他们公司根本就没有林志远这个人，他在S市的同事朋友我不认识，几个旧同学也都说没有他的消息。S市这么大，除了打电话，我根本就不知道去哪里找他。

每次出去找工作，去人家公司面试的时候，表叔表婶忙，我自然是自己坐公交车前往。偌大的城市，拿着地图也找不到路，有好多次是因为坐过了站，面试迟到了。失去工作机会是一方面，还经常被人训。

“现在的年轻人，真是的，一点时间观念都没有。说好了是2点半的，你3点都没到，面试时就已经这样了，还敢指望你有好的工作态度吗？”

我只能满脸堆笑地道歉着，把痛苦和泪水往肚子里吞。

其实我很早就出门了的，可是坐车坐过了站，身上带的零钱又用光了，我只好往回步行到这家公司。踩着5厘米的高跟鞋，走了足足十五站路。

更有一次，我去面试的时候，对方的副总说："对不起，贝小姐，你这样的形象不符合我们公司吧？作为公司的女职员，代表的是企业形象，有客户来的时候，看到你这个样子，会以为我们公司用人不正经的。"

穿着衬衣牛仔裤，清汤挂面就叫不正经，像你的秘书小姐那样，穿着露脐露背装，那才叫正经，才代表了你们公司的企业形象吗？

我深呼吸，指甲狠狠地掐进手心里，直到掐出血来了，才忍住了将杯里的水泼向那个脑满肠肥的猪头的冲动。我笑笑地对他说了一句："对不起，我来错了，原来你们要招的是接客的小姐啊。"

然后，转身拿着自己的简历离开了。

是出了一口气，清高骄傲，可是，工作依然没有找到；那个男人，依然是渺无音讯。

我打电话回老家，支支吾吾地不敢实话实说，只是问好说废话，说了一通之后，林太太才无意中提了一句：志远前几天才打电话回来，说他在外面一切都好，小米，你们要好好过啊。

林志远往家里打电话了？那他现在在哪里？

"阿姨，志远的手机前几天丢了，他是在哪里给你打的电话啊？来电显示是什么号码？"

"哦，这样啊，我说呢，怎么这么奇怪，那个号码是很长的一串数字，比手机号码多了几位数，应该是公用电话吧。"

握着手机，我很长时间都没反应过来，林志远，这一切到底怎么回事？

如果你的手机真的出了问题，你可以打电话回家，为什么就不能给我打个电话告知你现在的情况呢？

就是怕他找不到我，到了S市之后我也一直没有换手机号码，长途加漫游，手机话费消耗得很快。

有一种直觉，林志远这样的突然消失是躲着我，越想越是担心害怕。

偏偏，这些委屈我只能往肚子里吞。

爸爸妈妈是极力反对我到这边来找工作的，特区生活的花花世界，女孩子很容易迷失自己，这是爸爸的原话。

可是为了所谓的爱情，我不顾一切地来了，来之前爸爸就对我说："小米，你长大了，该学会为自己的行为负责了。"

S市是一个经济发达的城市，消费水平自然也很高，不到一个月，我所带的2000块钱就花了个精光。

自然，我也不好意思找表叔表婶借钱，就在我快要走投无路的时候，机遇来了，关外一家台资企业向我抛出了橄榄枝。

是文字方面的工作，工作内容繁杂，工资很低，摆明了欺负新人使用廉价劳动力，试用期才开出1K的薪水，还不包吃住。

1K，在沿海经济发达城市，只够一个月的吃穿住用，不能买漂亮衣服和化妆品，不能下馆子吃大餐。

我和三个人合伙租了一厅室的房子，每天自己做饭。

这些，我都可以承受，因为我相信，只要我努力工作提升自己，以后会有更好的机会在前面等着我；只要我坚持不放弃，找到了林志远，他会给我一个好的解释的。

就这么又熬了一个多月，我回学校论文答辩拿毕业证，遇到了一位回学校办事的学长，他是林志远的同窗好友。

学长看见我的时候，欲言又止、吞吞吐吐、欲语还休的，我憋闷得要死："有话快说，有屁快放，一个大男人这么窝囊的干什么？"

"难怪林志远不要你，贝小米，你还是不是女孩子啊，说话这么粗俗。"学长的话语脱口而出。

第二章 生命不息，相亲不止

林志远不要我了，这话什么意思？

我上前一把揪住学长的衣服，恶狠狠地说："什么林志远不要我，不要胡说八道，你给我把话说清楚。"

在人来人往的学校主干道上，道貌岸然、西装革履的学长被一个小学妹欺压着，吸引了无数校友驻足的目光。

学长双目圆睁，怒瞪着我，双方僵持了近一分钟。终于，学长放下所有的矜持犹豫，把他知道的事实真相都告诉了我。

原来，我之所以打不通林志远的电话，是因为他已经出国了；而林志远之所以突然出国音讯全无，是因为他们公司老总的女儿看上他了。

老总的女儿知道林志远有一个青梅竹马的女朋友，许诺他，只要他抛弃女朋友跟她在一起，不仅可以提升他做公司的副总，以后，公司的一切也都会是他的。

他们老总就这么一个宝贝独生女。

对任何一个男人来说，这样的诱惑都不能不算大的，娶了富家千金，岂止是可以少奋斗三十年啊，在S市已经住过两年的林某人深知金钱和权势的重要性。

他屈服了，可是觉得无颜见江东父老，于是和老总的女儿一起出国深造去了；更加觉得不好对我交差，心里有愧，于是就选择了突然消失这种极端的方式。

这就是学长所了解到的情况。

有愧？如果真的有爱，需要用愧疚来解释吗？

好啊，林志远，既然你选择了用这种方式来飞黄腾达，那我要用自己的行动证明给你看。

靠着自己的实力努力工作，我一样可以在S市站稳脚跟，买房买车嫁个好男人，这就是我奋斗的最终目标。

没想到，三年过去了，林志远回来了，和一个女人一起，说他要结婚了。

那个女人就是他们公司老总的女儿，也是他背叛我们之间爱情的原因吗？

林太太的炫耀行为刺激到老妈了，于是乎，她给我打来电话，一接通就直接下令："贝小米，从明天开始，你给我去相亲，每天认识一个男人。我就不相信，找不到一个比林志远更好的。哼，他们老林家的婚事要到国庆时举行，现在才6月，小米，加油，争取9月之前把自己嫁掉。"

"老妈，你开什么国际玩笑？"

婚姻是一辈子的大事，岂能儿戏？为了赌一口气就逼着我快点嫁人，还加油呢，以为我在跟人百米赛跑啊？

我发现，随着年龄的增加，老妈的智慧有呈负增长的趋势了。

"哼，我贝家的女儿哪点比人差，凭什么他就可以甩了你？不蒸馒头争口气，我告诉你，贝小米，你今年不把自己嫁掉就别回来见我。"啪的一下，老妈将电话挂了。

我和林志远的分手，爸爸妈妈很生气，一方面替我不值，好歹一青春年华的花样美少女，却被一只四眼田鸡甩了？另一方面也是替我担忧，一开始知道事情真相的时候，我伤心了好久，十多年的感情岂能轻易地说散就散？

这三年来，我努力工作，逐渐能够在这个竞争压力大的城市有立足之地，其中的艰辛苦楚有几个人能明白？除了拼命工作，三年来我没有再交过一个男朋友，也没有跟任何一只雄性动物过往甚密。

眼见着，已经过了二十五，接近三十大关了，老妈自然是焦急起来了。每次打电话回家的时候，总免不了叨唠一番。

这次，被林家的人这么一刺激，老妈的愤怒出格了。

我没把老妈的话当一回事，她远在千里之外的老家，对S市一点都不熟悉，不认识半个人，也从来没来过S市，怎么给我安排相亲啊？

于是，我照常上班，晚上回家之后上上网看看小说，偶尔加加班，和几个同学同事逛逛街，继续过我快乐悠哉的单身日子。

周末的时候，却突然接到了表婶的电话。

虽然不是很喜欢，却对表叔表婶是充满了感激之情的。毕竟，当年如果不是他们的收留，我的境况不知道要比现在凄凉多少倍呢。

后来找到工作就连忙搬离表叔家了，隔三差五地却还是会带点小礼物去表叔家联络感情的。

主动给我打电话，却是这三年来的第一次。

“婶，我还准备闲一些就去看你和叔呢，没想到你先给我打电话了。”

电话那头，传来表婶一阵非银铃般的笑声，致富之后，表婶的底气也足了很多，说话的嗓门分贝很大。我忍住将手机拿远一点儿的冲动，貌似恭敬地又听表婶诉说了一番发家致富、朋友亲疏之类的感慨之语，然后，她终于将打电话给我的真实意图说了出来。

竟然是真的，要我去相亲！

原来，我以为束手无策的母亲大人为了让我早日嫁人，竟然给最讨厌的人打电话，拜托表婶介绍几个青年才俊给我认识。

闲来无事的表婶欣然答应，行动力很强大，马上就在她所认识的男性同胞中搜索了一圈，为我寻找合适的相亲对象。

打电话就是告诉我这件事的，时间地点都已经约好了，让我盛装打扮前往就可以了。

我可以不去吗？

老娘真是病急乱投医啊，不是我戴着有色眼镜看人，事实就是，表叔表婶都是穷苦孩子出身，从包工头发家的。就算现在号称是开公司做了老板，手底下也就拥有几支建筑队，所认识的人也以民工居多。

对于表婶所介绍的对象，我深表怀疑啊。

我贝小米再没人要，也不能委屈自己，随便找一颗歪瓜裂枣就把自己给嫁了啊。

不过，却也不敢不听表婶的话，再不满，我还是乖乖地打扮一番，准时到了相亲地点。

果然，表婶给我介绍的相亲对象——我不知道该用什么词来形容才好，总体来说，都是非常具有中国特色的。

表婶给我打电话的第二天，我就上阵了，雄赳赳气昂昂的。表婶说，那个男人是表叔手下的得力干将，公司的财务部经理，也是从我们H县出来的。

同一个地方出来的，在地区文化差异上不会相隔太多，交往起来比较方便。

“小米，你婶说了，小陈虽然已经三十岁了还没谈过女朋友，那是人家要求高。小陈长得一表人才，人又老实，家里盖了四层楼的大房子，银行存款6位数。也不会出去乱搞，这样的男人哪里找去啊？”老妈在电话里把我的相亲对象夸得天花乱坠，天上有地下无的。

表婶的说话风格我知道，只有三分真，再到老妈这里一夸大，我愈发怀疑起这位小陈先生是否太过于优秀了才始终找不到女朋友。

幸好我事先作了充分的心理准备，真正见到那位小陈先生时，才不至于惊讶到失礼。

身高——我打赤脚时164cm，小陈先生以我的目测观察，应该有我肩膀的高度，这样看来，应该不会比150cm矮。

体重——说实话，我不算苗条，看到这位小陈先生之后才终于知道，自己太瘦了。初步估计，他应该有80公斤左右吧。

这就是表婶说的一表人才？

我对男人的要求是不是太高了？

不想做以貌取人的人，所以很努力地跟小陈先生亲切交谈，想发掘一下他潜在的优势。

“小贝啊，我家里没有其他的兄弟姐妹，结婚以后，那四层楼的大房子就是我们两个人的了。”

“小贝啊，我这个人呢，对女方要求其实很简单的，两个人看着顺眼就处处（第三声，在方言里就是相处的意思），争取一年之内结婚生孩子。任务完成之后，把孩子留在老家，我爹妈会帮我们带着，我们专心地在这里打拼赚钱就可以。”

“小贝啊……”

表婶跟我说，这位小陈先生是因为太内向了，不会说话才不讨女孩子欢心的，这叫做内向？

第一次见面就可以夸夸其谈到这种地步，连结婚生孩子以后的事情都考虑到了。看着小陈先生那张嘴不停地张张合合，一口黄牙经常性地暴露在我的面前。

费了很大的劲，才没让刚刚吃进去的大闸蟹又溜出去。说实话，我肯答应来相亲，很大一部分程度也是冲着这顿免费的海鲜大餐来的。

中间，小陈先生拿了一支烟出来，刚点燃，就被餐厅里的服务生上前制止了。他嘴里咕哝了一句，没听太清，但我猜测是我们家乡话里骂人的意思。

到了最后，小陈先生看着我，貌似深情款款地说着：“小贝，我们、我们什么时候结婚啊？”

呕——我终于忍不住了，直接往洗手间冲去。

于灿乐不可支：“小米，你也太缺德了，那个男人有你形容的那么经典吗？”

我点头：“岂止是经典，是经典中的精品。我表婶也真厉害，从哪里找来的男人，都极品得让我无话可说。”

表婶的办事效率非常之高，一次性就连续给我安排了七场相亲，一个星期的夜晚就这么的泡汤了，把我给累死了。

除了那位小陈先生，第二天遇到的那位先生有龅牙，对不起，我又以貌取人了，出局；第三天晚上，忘了名姓的某某先生约的是逛街，在步行街买了两瓶可乐，一瓶现在解渴，一瓶说是给他回去路上喝。

无视我的咨询眼神：我的，我的呢，为什么你不给我买瓶可乐？

这样的已经够戗了，没想到，第七天晚上见到的那位先生，更加让我无言以对。

好歹人家也是一名牌大学毕业的高才生呢，据说在某外资企业工作，月薪是五位数。我刚刚到达指定的餐厅，屁股还没坐热，某某先生就说：“贝小姐是吧？我是×××，今天晚上这顿饭，我们AA制吧。账算清楚比较好，我不想跟女人有财务纠纷。”

我还不想跟你有任何纠纷呢，这句话只放在心里说，我倒想看看，这位先兵后礼的先生还能跟我说出啥样的话来。

据说，这位先生是学经济的，所以说的话也都很有“学术”味道：“为了符合经济利益，我们先交往一个月试试，要是合适，我们就结婚，交往的时间太长了浪费钱，不划算。结婚的花销，我们一人出一半，结婚以后肯定要买房子。这样吧，我是男人，首付我就出大头，出三分之二，剩下的你出。每个月我出房贷，你出生活费，怎么样？”

天啊，这个世界上居然有比小陈先生还具有前瞻性、自言自语、自说自话、霹雳无敌的男人，到了最后，不用说，落荒而逃的那个人只能是我了。

于灿哈哈大笑：“小米啊小米，你真厉害。”

“过奖了。”

我翻了个白眼，明白这句话翻译出来其实是：小米，你真厉害，这样的人居然也能让你遇到。

当初，我找到第一份工作时，于灿是我的同事，是她带着我做事的。我们建立了深厚的感情，而后，一起努力工作，一起跳槽，一起租房子。

三年下来，我们是好朋友好同事而且也是好室友，换到这家公司以后，两个人一起在公司附近租了两厅室的房子。

于灿跟我同龄，长得比我漂亮，身材比我好，追她的男生一大通，可是人家眼界高，至今也没有交一个男朋友。

在一堆男人中间周旋着，却又都保持着距离，洁身自好，对于这一点儿我尤为佩服。

知道我要去相亲，她乐得跟什么似的，非要我每次回来都跟她报告。相亲现在可是一种时髦的活动呢，是许多剩女周末出游的首选。

于灿凑到我身边，贼兮兮地笑着：“小米，你还要继续下去吗？生命不息，相亲不止，到了最后，估计会人财两失的。听姐一句忠告，光靠相亲是找不到好男人的，这年头好男人哪里会沦落到要靠相亲混日子？晚上跟我去夜店，抒发一下心情如何？”

我坚定地拒绝着，头摇得跟拨浪鼓似的。

不是我假清高，以前也跟于灿一起去过几次酒吧，除了刺眼的灯光、嘈杂的音乐、贵得离谱的酒精，我看不出那个地方有什么好的。

偏偏，这个小丫头喜欢往那个地方钻。

相亲遇不到好男人，难道去酒吧就能碰到？好不容易今晚表婶没给我安排节目，我是打定主意要在家里好好休息一下的。

于灿不死心，继续游说着，估计今天是没有男伴相陪才又将主意打到我头上来了。打从上次我在酒吧被一恶心的痞子男搭讪，还差点被人家轻薄之后，就诅咒发誓再也不去酒吧这种地方了。

“不要这样，小米，我请客，好不好？”

手机铃声适时地响起，解救了我被某女的口水淹没的命运。我对着于灿做了一个抱歉的手势，起身到阳台上接电话去了。

“小米，最近，好吗？”

刚好于灿将电视换了一个台，嘹亮的歌声干扰了我的听觉，电话那头的声音听得不是很清楚：“喂，你说什么，再说一次好不好？”

“小米，是我。”电话那头传来一声叹息。

听见这个熟悉的声音，我呆住了，一时之间不知道该如何反应才好。

第三章 真巧，居然在这里遇见了你

听见电话那头那个熟悉的声音，我呆住了，一下子不知道如何反应才好。

那个人也不需要我的反应，自己就接着说："我回来了，回来有一个月了。一早就想给你打电话的，却没有勇气，今天给你打电话——"

"林志远，我们之间还有话说吗？"我不客气地打断了他的废话，只差直接挂电话了。怕有四年了吧，我们没再通过电话。

林志远苦笑了一下："小米，你的脾气还真是一点都没变啊。还是那么直爽，快人快语。好，我也长话短说，国庆我要结婚了。不过我心里很不安，想得到你的祝福，可以吗？"

"靠，死男人，祝福你妈个头。"对着手机大吼了一声，我直接挂断了电话。

他还好意思，好意思要我的祝福？

"小米，怎么了，火气这么大？"手里拿着一罐啤酒，于灿也走到阳台上来了。

对着外面璀璨的星空，仰头就喝了一大口。

"妈的，林志远要结婚了，居然打电话找我要祝福。"

"天下乌鸦一般黑，妈的，全中国13亿的人口起码有一半品性是男，为什么我们就遇不到一个好男人呢？"

对于林志远的事，于灿是知道的，当年我就曾趴在她的怀里痛哭失声。虽然她没讲，我知道其实这个女人也有类似的遭遇，对我的痛苦有着了然的体会，惺惺相惜，我们才会建立了深厚的友谊。

时间是治愈伤口最好的良药，于灿与我治疗情伤的方法却不一样，看着她周旋在一个个男人中间笑靥如花。

我知道，那只是人前，人后，于灿心里的苦只有她自己明白。

看着她一口一口喝酒的样子，我也无法再做一个假淑女了，一把夺过于灿手里的啤酒罐，顺势将剩余的啤酒全部喝完了。

苦涩的液体顺着喉咙滑入胃里，却慢慢地驱赶了心里的苦。难怪，很多人在不顺心不如意的时候喜欢喝酒。

“喂，抢我的东西干什么？要喜欢喝，我们一起去酒吧喝个痛快啊。”

“好啊。”这次我没再多说什么，很干脆地就点头答应了。

真是道德沦丧，居然沦落到要去酒吧买醉了。

看着我，于灿脸上露出一个苦笑：“这年头，想做一个好女人咋就这么难呢？”

看着对面坐着的那个男人，我在心里感叹着，这个世界真他妈的小啊。我这都要赶上电视连续剧的狗血剧情了。

这是我的第八个相亲对象，本来在经历了那七次打击之后，我是坚决不想再去相亲了。至少，不再相信表婶的眼光了。

听了我的哭诉，老娘也怒了：“我贝家的宝贝闺女，怎么能随便让那些人糟蹋？”

幸好，母亲大人总算是消停了，也明白了靠相亲是遇不到好对象的。于是，我过了清净的一个星期，每天晚上下班以后，可以回来好好休息了。

没想到，也仅仅是一个星期，昨天晚上，再度接到老娘的命令：“明天晚上八点，科技园附近的上岛咖啡，你记得，要给我盛装打扮准时出席。”

原来，只是暂时的偃旗息鼓，老娘居然雄心不减，还不给我死心。我可不想再被那些极品男人寒碜到了，严重抗议：“妈——”

“贝小米，给我废话少说，赶紧找个男人嫁了才是正经。你放心，这次老妈的眼光绝对好，是你爸爸同学的同事的朋友的女儿的同学。当时在学校里还是优等生，学习成绩很好，工作几年以来，也都一直干得很出色。”

经不起老妈的疲劳轰炸，我终于答应了，再去见一个男人。

反正七个都见了，再见上第八个，我也吃不了亏。还据说，这个男人非常优质，是目前本市最热门的软件工程师。

既然这个男人这么优质，老爸的同学的同事的朋友的女儿为什么自己不要呢？俗话说得好，肥水不流外人田啊。记得那位老爸的同学的同事的朋友的女儿如今也已三十一枝花，还是单身，还在愁嫁呢。

老妈说，他们性格不相投，看不对眼。据称，那个男人是非常居家型的，不抽烟不喝酒不出去玩，除了工作就是认真学习，偶尔周末出去玩乐一下，也就是爬山逛公园。

这样的男人现在还真是很少啊，反正我就住在科技园附近，去喝杯咖啡也不错。去之前在电话里可是问清楚了，这个男人还没有无良到让我付餐费的地步。

结果，一到了上岛咖啡，服务生把我领到约定的桌位前，昏暗的灯光下坐着一个熟悉的人影。

定睛一看，我愣住了。

好像是叫什么宋宇吧，他抬头看见我时也露出非常吃惊的表情。随后笑了一下，站起身向我伸出了右手：“贝小米是吧？你好，我是宋宇，请坐。”

然后，指了指对面的位置。

坐下之后，看着面前的桌上放着一杯白开水，还隐隐地冒着热气呢。又重新站了起来，以为自己坐错了位置。

“你坐啊，我不知道你喜欢喝什么，打算等你来了再点饮料。贝小姐匆匆赶来肯定又热又渴，所以先帮你叫了一杯温开水。”宋宇轻轻地说着，棱角分明的脸上有着淡淡的笑容。

那天醉眼蒙眬没看清楚，现在仔细一看，这个男人有着刚毅的脸庞、温和的眉眼，两种不搭调的性格很好地在他脸上融合着，做事很细心。

是一个很有个性的人，我在心里下了结论。

这个男人是很好看，可是我不敢看啊，越看越是尴尬。低着头，埋首在自己面前的水杯中。

“呵呵，原来，你这么喜欢喝白开水啊，都快用鼻子去喝了。”

对面传来轻笑声，我抬头，飞了他一眼，然后继续低垂着脑袋瓜子，维持着淑女的最高品质：静悄悄地不吭声。

“真巧，居然在这里遇见了你。”

这下子，我再也沉不住气了，一句不长脑的话就这么脱口而出：“你别想赖上我，我还没让你为我的处女身负责呢。”

“你是说，那是你的第一次？”这下子，那个男人再也笑不起来了，望向我的脸色凝重了起来。

这张刚毅的男人的脸上又明显地流露出忧伤的色彩，看到这一幕，自然而然地，我又想起了那天晚上……

那天晚上，因为接到了林志远的电话，我的心情非常不好，于是答应了和于灿一起去酒吧买醉。在那种嘈杂的环境中，当时就看到，宋宇一个人坐在吧台边喝闷酒。

身材不错，长相不差，看起来像是一个白领。他一个人坐在吧台前，非常引人注目。当时于灿就看对眼了，笑眯眯地上前搭讪。

“帅哥，一人独饮不如二人对酌，我们俩来喝一杯吧。”

扑哧，当时我就笑出来了，实在受不了于灿的文绉绉。也许就是这一笑结缘了，宋宇没有接受于灿的邀请，反而是端着酒杯走到了我的面前。

于灿那个死丫头，马上就找借口溜到别处去了，临走之前还附在我耳边悄声说：“这个男人外形不错，应该很好用，加油，把握机会哦。”

二十五岁的老处女是会被人嘲笑的，这是她经常挂在嘴边的一句话。是奚落我，也是一种自嘲，这些年于灿交了一个又一个的男朋友，却没有一个深交的。

究竟是我们要求太高了，还是好男人越来越稀少了？

看一眼就能知道好坏吗？这女人，光想着把我往狼窝里推，就不怕我被人生吞活剥了啊。

不过今天的我，却不想计较那么多了。

那个男人看起来，并不像是经常流连这种地方的，坐在吧台边，双腿并拢，全身都带着一种紧绷。而那张雕刻般的国字脸上，有着的，却是满满的忧愁。

这个男人跟夜色的氛围实在很不相符的，这样一个男人，为什么也会到酒吧来？带着这样探究的心理，我和他喝起酒来了。

你一杯，我一杯地喝着，一直喝到大家都酩酊大醉。甚至都不知道，是如何离开的。

醒过来的时候，该发生的不该发生的都已经发生完了。两个人都躺在宾馆的大床上，身无寸缕。大家都是成年男女了，自然知道发生了什么事，当时宋宇就指着床上的一大片红色，一脸惊恐地对我说："你——"

"没什么，我大姨妈来了。"挥一挥手，我很随意地说着。

其实，当然是他脸上的惊恐伤害了我，所以，我宁愿找一个借口欺瞒。

这年头的处女实在是太稀缺了，所以宋宇很轻易地就相信了我的话，就当做是一夜情吧。天亮以后说分手，在这个荷尔蒙泛滥的时代是很正常的事情。

这个城市有几千万人口，两个人重逢的机遇太小了，所以我也没把这件事当回事。不就是失去了那层膜吗？有什么了不起的，也不是有意为某个坏男人守身如玉的，从那年他一声不吭地离开之后，我已经看开了。

爱情，不过就是那些男人甜言蜜语欺骗小女生的玩意，我严重怀疑琼瑶阿姨对于美丽爱情的描写。

在现实生活里，爱情，绝对不会是太美的。

抱持着无所谓的态度来的，谁知道，这次的相亲对象居然就是那个男人，那个第一次就占据了我的身体的男人。

眼看着宋宇的脸色越来越僵硬了，我生怕他说出对不起或者再说关于那天晚上的什么话语，我赶紧抢在他要开口前面说："是啊，第一次，今天是我们第一次见面，宋先生，你好啊。"

宋宇的嘴巴闭紧了，他就这么看着我，身子微微往后倚，靠在椅背上。

脸色是高深莫测的，看不出他在想什么。

过了一会儿，宋宇对我微微一笑，似乎同意了我的提议。

接下来，两个人的对话就比较正常了，无非是互相关于年龄性别职业籍贯之类的询问，这是相亲男女第一次见面聊天时最安全可靠的话题。

然后，就都没话说了，各自望着面前的咖啡杯发呆。

按照他刚才自己的描述和介绍人所说的，这位宋宇先生还是很不错的，是一只绩优股。

他是一个凤凰男，出生于M城的某个小农村，靠着自己的勤奋努力考上大学。毕业之后到S市来打拼，月薪由最初的2K到如今的8K，还了上大学的欠款，还在老家盖了新房子。家里还有一个姐姐，比他大四岁，早就嫁人生子，外甥女都可以打酱油了。

外形不错，条件一般，人品尚可，在这个男女比例接近1:7的城市，这样的男人应该比较抢手的。

他怎么会沦落到要到酒吧去喝闷酒？

我还依稀记得，当时宋宇一个人埋头苦喝酒，情绪不是很好，隐约听到他说什么你为什么要离开我之类的话语。

当然了，我并不想让自己的好奇心发扬光大，既然打定了主意忘记那一夜的事情，又何必跟他多做纠缠呢？

喝完咖啡很快就离开了，只觉得，今天喝的咖啡没有平日里的香甜。喝完之后，嘴角心里，总是带着一丝苦涩。

女人，对第一个穿透自己身体的男人总是有特殊感情的，男人恐怕就不会了吧。

因为之前说好了的，这是最后一个，老娘不能再远距离遥控地给我安排相亲了。

因此对于这一次她非常看好的对象很紧张。

“小米，你对那个宋宇印象如何？”

“他条件挺不错的，你有啥不满意的？”

“宋宇刚好大你三岁，你们的八字我去测过了，很合适的。M城离我们H县也不远，以后要回娘家也很方便啊。”

老妈想得真是高瞻远瞩啊，连回娘家的距离问题都想到了。自从我说了不太满意这次的相亲对象之后，她就是一天一个电话，拼命地向我推销。

虽然没有见过，好像她对宋宇印象是很好的。

我刚准备冲电话那头的人吼：老妈，是你要嫁人还是我啊？我不喜欢他你却逼着我嫁？却听到老娘说："昨天，宋宇特地打电话到家里来了。"

居然把电话打到我家里去了，那个宋宇，他到底想干什么？

那天晚上，看他跟我说话时不冷不热的样子，对我的观感应该也很一般。而且，我以为，当时他也默认了，我们只是两个毫不相干的陌生人，以后也不会再有交集的。

"妈，宋宇他、他打电话到家里干什么？他怎么知道家里的电话的？"问出这句话时，我的心情是非常紧张的。

手心都开始冒汗了，手机濡湿了许多。

"宋宇打电话给我们，除了问候，主要就是要你的手机号码。他问了你刘姨，你刘姨又不知道你的手机号码，所以才告诉他家里的电话的。"老妈解释着，又加了一句，"看来宋宇对你的印象也很不错，所以才会这么千方百计地想得到你的联系方式的。"

正是这样我才害怕啊，那一天我是脑壳坏掉了才会说那一句话，我可没忘记，宋宇听到"第一次"时脸上那奇怪的表情。

防雏甚于防洪水野兽，正是他脸上算计防备的表情让我觉得很受伤，所以才果决地堵住他的嘴，说我们是第一次见面的。

不就是怕我趁机讹诈他吗？真好笑，我都已经避开了，他还穷追不舍干什么。

担惊受怕地过了好些天，却一直没有接到陌生男人的电话，渐渐地我也就没将这件事放在心上了。

依旧每天上班回家两点一线地生活着，下班之后就乖乖地宅在家里，别说再跟着于灿出去鬼混，甚至连房门都很少出。

反正有了网络知天下，吃饭都可以打电话叫外卖的。

其间，倒是经常收到这样的消息：林志远老婆的娘家来人了，开着大车小车可气派了，各种名牌礼物送了一大堆，还给林太太封了一个大大的红包。

据说，林志远在S市买了房子和小车，都是他岳丈大人帮着买的。

据说，在美国镀金三年的林志远一回来就做了那家公司的副总。

据说，婚礼上的各种花销都是女方出的，林家这次娶媳妇一分钱没花，还赚了一大笔礼金。

这些据说，自然又是三姑六婆寒暄时林太太得意洋洋地在老妈面前炫耀的。

万分气愤的老妈将心里的怒气转嫁到我身上来了："不知道他们家是要娶媳妇还是卖儿子。哼，有什么了不起的，贝小米，你去嫁一个比林家更好的男人给他们看看。"

又来了，老话重提，无非是命令我快点找个男人嫁了。这次还比较直接，有了对象目标，直接问我宋宇跟我发展得怎么样了。

"妈，他根本就没有给我打过电话，难道让我主动打过去？女孩子太不矜持了，会被人看不起的。"

每次打电话都是这样，一个头两个大，烦都烦死了。索性，说自己这段时间非常忙碌，可能要过半个月再打电话回家了。

也不完全是骗人的话，最近我们公司要和一家电子公司合作一个大项目，我们公司派遣了三个代表到对方公司进驻两个礼拜。

承蒙经理看得起，其中一个就是我。

经理说了，这个项目做成了，给我加薪百分之二十。

可是到了对方公司一看，他们负责这个项目的经理居然姓林。

我只当作不认识，专心做自己的事情，到了中午吃饭的时间，林志远提了几个外卖的饭盒到我的面前来了。

"小米，我叫了你最喜欢的鱼香肉丝，快来吃饭吧。工作是做不完的，把饭吃了休息一下，下午再继续。"

将饭盒打开放在我面前，又拆好一次性筷子的包装，双手拿着，递到我的眼前。

桌上还放着一杯温水，还有水果。

看着这一切，我的眼睛不由自主地有点湿了。

我的肠胃不好，吃不得太干硬的东西。他一直都记得我的习惯，吃饭的时候，一定要喝一杯温开水；饭后，最好是吃一点水果。

用力地闭了闭眼睛，我将眼泪挤回心里，只是对林志远笑着说："林经理，没想到这么巧，居然会在这里遇见你。"

第四章 我们结婚吧

是啊，好巧。

如果早知道林志远是负责这个项目的经理，加薪百分之一百我也不会来的。

一大清早到这里来上班的时候，其实我已经看见他了，从一辆大奔上下来的。他先下车，在一旁站好，然后一手搭在车上，将一个女人从大奔里扶了下来。

大热天的，还搭着一条羊毛披肩，挽着高高的髻。其实看那脸，可能跟我们的年岁差不多，不过是打扮得比较成熟，难怪妈会说那是一个老女人了。

那个女人叫姚姗姗，是这间公司的老总。原来，这是她爸爸宠爱女儿，特地买了一间小公司送给她作为新婚礼物。

公司的人都知道，姚总马上就要结婚了，新姑爷就是那位林经理。

居然叫姚姗姗，我看着那个老女人的背影冷笑，看过《梦里花落知多少》的人恐怕都会对这个名字恨得牙痒痒的吧。

不过我对这个姚姗姗倒没有多么咬牙切齿的恼怒，要是鱼儿不贪婪，能为了一点鱼饵就上钩吗？

“不巧，是我点名让你们经理派你来的。”林志远对我说话的时候，那个笑容，很温暖和煦。

跟我记忆中的一样，不过现在，早已经物是人非了。

是他把我调派到这里来的？这点我倒是没有想到：“你老婆能让你这么做吗？”

女人间的八卦永远是非常霹雳无敌的，我去洗手间的时候，就听到这家公司的几位靓女趁机在里面休息聊天。

说的无非也就是，林志远就是一个吃软饭的，天天围绕在姚总身边，公司里的大事小事都是姚总决定，林经理顶多算是一个打杂的。

曾经，我跟在他的屁股后头喊了很多年的志远哥哥，我不相信林志远是这样的人。

可事实摆在眼前，我又不得不相信啊，从三年之前，他已经不再是以前那个纯洁的少年了。

我们公司的三个人，加上他们的五个人，八个人为了赶这个项目，单独在一间办公室里忙碌着。

这会儿，那六个人都去吃饭了，整间办公室里就只剩下林经理和我了。

如果有其他人在，他还会给我点饭，细心地做好这些吗？

上午工作的时候，特别是姚姗姗在的时候，他看着我的那个眼神，跟陌生人绝对无二样的。

姚姗姗一直在那里嚷嚷着，说这个项目非常紧张，让我们努力地做。我们三个人才会决定，轮流去吃饭，中午都不休息的。

“我还没结婚，她还不是我老婆。”说到她的时候，林志远的眉头几不可闻地轻皱了一下。

“哼，也不远了，你们不是快结婚了吗？怎么从H县跑回这里了？”看都没多看桌上的东西一眼，我自己拿起电话点了一份快餐。

林志远看着我，只是轻轻地叹气：“家里的事有我父母他们准备着，再说了，还有几个月才到国庆，我的工作也不能丢啊。”

工作，是啊，再怎么相爱的两个人，也是需要面包的。在金钱物质面前，爱情算得了什么？

继续认真地盯着电脑屏幕，就当眼前的男人是幻影。

不管是什么原因让我来参与这个项目，事成之后加薪百分之二十是正理。多了好几百块钱，我每个月就可以多攒一点钱，老家的房子太破旧了，早就想攒钱给他们盖新房了。

这些年，爹娘生活得很不如意的，现在中小城市的职工生活还赶不上农民的。

像我的父母，四十多岁突然就下岗了。年纪大了，再去找事情做又不容易，只能打点杂工。

前些年在国企干得好好的，福利好待遇却很一般，哪里想过会下岗？根本就没有一点积蓄，上大学我靠的是助学贷款，毕业之后一直在攒钱还债，还要每个月寄一点钱回家。

所以工作三年多了，还是两手空空。

生活，给了我们太多的压力，也会让人改变许多。

老妈去给人家洗碗做小工，才刚满五十，却爬满皱纹的脸上，过早地增添了岁月的沧桑，两只手全部长满老茧。一到冬天，还会生冻疮，疼得厉害。

她早就忘记，自己也曾是一文学青年，现在整天就跟一个普通的欧巴桑一样唠叨着。

所以，我对她的念叨一直忍耐着，毕竟，父母对子女的爱才是天底下最最无私的。

这几年，看了许多的人情冷暖，才二十多岁的心却觉得很老了，早已不相信梦幻美丽的爱情了。

踏踏实实、认认真真地工作，攒足票子，这才是最实在的啊。

办公室外面响起了脚步声，林志远转身坐回他经理的宽大办公桌后面去了，有其他人来了，他自然要继续装出不认识我的样子。

我直接将那份饭菜扔进垃圾桶了，下午的时候，手机上收到一条短信：

我们谈谈好吗？下班以后，我在上岛咖啡等你。

没有落款，手机上显示的号码也很陌生，我当然知道是谁发的了。

谈谈，我们之间还有谈的必要吗？

没有多看一眼，我直接将短信删除了。

下班以后，在附近的快餐店随便吃了一份简餐，却接到一个电话：

"贝小姐，你怎么还不来？我等你好半天了。"

这个声音，这是——

"宋宇？"我惊讶地叫出声来，心里就跟打鼓似的，七上八下，"你怎么会给我打电话呢？"

电话那头，宋宇稳重厚实的声音传递了过来："早就想给你打电话了，不过前一段时间出差去了外地，昨天才回来的。贝小姐，难道我就没有这个荣幸请你喝杯咖啡吗？"

"别叫我贝小姐。"

在这里，只有那种女人才会被称为小姐的，而且宋宇不像是那种会油腔滑调找女人搭讪的登徒子。

不过也只是看起来，而现在，我对自己看人的眼光是非常怀疑的。

"那我叫你小米好吗？你的父母都是这么叫的。"

我的嘴角抽搐着："宋先生，我们好像还没熟到可以直呼其名的地步吧？"

"小米，我们还不熟吗？我们都——"

"你现在还在上岛咖啡？好，我马上就过去。"我赶紧打断宋宇的话，果然，事情没有那么简单就可以结束。

既然逃不掉，还是跟他直接把话说清楚吧。

只是不明白这个宋宇到底怎么回事，我这个"受害者"都不计较了，他还紧紧地纠缠着我干什么？

"好，老地方，我在我们相亲的老位置等你，不见不散。"说完，他就挂了电话。

相亲的老地方见？哎，我现在听到相亲这个词感觉到说不出的窘迫啊，好好的我干吗要去相亲呀？

要不然，也不会再一次地遇到宋宇。

第一次，纯粹只是一个意外罢了。

来到上岛咖啡我们上次见面的地方，宋宇早就坐在那里了，一个人静静地喝着咖啡。

"Hi，原来你早就到了。"冲他打了声招呼，我非常自觉地在他对面拉了一张椅子坐了下来，就像两个老朋友会面一样。

来之前就已经想好了，逃避不是解决问题的办法，既然人家都找上门了，索性跟他坦然地把话都说清楚吧。

那一次偶尔的意外，是我人生轨道中一次错误的出轨，是被某个男人气昏了头；那次放纵，也是对过去说再见。

以后，我会规规矩矩地好好生活，好好地找个男人嫁了，然后赡养父母，伺候公婆，相夫教子。

我只是一个平凡的小女人，也许这一生，就这么平凡地度过了。

在我面前放着的，依旧是一杯冒着热气的温开水。这次我没有客气，直接喝了一大口。侍者过来问我想喝什么，我点了一杯蓝山，又点了一大堆好吃的。

快餐实在难吃，难得来一次咖啡馆，当然要犒劳一下自己的胃了。

一点儿都没有客气，因为这次我打算自己埋单，上次那顿饭是宋宇请客的。

和男人之间最好是钱财算清楚，话也讲清楚，从此我们就可以一拍两散，再也不相见了。

“你还好吧？”

宋宇突如其来的问话让我觉得非常窘迫，只能睁大双眸，非常无辜地望着他：“你、你这话什么意思？”

“我、我是说，我是说……”吞吞吐吐半天，我就只听见他说这么三个字。

最讨厌男人婆婆妈妈的了，我干脆直接说：“有话快说，有屁快放。”

这一激，果然就起了作用，宋宇脸上一副豁出去了的表情：“我不知道你是——算了，那个暂且不提，我是想问，那天晚上没有留下后遗症吧？”

后遗症？什么后遗症，不会是他……望着这个看起来一本正经人模人样的男人，我露出一脸怕怕的表情。

看着我这个样子，宋宇轻笑出声：“瞎想什么呢，我保证自己是绝对的健康无害，我所担心的只是、只是……小米，你这个月的月事来了吗？”

费了好大的劲儿宋宇才将这句话问出口，他这么一说，我倒觉得不好意思了，脸上一直在发烧。

大庭广众之下，被一个男人问这么私密的东西，而且还是一个不怎么熟的男人，真的觉得很难堪啊。

“我不知道你是第一次，那天晚上我也没想到会……都是酒精惹的祸，我没有做任何防御措施。小米，你、你没有怀孕吧？”已经不要脸皮了，宋宇索性将心里的疑问一次性问出口。

我已经窘得手脚都不知道往哪里摆才好了，心里却被一颗小石头激起了千层浪。

是啊，和一个男人干了那种事之后，是会有怀孕的几率，当时他没有事前准备所以没有做任何的防御措施。而我没有经验，那天早上在陌生的地方醒来，发现自己赤身裸体地和一个男人躺在床上。

当时十分慌张，只是说了谎话摆脱了那个男人，之后就去上班了。

也没有想过，要去买事后避孕药。

按照这样的推断，怀孕的可能性非常之大。

宋宇这么一说，我倒想起来了，我以前的月事一向是每个月21号准时来的，今天已经是23号了，却还没有来。

不会真的这么衰吧，一次就中奖了？

我无语，望着宋宇欲哭无泪。

从我脸上的表情，他自然也看出了不对劲，眼里也闪过了一丝慌张。

却只是一会儿，小小的一会儿，他马上就镇定了下来，跟着说：“如果真的是这样，那也是天意。我们马上结婚，小米，你放心，我不会不负责任，不会让你未婚先孕，让我们的孩子变成私生子的。”

“结、结婚？”我结结巴巴地说着，望向宋宇的眼神就跟看着从某家医院出来的差不多了。

拜托，我们才刚认识，算上今天也才第三次见面，你就跟我说结婚？就算现在流行闪婚，你这速度也太快了吧？

“是啊，不结婚你还想怎么样，难不成不要这个孩子？不行，我不会让你做出如此残忍的事情的。”

“我们两个一点都不熟悉了解，却为了孩子匆匆结婚，以后我们再吵架闹离婚。我觉得这样，才是对孩子比较残忍呢。”我没好气地说着。

十多年的感情都能说散就散，没有一点感情，只是为了孩子结婚，这样的婚姻能有保障吗？

宋宇挑眉，很认真地问着：“你觉得我这个人如何？”

“还不错。”一听就是敷衍的语气。

“我也觉得你还行，这样就可以了。难不成你还要什么爱情，觉得两个人要爱得死去活来才能结婚吗？”一边说着，他轻笑了一下。

看这个男人脸上玩世不恭的笑容，我可以肯定，他也受过爱情的伤害。因为如此，就不再相信爱情了？

就算如此，也不能拿婚姻当儿戏啊。

听了我的话，于灿哈哈大笑，乐不可支，“小米，你真的要结婚了啊？还是带球结婚的，你真先进啊。”

“胡说什么呢你，我根本就没有怀孕。”

在咖啡厅的时候，我和宋宇几乎就要不要马上结婚的问题发生争执了，好半天才想起一个重要问题：我们只是猜测，觉得我怀孕了，所以宋宇打算马上跟我结婚，目的只是不想他的孩子变成私生子，或者根本就没有来到这个世上的机会。

猜测不代表事实啊，只是月事迟了两天而已，能说明什么问题？甚至，我还来不及去药房买几张验孕试纸，下半身突然就觉得有一股热流急切地涌出。

当时，我就尴尬地急奔洗手间了。

果然，大姨妈终于来拜访了。也许只是最近工作生活压力都太大了，身子骨显弱了一点儿，才会迟了两天的，迟到总比不到好。

可是蹲在女厕所里的我，却很有想哭的冲动了。

一向，我都会在手提包里放几片小翅膀的，以备不时之需。上个月刚好用完了，忘记补充存粮，而我每次第一天的时候都是来势汹汹。裤子已经是腥红一片，还不断地有败血涌出。

这，叫我怎么走得出去？外面是环境优雅的咖啡厅，还有一个男人在等着我呢。

扯了许多卫生纸垫在内裤里面，又用手提包挡在屁股后头，还是有十分不妥当的感觉。我扭扭捏捏地走回座位，宋宇再三追问我怎么了，实在熬不住了，我才小小声地嗫嚅着将自己目前的窘况告诉了他。

身下还在不断地波涛汹涌，那一点卫生纸根本就不管用，反正之前已经跟他讨论过月事问题，我也就不怕在宋宇面前丢脸了。

虽是这么想的，在看见宋宇一张俊脸涨得通红之后，我的心里还是非常不是滋味。

我跟这个男人之间该是怎样一种孽缘啊，怎么每次最离谱、最不好的一面都让他碰到了？

愣神了一下，宋宇说："你在这里等我，我出去一下，马上就回来。"

"然后，他就走了，把你一个人丢在那里是不是？"于灿撇嘴，"我就知道，男人都他妈没一个好东西，你不是说那个宋宇出生于农村家庭吗？那种凤凰男，骨子里都非常大男人主义，又很传统，很重视孩子。他之所以要跟你结婚，不就是为了孩子吗？如今知道了，那次只是一个意外，什么后遗症都没有，还不赶紧拔腿就跑？那天看他长得也是一个人的样子，怎么做起事来这么缺德啊？"

我笑了，这个于灿，一张嘴总是这么厉害，不饶人："什么叫做一个人的样子，他本来就是一个人啊。"

"好了，别说这些了，快告诉我，后来你是怎么回来的？哈哈，小米，穿着一身是血的裤子走在大街上，肯定很有噱头。"

看于灿笑得那个德性，我敲了她的脑袋瓜子一下："胡说什么呢你，就喜欢看我出洋相是不是？我还告诉你，我就没有出洋相，我完完整整、认认真真地穿着新衣服回来的。"

说起来，那个男人还是很不错的，至少在绅士风度这点是很可取的。

他出去，才不是落荒而逃呢，是到隔壁的美邦专卖店给我买了一条运动裤，又到超市买了一包七度空间和一条女士内裤。

一个大男人为一个女人买那种私密的东西，并不是每个男人都愿意这么做的，至少以前林志远从来不肯为我做这些事。

听了我的话，连于灿都开始感叹，这个宋宇真不错。

“然后，你们就一拍两散，打算从此再无交集？”

“是啊，我以后不去酒吧了，除了吵死了，喝了酒会做错事，我看不出那个地方有什么好的。宋宇也是因为发生了一些事情心情不好，才难得去一次的，一次就发生这种意外，他也很郁闷了，巴不得再也见不到我了呢。”时间差不多了，我起身去厨房。

正在煮姜糖水呢，也是昨天宋宇买给我的，他说女人来月事时肚子会不舒服，喝点姜糖水暖脾胃对身体有好处，所以给我买方便的东西时顺手也买了红糖和生姜。

他还告诉我，要如何煮，如何掌握火候和煮多长时间最好。

说这个话的时候，宋宇脸上带着淡淡的柔情，跟他方正的国字脸其实一点都不相搭的。可是我看着看着很顺眼，很舒服。

能懂得这些，是因为他以前的女朋友每个月生理期的时候也会肚子不舒服，都是他照顾的。

女人大姨妈来的时候，不要碰冷水，宋宇说，所以每个月那几天都是他洗衣服的。

天啊，还帮他女朋友洗衣服，这个男人真不错，我所知道的朋友中，农村出来的男人都是十指不沾阳春水的呢。

“衣服都是丢在洗衣机里的，他也只是搭一下手而已，瞧你那个样子，居然这点小事就把你给感动了？”

“内衣裤放在洗衣机里洗不好，特别是那几天，内裤很容易弄脏。所以都是用手洗，宋宇说，他要很费力才能把那些血迹洗掉的。”那一晚的事既然没有留下任何后遗症，很自然地，我们默契地假装遗忘，再也不会提起了。

却不知道为什么，说起了那个话题，他的前女友。

看起来沉默寡言的一个男人，不知道被什么触动了心事，在我面前说了很多很多，关于另外一个女人的。

当时我只是默默地听着，却不知道出于什么原因，回来之后会将这些讲给于灿听。

煮得差不多了，我关掉煤气，将锅里的糖水倒入碗中，端起来打算趁热喝。

"给她洗内裤？还用力地将血迹都搓洗干净？还是前女友，天啊，这个男人真好，什么样的女人会跟他分手呢？"于灿也跟着我走进厨房，倚在门框边看着我的举动，忽而又加了一句，"贝小米，你完蛋了！"

我刚刚喝了一口糖水，差点就被呛到了，赶紧放下手中的碗拍着胸脯顺气。没好气地白了那个女人一眼："于灿，你才完蛋了呢，好好的咒我干什么？"

"男人跟女人不一样，对于那种事，男人是穿上裤子转身就忘；女人却容易一下子就穿透灵魂。女人本就容易惦着自己的第一个男人，更何况是宋宇那样的，小米，你还不承认自己完蛋了吗？"

"你呀，对那个宋宇动心了。"

"我——"

根本就不给我狡辩的机会，于灿直接指着我的鼻头说："你什么你，从你昨晚回来到现在，都是在我耳边念叨着宋宇，宋宇这样宋宇那样，提了那个名字不下百次，说得我的耳朵都要长茧了。"

"会为自己的女友清洗贴身衣物，在她生理期时悉心照顾，他既然会煮姜糖水，肯定也能下厨了。这样的男人，不就是你梦中情人的典范吗？贝小米，你惨了，你居然对跟你一夜情的男人动心了。"

除了沉默，我不知道还能说什么了。

因为，我的心里清楚，其实于灿说得很在理，爱情却是现在的我最不想碰的玩意。控制不了其他的，至少我可以控制自己的心，以后不跟他接触，不就没事了？

第五章 凭你，也想跟我抢男人？

大姨妈来了还真不方便，肚子一直都隐隐作痛，在家里已经喝了三大碗的姜糖水，症状减轻了一些，却不能完全根除。

于是，上班的时候我就不停地喝热水，喝多了的结果自然是不停地跑洗手间。在我一个钟头之内跑了七趟洗手间之后，出来的时候，在女厕门口碰见了一个非常尊贵的人。

冲她点头微笑算是打招呼之后，我正准备回办公室。

姚姗姗身子挪了一下，挡住了我的去路："贝小米，你等一下，我有话要跟你说。"

不会吧，亲爱的姚总特地等在这种地方就为了跟我谈话？真是受宠若惊啊，我回头望了一下，虽然这间公司卫生环境不错，可是让一个大美女在厕所门口等着我，还是觉得怪怪的。

历来，在校园暴力事件中，女厕都是最佳地点。

"姚总，您有什么指示我们回办公室去说好吗？"

"就在这里说。"姚姗姗双手抱胸地站在我面前，眼里露出冰冷凶狠的光芒。

在这里也待了两三天了，关于流言和我自己亲眼看到的，也让我明白了许多。有关于老总家有钱千金，与钓上金龟媳的凤凰男的故事。

姚姗姗看向林志远的眼神，热烈奔放的情感是毫不掩饰的，她是爱他的。她为了他降低姿态，做了许多不符合大小姐身份的事情。

比方说，工作到一半的时候，姚姗姗会亲自奉上一杯热茶，温声细语地说着："快趁热喝了吧。"

可是，她骨子里大小姐的骄傲又会时不时地迸发出来，让本就不那么融洽的不平等夫妻关系更加倾斜。

往往那个时候，林志远正在忙，于是，会顺口来一句："等一下吧。"还把茶杯往旁边推一点，挡着他拿文件夹的手了。

姚姗姗只是把茶杯放在桌沿边上的，林志远这么一推，茶杯就会砰的一声，掉到地上摔成碎片了。

要搁我们一般人，这只是小事，大不了把碎了一地的瓷片收拾好，重新泡上一杯茶；或者自己倒一杯茶给自己喝，那个男人要忙工作不领情也就拉倒。

可姚大小姐不是一般人啊，她觉得林志远这么做是漠视她，是对不起她，哪能忍受这样的羞辱？

当场，姚大小姐就发脾气了，冲着林志远破口大骂："姓林的，真以为自己有多了不起啊？当初要不是靠我，靠我爸爸的帮助，你能到今天的地步？真把自己当回事了，跟我较真？我告诉你，林志远，给你的，我照样可以收回来，你给我小心伺候着。"

当时就在办公室里，那么多人看着，甚至还有其他公司的人在，姚姗姗丝毫不顾及形象，就这么骂开了。

基本上，我觉得很无语，好好的一个大小姐，听说还是某名牌大学毕业的呢，修养怎么就这么差呢？

后来又在洗手间里听了一次壁角，才知道，其实最初姚大小姐也曾非常温婉可人的，对林志远是温柔体贴和善可亲甜言蜜言有求必应。可是林志远对她，却总像是隔着一层纸，不冷不热的。

特别是这两天，林经理不知道怎么回事，总是一个人想心事。好几次，姚总叫他都不理呢，所以姚总心里有气，才会借题发挥，破口大骂的。

听了这番话，我在心里叹气，姚姗姗的长相属于清秀佳人型，却总喜欢挽着发髻做成熟状。她总是拿眼睛白的地方看人，以为表现出高姿态就真的可以高人一等吗？在爱情里她可以摆出低姿态，于是在其他地方就扬高了尾巴，是为了寻求心理上的平衡吗？

她总是一味地迁就那个男人，长期干着这种拿热脸贴冷屁股的事，姚姗姗心里自然是不痛快的。如今，婚期定下来了，那个女人觉得大局已定，于是就撕破温柔的假面具，将大小姐的脾气完全发挥出来了。

这已经不是他们第一次在公司里吵架了，不算吵架，姚姗姗只是骂着，而林志远呢，默默地听着。

靠着一个人支撑的爱情，总有耗尽的一天，这样的夫妻，他们之间会有幸福快乐的生活吗？

我不想过问这么多，只是不卑不亢地问着："姚总，你说吧，不过我没有多少时间，林经理交代了一堆事要我们做呢。"

孰料，这句话却引发了她的脾气，只见姚姗姗手一挥，突然指着我的鼻尖骂了起来，那个茶壶状泼妇骂街的气势比骂她的男人更加凌厉："林经理？哼，别以为搬出了林经理我就会怕了你，以为我不知道啊，是林志远钦点你到这里来帮忙的。怎么，想在我的眼皮子底下玩猫腻，拿我的钱贴养他的小情人？贝小米，我告诉你，三年前林志远可以甩了你，三年后，我照样有办法让他不要你。凭你，也想跟我抢男人？"

我迷惑了，啥时候我做出不轨行为让这位大小姐有这种感觉了？我要跟她抢男人？哼，那种靠着女人上位的男人，送给我我还不稀罕呢。

"姚总，说话做事要凭良心，我都有男朋友，快要结婚了，干吗还要去抢你的男人啊？"

姚姗姗的话太气人了，三年前就是她使的诡计让林志远甩了我，如今还跑到我面前说这种话？

特别是她那盛气凌人的姿态让我心里堵得慌，一句冲动的话就这么脱口而出了。

难得撒谎，还是这种弥天大谎，我心中掠过一丝不安，不过看到姚姗姗那明显惊讶的脸庞，我心里十分的畅快。

以为我贝小米就没人要，非得死乞白赖地抢你的男人啊？

"小米，你要结婚了，我怎么没听贝姨说起过？"突然一个男声在女厕门口响起来了。

我的头皮一阵发麻，林志远，他怎么会出现在这里？刚刚他不正在和人研究新项目的吗？

听林志远那说话熟稔的样子，还有之前姚姗姗话语里的针对，姚姗姗肯定知道我和林志远过去的那点烂事。当时没怎么着，如今都已经过去三年了，还翻出来干什么？

“你说话啊。”突然地，姚姗姗推了我一下。

没有防备她会出手，我的身子踉跄了一下，连连后退，肩膀撞到了门框上，隐隐生疼。肇事者却没有一点诚意地嘟哝了一句对不起，就想了事。

我看了看四周，倒有几个看热闹的人，却都是隔得远远的，也没人敢指指点点，议论纷纷。不论如何，姚姗姗还是这家公司的老总，只要她一句话，合作项目泡汤了，回去经理也不会放过我的。

我只能轻揉着胳膊，笑着说没关系。

这就是社会的现实啊，人家比我有钱，自然就比我高了一等。这是一个一切向“钱”看的社会。

“姚总，不知您要我说什么啊？”一手揉着肩膀，一手抚着后腰，我将您字发音发得很重。

一般我对老人家说话才会用敬辞“您”的，哼，这个老女人，刚才她推我的时候不知道是故意的还是无意的，手劲非常大。

除了肩膀撞到门框上，腰刚好硌在门把手上。

难受死了。

看了看林志远，他的脸色很不好看，目光非常阴郁地盯着我。

瞟了他一眼，姚姗姗似乎找到了同盟，得意洋洋地抬高下巴：“你什么时候要结婚啊？不会是空口说白话，骗我们的吧？我怎么好像听说你这三年来连男朋友都没有一个，是不是一直在等着我们家的阿志回头啊？告诉你，这是不可能的，我和阿志国庆节就要结婚了。到时候也请贝小姐赏光，参加我们的婚宴啊。”

这话本就十分气人，没想到姚姗姗还接着来了一句：“我知道你们贝家没什么钱，贝小姐工作三年也只是糊口度日。这样吧，你人到就可以了，不用包红包。”

我忍，我忍，可是我已经忍无可忍，终于愤怒了。

“姚姗姗，你不要欺人太甚。哼，不就是结婚吗？有什么了不起的，我也要结婚了，正好也是在国庆节。姚小姐，届时还请你百忙之中抽出时间去参加我的结婚典礼啊。放心，就算你不包红包，我也会让你大吃大喝的。”

姚姗姗气极，不怒反笑：“是吗？贝小姐，就不知道你的婚礼要在哪里举行，S市还是你们H县？你的男朋友，是哪里人呢？”

“你去参加我们的婚礼，自然就可以见到他了，到时候，有什么问题你可以亲自去问他。”说罢，我不想继续理会这对趣味低俗的男女，径直往前走着。

走近林志远身侧的时候，他正好挡在路中间，我盯着地面说了一句：“好狗不挡道。”

我眼角余光瞄到姚姗姗似乎又准备对我发火，林志远一把拉住了她的胳膊。

他望着我，很认真地问着：“小米，你是真的准备要结婚了？你爱他吗？我是说你的男朋友。”

“废话，不爱他我干吗要嫁给他？”像是被踩到了尾巴的小猫咪，我又急又快地说着。

林志远嘴角抽动了一下，还想再说点什么，姚姗姗一甩衣袖，将他的胳膊甩开老远。

“阿志，你还问这么多干什么，到时候准备一个大大的红包给贝小姐就行了。像她家那种环境，肯定也准备不了太丰盛的嫁妆。好歹你们也认识了那么多年，当做做好事发善心吧，封大一点儿的红包，早一点儿送过去，帮贝小姐撑个场面。”

“姗姗，你怎么能这么说话？”

“不这么说我还要怎么说？”姚姗姗用眼睛白的地方瞟了林志远一眼，“哟，好大的胆子，敢跟我顶嘴了？”

果然，林志远就乖乖地闭嘴再也不说话了。

我倒抽了一口凉气，这还是那个，我从小就跟在他屁股后头的志远哥哥吗？究竟是他变了，还是我停留在过去没有长大？

十分凄凉地笑了一下，我凑到林志远耳边低语了一句：“三年前你就捅了我一刀，如今，还要带着你的女人继续往我的伤口上抹盐吗？”

痛苦地闭上眼睛，我不想再看到姚姗姗那张可恶的嘴脸了。

林志远甚至不敢与我的目光对视，眼睛四处躲闪着，我受不了这样的氛围，快速地往办公室的方向移动着。

身后，却继续飘来姚姗姗的叫骂声：“贝小米，我不相信你能嫁到什么好男人。有本事，带出来给我看看啊。”

“好，这个周末上午10点半，就在步行街那边的星巴克，你们等着，我一定会带我的男朋友一起去的。姚总，不过我们家穷一点儿，比不上你们的财大气粗，到时候可就要姚总请客了哦。”说完，我就转身离开了。

实在没有兴趣在厕所门口跟一对无聊男女说这么无聊的话题。

只是有一点非常想不通啊，我跟林志远这三年根本就没有联系过，姚姗姗为什么还要这么针对我呢？

尔后工作的时候，亲爱的姚总又不停地横挑眉毛竖挑眼，在我的工作上做文章。哪怕是打错了一个标点符号，也要唠叨半天，甚至怀疑起我的专业素养。

姚大老板真阔气，送一间公司给女儿，按照大小姐这种玩法，不出一个月，这家公司就该关门大吉了。

第六章 赌气要嫁人

两个星期很快就过去了，到了星期五，上午把事情都交代得差不多了，下午我就回了自己的公司。

我手上的任务都完成了，剩下的洽谈合作细节方面的事情，那应该业务部去负责了。我是多一刻也不想在那家公司待着了。

真不知道是哪根筋不对，摇身一变，姚姗姗突然又成为一个温婉贤淑的传统女性了，每天和林志远在办公室里大秀恩爱。

甚至，两个人喝一个杯子里的水，剥了一个橘子，你一口我一口的，互相喂着吃。

我只当做在看戏，工作之余，老总亲自上阵彩衣娱乐。对于这种娱乐节目，身为忙碌地为他们卖命的员工，没有理由拒绝的。

离开之前，姚姗姗还亲自找到我，再次落实了星期六在星巴克的约会。并隆重声明，她不差那点钱，会让我见识一下在星巴克喝咖啡喝到饱的。

不蒸馒头争口气，无论如何，我一定会带一个男朋友去给他们瞧瞧。而且，要带一个非常优秀的男人。

找经理报到之后，他果然给了我一张新的工资单，加了两成的薪水。我是那个心花怒放啊，马上就给段心蓝打电话："宝贝，你不是说东门那家韩国料理店的甜辣酱你很喜欢吗？走，今晚姐姐请你去吃啊。正好，明天是礼拜六不上班，今晚我们可以疯狂地玩一晚上。吃完饭，我们再去唱歌，或者逛街，随便你。"

电话那头，段心蓝的笑声阴阳怪气的："哎哟，小米，你发财了？难得我们的铁公鸡也这么大方，要请我玩乐一晚上啊。"

“呵呵，我涨工资了，自然要请你吃饭的，谁让咱们是最好的姐妹呢？”我讪讪地笑着。

段心蓝这么说是有她的道理的，我们是大学好友，一个寝室住上下铺的，毕业以后又选择了相同的志向：南下打拼。

自然地，要彼此多照应了。

一般都是段心蓝请我吃饭，我请她的次数少之又少。难得破血一次，最多也就请她去肯德基吃一份套餐。饭后娱乐活动，我一概不参与，一方面想攒钱，另外一方面也没有那个心情。

心蓝的男朋友跟她一起从学校里出来的，毕业之后一起到S市打拼，四年多了，感情一直都很要好。有情有闲的女人自然有心情玩乐，玩到再晚，家里也会有人等着；有时候，我们逛街晚了，她男朋友还会出来接。

我就不一样了，孤家寡人一个，太晚回住处，说不定第二天就成了不明女尸命案的主角。

就算这样，尸体搁派出所里几天也不一定有人认领。

于是，我就不敢一个人在外面玩到太晚。

吃完了韩国料理，我们又在太阳百货逛了一圈，以前我一向是只逛不买的，可以从一楼逛到顶楼，然后再两手空空地出来。

今天，我买了一套新裙装，又买了一双短靴。然后又看中了一款化妆品和一个闪亮的镶头发的碎钻。

将我从头到脚打量了整整三次，又挣扎犹豫半晌，段心蓝终于问道：“小米，你今天到底怎么了，没出事吧？我听说，林志远回来了。”

这么多年的老朋友了，她怎么会看不出我的不对劲？“是啊，我还说了，星期六和男朋友一起，跟他还有他的女朋友在星巴克见。”

“男朋友，死女人，你什么时候交了男朋友，也不跟我说一声？”

“好你个贝小米，我们还算不算朋友啊，你什么时候居然偷偷摸摸地就给我交了一个男朋友？也不给我报告一下。”段心蓝笑着拍了一下我的肩膀。

我觉得她的笑声十分刺耳，话语也很难听：“我为什么要偷偷摸摸地交男朋友？好歹人家还一个二八年华的单身女郎呢。对了，心蓝，我交男朋友还要向你报告，哈，你想跟我老妈抢工作啊？”

段心蓝十分吃惊：“那你真的——”

“煮的，我目前没有男朋友。”

这也是我目前比较苦恼的地方，当时是被姚姗姗气着了，一逞口舌之快。说出口的话却犹如泼出去的水，说了就收不回来了。

明天，我该到哪里去找一个男朋友，带去给那一对奸夫淫妇看？而且，要比林志远优质许多，不然，白赌这口气了。

我将自己跟姚姗姗之间的针锋相对告诉段心蓝，她一会儿点头，一会儿摇头的。

“嗯，是的，那个女人太可恶了，就应该给她一点颜色瞧瞧。”

“可是小米，你这个谎说得太大了，你到哪里去找一个男朋友？而且，还是要结婚的那种？”

拼命地搅动着手里的勺子，我都不敢看段心蓝的眼睛：“随便找一个男人明天带给他们瞧瞧不就得了？姚姗姗又不是傻子，才不会真的去参加我的婚礼的。”

“你也知道姚姗姗不是傻子，她才不会相信你随便找去的男人的。”段心蓝撇嘴，一句话就将我击垮了，“要是她真要参加你们的婚礼，那你该怎么办？”

“凉拌。”

只能这样了，明天的事情还不知道怎么着落，哪里管得着以后？

今朝有酒今朝醉，哪怕找一个像卓越那样的男人带出去，也比林志远强一百倍啊。

卓越是段心蓝的男朋友，一米八的个子，高大英俊有款有型。而且非常贤惠，厨艺非常好。

周末的时候，同事一起到他们家玩，卓越可以一个人做一桌子足够七八个人吃的饭菜。色香味俱全，吃过之后人人夸奖。

我们家卓越的厨艺，可不是一般的好啊，这还是段心蓝的原话呢。

如果带出场的是卓越，肯定能让姚姗姗郁闷死了的，光是想到那个场景我就觉得很兴奋。双手合十地冲段心蓝作揖：“心蓝，拜托你帮忙救场啦，我们那么多年的好姐妹你不可能见死不救吧？”

知贝小米莫若段心蓝也，她不为所动，冷酷地说道：“你先告诉我要干什么，我再来决定要不要帮你。”

真是的，这么一个无情的女人，怎么卓越就对她这么好？大四那年一见钟情，然后费了很大的力气追求，好不容易才打动了佳人芳心。

两个人正式在一起不到一年，就一起到S市来发展。这三年多来，携手同心，举案齐眉，除了没领结婚证，小日子过得比一般正常夫妻滋味多了。

“明天，把你们家卓越借给我一天。”看段心蓝挑眉，一脸反对的样子，我赶紧说，“半天，只要半天就好。”

段心蓝重重地叹了一口气：“小米，你想要卓越去冒充你的男朋友，带给他们看是不是？作为朋友，我理应帮你。可是你想过没有，这也不是长远之策啊。要是下次姚姗姗再气你，你真的拉着卓越去结婚给他们看吗？”

“你说的道理我明白，你觉得我找一个真的男朋友才合适，是不是？可明天就是星期六了，这么短的时间，我到哪里去变一个优质男人出来？”

段心蓝直接点着我的额头骂道：“这怪谁呢，还不是你自己，就算是要争口气，也不能红口白牙地乱说话啊。”

我趴在桌上，虔心忏悔着，的确，我知道自己是急躁了一点儿，当时是为了气死姚姗姗，什么话都说得出来。

现在，不知道后悔还来不来得及？

“好心蓝，你就帮帮我，以后怎么样我管不着。至少，先帮我解燃眉之急啊。”

“小米，你要解什么燃眉之急，不知道我能不能帮到你呢？”突然，旁边一个男人的声音插入我和段心蓝的对话中。

看着他，我眼前一亮。

是啊，这个人也是冒充我男朋友的非常优良的人选。

论身材论长相论家世背景，他比之林志远可是有过之而无不及啊。

特别是宋宇那棱角分明的五官，偶尔午夜梦回时想起这么一个人，我都觉得他长得真好看。

“明天上午，我需要一个男朋友，临时的，一次性的。也不要他做什么，就是和我一起去喝杯咖啡，和两个朋友聊聊天而已。不要多说话，凡事配合我的行动。宋宇，我记得你说过，算是你欠我一份人情，改天需要帮忙时就找你。我现在就需要，明天上午配合我，好不好？”

宋宇摇头，我非常泄气，耷拉着脑袋瓜子。

这个人怎么这样，说话不算数啊。

谁知道，他马上又说道：“不算帮你，我们互相帮助，明天上午我假扮你的男朋友；下午，你扮我的女朋友，怎么样？”

我傻眼，原来宋宇的摇头只是这个意思，不是拒绝啊。

扮他的女朋友？小CASE，我连忙答应，点头如捣蒜。

没想到，烦恼了我几个晚上的苦恼就这么轻易地解决了，宋宇陪我去见了姚姗姗。

看见林志远惊愕的脸庞，以及姚姗姗脸上的惊艳，我非常得意。比起某人的尖嘴猴腮，宋宇是好太多了。

然后，下午，我又去扮了宋宇的女朋友。

原来，他的前任女友嫌自己的男朋友一直都只是一个技术人员没出息，为了往上爬，跳上了宋宇他们公司总经理的床。

能爬到一家软件公司总经理那么高的位置，年纪一定不小了，我一直都是这么觉得的。那位老总呢，自然地有妻有子了，能给宋宇的女朋友，哦不，前女友，什么好处？

宋宇的前女友，叫什么郑莉莉的，跟姚姗姗的名字还真是搭啊。郑莉莉被她自己爬上床的那个男人厉害的正妻狠狠地修理了一顿，然后灰溜溜地卷着铺盖卷离开了。

然后呢，她又重新回头来找宋宇，吃准了他是一个念旧情的老实人，而且心肠好。

郑莉莉忽略了男人的自尊心，再怎么好心肠，也不可能无端端地戴上这么一大顶绿帽子啊。

况且，宋宇是一个极端大男子主义的人。

从他的严重的处女情结中就可以看出，那么在意女人贞操的宋同志，对于一个背叛了他的女人，是不会原谅的。

这一点，在这个时代已经很少了，偏偏郑莉莉不明白，她回过头来找宋宇。被拒绝之后，仍不死心，继续纠缠着，无奈，宋宇只好说自己已经有女朋友了。

郑莉莉还不相信，振振有词道："你平时工作忙，都不认识什么女人，又那么爱我，怎么会那么短时间就交了新的女朋友呢？"

后半句话很无理，前面说的却是大实话，宋宇真的没有什么女性朋友。也正好在苦恼，刚巧吃夜宵的时候碰到了我和段心蓝，于是，他就找我帮忙了。

我们是各取所需。

见面的过程都还算顺利，只是临走之前，郑莉莉一边忿恨地瞪着我，一边问道："你们是真的在一起了，还是友情出演，宋宇你故意找人来气我？"

她瞥向我的目光十分凌厉，让我胆战心惊的。

"当然是真的，我们国庆节时结婚。"握着我的手，宋宇无比坚定地回答，颇有一番示威的意思。

郑莉莉的胸脯剧烈地起伏着，想是心中的怒火在不停地升腾。暗叫不妙，我的手指在宋宇手心轻划着，提示他，我希望可以快点离开。

女人要是失去理智，比男人要疯狂得多。

宋宇刚准备起身告辞，却听见郑莉莉铿锵有声地来了一句："那好，你们结婚的时候别忘了给我发请帖，我一定会去的。"

更为戏剧化的是，这个时候，姚姗姗也突然出现了，笑着和郑莉莉打招呼。

原来，她们以前竟然是同学，老相识了。

知道我们在这里相聚所为何事之后，姚姗姗捂嘴夸张地笑着："哎呀，这么巧啊，宋宇就是你以前的男朋友，他现在是贝小米的男友了。噢，对了，莉莉，我还没有跟你说过吧，小米就是我们家志远以前的那位。哎呀，这个世界真小，一个是你不要的，一个是志远不要的，他们倒凑到一起了。”

这话说得够难听的，好涵养的宋宇都忍不住了，脚步往前挪了一下。我拉住了他，冲他做个手势，示意好男不跟女斗。

我冲姚姗姗笑得甜蜜，然后说：“姚总，您今天早上是不是没刷牙啊？嘴巴这么臭。”

“死丫头，你胡说什么呢。”姚姗姗怒了，突然冲我伸出手掌。

还以为我像上次那么好欺负吗？哼，这已经不是你的地盘了，亲爱的姚总，我准备伸手自救反击。

只见有人已经这么做了，宋宇一只手抓住姚姗姗举在半空中的手臂，冷冷地说：“我从来不对女人动手，别逼我打破习惯。”

“你这个人演起戏来还蛮像那回事的嘛，唬得她们一愣一愣的，还以为我们真的要结婚了。看到姚姗姗那张脸，哈哈，我觉得真解气。”我笑着说，将一杯姜茶放到了宋宇面前。

在姚姗姗和郑莉莉面前放下豪言壮语之后，我就和宋宇一道离开了。

当然是手牵手肩并肩十分亲密的样子，做戏要做全套，不能在最后关头露馅啊。

跟他紧握的手心里汗津津的，与一个还算是陌生的男人这么亲近，我有点不自然。

没想到，一走到外面突然就下起了瓢泼大雨，暴雨倾盆电闪雷鸣啊。

我包里放了伞，S市的天气一向都是这个样子的，就如同娃娃的脸，说变就变。出门在手提包里放一把雨伞，是很必须的，就算不遮雨也能防阳啊。

可是一把伞遮不了两个人，我们毕竟是共患难的朋友，一条船上的蚂蚱，不能见死不救啊。

特别是那两个女人也跟着出来了，交头接耳，嘀嘀咕咕的，郑莉莉的目光一直停留在宋宇身上。

其实她长得蛮好看的，清纯可人的样子，只是想起她曾对宋宇做过的事情，打从心眼里无法喜欢这个女人了。

“哎呀，怎么突然就下这么大的雨了？宋宇你也真是的，也没带把伞。这样吧，先到我那里去坐坐，雨停了你再回去吧。”

我住的地方正好就在附近，而且这个周末，于灿到她的好朋友那里玩去了，家里没人，方便留客。

雨很大，我的小花伞根本就遮不了两个人。

宋宇打着伞，一直将伞往我这边倾斜着。我的身上没事，自然地，他的衣服全都湿了。

我的住处也没有合适的男士衣服给他换，只是拿毛巾给他将头发擦干，又给他煮了一碗姜茶驱寒，我冲宋宇抱歉地笑着。

“你这姜茶煮得还不够火候，或者，将姜片切得再薄一点就好了。贝小米，你的厨艺不是很好？”喝光了一碗姜茶之后，宋宇冲我微微皱眉头。

我的刀工是不怎么样，虽说也会自己做饭，仅限于能吃而已。切出来的菜，也只是切断了。

我冲他撇撇嘴：“我的厨艺不好不要紧，将来找一个会做饭的老公不就行了？”

“好啊，我会做饭，嫁给我吧。”

愣神了三秒钟，我才反应过来，这家伙耍我呢。

求婚的话有这么容易说出口的吗？而且他说完之后就端着瓷碗去厨房洗去了，一副漫不经心的样子。

宋宇出来，看我还站在原地发呆，笑笑说：“考虑得怎么样了？我的月收入养活老婆不成问题，又会干家务，出得厅堂进得厨房，这样的好老公你哪里找去啊？”

我请他进屋之后，是说了一句不客气，可这个人还真不懂得客气两个字怎么写啊。进洗手间跑厨房的，就跟在自个儿家一样自在。

还不要脸地自夸自擂，我笑了，没把他的话当真。

在姚姗姗郑莉莉面前夸海口是一回事，犯不着为了这么两个女人，搭上自己一辈子的幸福啊。

跟一个陌生人闪婚，我还做不来这么前卫大胆的事情。

第七章　无巧不成书

雨实在是下得太大了，一时半会儿没有停歇的意思，于是，我只好留宋宇在这里吃晚饭了。

冰箱里还有一些存粮，正好可以检验一下那个吹牛皮的人说的话了。

我和于灿是轮流买菜做饭的，一个人一周。这个星期刚好轮到于灿，她是懒人一个，总是买一堆菜放在冰箱里，足够我们两人吃好几天的，省得每日跑超市。

也幸好，冰箱里还有菜，可以给宋某人发挥的空间了。

只是一点儿小白菜一点儿豆腐一点儿西红柿，再加上两个鸡蛋，宋宇居然也做出了两菜一汤，蛮丰盛的样子。

吃起来，味道也是不错的，看来，某人不是夸海口，他是有资本才会这么说的。

宋宇做出来的菜，不仅色香味俱全，卖相也好。我啧啧称赞着，厚脸皮的某人难得不好意思了，谦虚地说，这是他上大学时的谋生手段。

勤工俭学的时候，他是在一家酒楼做勤杂工的。

看不出来，一个大男人会选择做这种事，我以为他会遵循君子远庖厨的老古董的思想。宋宇却说，为了生存，有什么事干不出来的？

吃完饭我去洗了碗之后，两个人干脆坐在沙发上闲聊起来了。

不知道是哪个环节触动了宋宇的心思，他居然跟我忆当初起来了。

宋宇稍微给我讲述了一点儿他的求学时代，为了生活所必须付出的努力。

其实家里人是不支持他上大学的，宋父觉得能识字就可以了，读那么多书管什么用？还不如早点出来赚钱。

村里有许多孩子，初中还没毕业就辍学出门打工了，十八九岁的时候已经能够一年寄几千块钱回家。可是他呢，还要家里给他凑学费，宋父认定了读书是很浪费钱的事情。

宋宇却不是这么想的，知识才是人类最大的财富啊，好不容易考上了本省最好的大学，他不想轻易放弃。跟宋父商量了好久，他爸爸才妥协，继续念可以，家里不会再支援一分钱了。

于是，靠着贷款和勤工俭学，宋宇才完成了大学四年的学业，而且拿的还是双学位。他比一般人要刻苦许多，付出的也要多许多。

虽说我的家境也一般，但是父母对我很宠爱，而且一直都很支持我念书。就算我考上的只是一个普通大学，爸爸妈妈也耗费许多，供我念完了大学，一直都是家里出钱，我上学期间倒没为钱费多少心思的。

对于宋宇的过去，可以理解，却无法体会。

两个人就这么随便地闲聊着，都八点多了，大雨还在继续。宋宇忽然打了一个大大的喷嚏。

我这才非常不好意思地注意到，宋宇的湿衣服一直都没有换下来，雨水都浸透了，他的身上也都湿了。

这样下去就算喝了姜茶，也会感冒的。

于是，我翻箱倒柜地找出一件大一点的T恤和一条不分男女的运动裤："你先换上吧，不要嫌弃是我的旧衣服。"

毕竟这是我的衣服，本来宋宇是在推辞着，不好意思地拒绝着，被我一句"要是感冒了，我可不会背你去医院"给激到了，干脆利落地跑到我家的洗手间里换衣服去了。

看到一个一米八的大男人穿着我的衣服，这副不伦不类的样子实在够搞笑的，我忍不住了，跑回房里哈哈大笑起来。

宋宇的声音从门外传了进来："贝小米，你太不够意思了。"

那条运动裤我当初是为了练功才买的，十分肥大，没想到，穿在宋宇身上居然又短又窄的。

他的身材还真是高大，男女有别啊。

想到他被小了的衣服挤压着，畏畏缩缩的样子，我就觉得好笑。这种出租屋的房间太小了，我笑得东倒西歪，老是与床啊柜啊磕磕碰碰的。

我干脆趴到床上去笑了。

“真的有这么好笑吗？”身后传来一个冷冷的声音。

回头一看，宋宇也跟进来了，一张俊脸跟钟馗有得比，冷得是那个秋风扫落叶啊。

视线再往下移，忍不住了，我又趴回床上，笑着：“宋宇，哈哈，你这样，哈哈，真的是太可爱了。”

“贝小米，我警告你，你不要太过分了。不然，我对你不客气了。”

不知道为什么，直觉地，我对宋宇就有一种发自内心的信任，一只手撑在床沿边上，我笑着问他：“噢，你倒说说，你要如何个不客气法？”

“我就，我、我——”连续三个我，都还没有说出个所以然来，倒是臊得满脸通红，黑红交加的有够精彩的。

几次交集下来，我看得出，这位宋宇是老实人。对很多人都过分认真，不知道为什么，我就总是萌发出很多欺负的欲望了。

宋宇的衣着一向规矩，要么是衬衣西裤，就是穿着休闲装也是正统的带领有袖的T恤。刚才我费了一番口舌，他也是怕感冒了，才同意换上我的衣服的。

如今被我这么一嘲弄，自然是恼羞成怒了。

“你、你、你们在干什么？”

突然地，这样一句话在门边响起。

初时，我没有在意，以为是宋宇说的。再一想，不对啊，宋宇的声音没有这么尖。我猛地抬头，在看到宋宇身后的人时，眼睛一下子就瞪大了。

宋宇身后是我的房门，而在房门口站着的那两个人，我怎么越看，越觉得眼熟呢？

贝太太冷笑着：“哟，出息了哦，交了男朋友也不给家里打报告。如今，还学会跟男人同居了。”

“妈，哪有啊，您老别胡说八道，破坏了我的名声啊。”我赶紧站起来，跑到老妈身边拉着她的胳膊撒娇着。

站在房门口的那两个人，正是贝先生和贝太太，我家的父母双亲。可他们不是在老家吗，怎么突然就出现在这里啊？H县距离S市可是有一千公里的距离啊。

贝太太一把甩开我的手，点着我的额头喝道："丫头，你胡说什么呢，你妈我今年还不到五十，你居然敢说我老？"

哎哟，一时口误，我赶紧求饶。怎么就忘记了，贝太太最大的忌讳就是别人说她老了。

"爸，妈，你们怎么来了？也不提前跟我说一声，我好去火车站接啊，这三更半夜的——"

"要是提前接了，能赶上这好戏吗？贝小米，你好大的胆子，胡乱跟人同居不说，如今还被我们捉奸在床了。"

"妈，你不要乱用成语好不好？捉奸在床能这么用吗，我们根本就什么都没干好不好？我和宋宇只是普通朋友，我们好好地在这里说话，怎么就叫做捉奸在床了？"

"说话？什么样的朋友说话你要躺在床上？而且，他还穿着你的衣服，贝小米，你当老妈我是傻子啊。"一边说着，贝太太的视线不断地在宋宇身上扫射着，比探照灯还要耀眼。

老妈的眼睛还真是厉害，一眼就看出了宋宇身上穿的是我的衣服。

我心里暗叫不妙，老妈最近正在疯狂地郁闷着我的单身，每次打电话时总是问我，交了男朋友没有。

林志远要结婚了，那个林太太也真是的，不着急帮儿子筹备婚礼，居然跑到我家到贝太太面前炫耀。老妈也是的，居然发了疯，在林太太面前放了狠话："好啊，我们家小米也是国庆结婚，到时候说不定还可以一起办婚礼，沾沾你们家那个有钱儿媳妇的光啊。"

还真是，有其女必有其母啊，都是冲脾气，激不得。

老妈一席话说得林太太十分难堪，她自己可就得意了。在电话里面，不停地跟我炫耀着。

好像跟林太太斗嘴占了上风，比买彩票中了十块钱还让她兴奋。

真是的，还有不到一个月就是国庆了，我到哪里去找一个男人结婚给她看啊？还要跟姚姗姗一起办婚礼，我们贝家只是刚脱离了温饱水平线，能跟人家老总相比吗？纯粹是给自己找寒碜啊。

现如今，却被她看到我跟宋宇这个样子，肯定是很难解释清楚了。

“我跟宋宇，真的只是朋友，你们刚从火车站过来，应该知道，外面正在下雨。我们一起吃饭，宋宇的衣服都被大雨淋湿了，所以才到我这里来换衣服的，仅此而已。”

老爸老妈一个人手上拿着一把大黑伞，另外一个人拎着旅行包，绝对的风尘仆仆。

从H县到S市，直达的火车只有一班，而且还是在半夜11点多钟上车的。昨天下班以后，我给老妈打过电话的，她可没说过要出门的话。

怎么两个人就突然一起过来了？以往过年过节的，我让老妈过来看我，就当和老爸一起出来旅游散心，补他们的结婚蜜月。

他们可从来都不愿意的，总说，有那钱，不如存着。

这件事非常诡异。

“你跟宋宇——”贝太太突然一拍脑门，指着宋宇大叫了起来，“你叫做宋宇，你就是那个宋宇？”

我对天翻了一个大大的白眼，又不是见到了刘德华，有必要这么激动吗？

宋宇望了我一眼，然后才对着老妈慎重地点头：“阿姨，您好，我是宋宇。跟小米，呃，是普通的朋友。”

画蛇添足。

不过当我看到老妈眼里闪烁的光芒时，心里暗叫不妙。

突然就想起来了，几次通电话的时候，老妈对那个素未谋面的宋宇是非常有好感的。

她简直就想认他做干儿子了。

如今这情况这画面，贝太太那无与伦比的想象能力我是无比的佩服的，她该不会——

“你就是与我们家小米相亲的那个宋宇？哈哈，”贝太太干笑两声，“看来小米没有对我说实话啊，那次之后你们还经常联系对不对？宋宇，你觉得我们家小米如何？放心，贝家嫁女儿是不要聘礼的，我们还会送上嫁妆三箩筐。”

我晕，瞧瞧，这位太太说的还叫人话吗？

嫁女儿不要聘礼，还附送嫁妆三箩筐，让人听了，还以为贝家的女儿有什么毛病，老妈宁愿倒贴钱也要把我嫁出去呢。

显然，宋宇也是无法认同老妈的话的，嘿嘿两声，望着老妈，然后冲我尴尬地笑着。

收到我眼里发出的求救信号，宋宇清了清嗓子，然后才说：“阿姨，您好，我是宋宇，不过我与小米真的只是普通朋友的关系。”

“哎呀，小宋，你就不要不好意思了，小米已经成年，我们早就不反对她交男朋友了，你们不用这么偷偷摸摸的。”贝太太笑眯眯地说着，看宋宇那个样子，真像是丈母娘看女婿啊。

越看越满意。

知道什么叫做越描越黑了吧？我们现在这个样子就是，老妈甚至已经自动拉近了与宋宇的关系，称呼都变了。

现在外面的雨已经停了，我赶紧对宋宇下逐客令：“今天谢谢你的晚餐啊，宋宇，我就不留你了，知道你回去还有急事。”

一边说还一边冲他眨眼，宋宇马上就领会了我话里的意思，起身告辞。

他的湿衣服刚才就挂在阳台上吹，现在也差不多快干了，宋宇马上就去换衣服回家，速度快得连老妈想要挽留都来不及。

贝太太只能一边热情地跟宋宇说再见，欢迎小宋明天再过来玩；一边回过头来就拧着我的耳朵叫骂起来了：“贝小米，好啊你，出来没几年，你的翅膀就长硬了是不是？敢跟老娘作对。”

“妈，您轻点儿行不？很疼啊。”我一边闪避着一边求饶，真是的，几十年如一日，老妈对我的体罚手段都是拧耳朵。

我已经二十五而不是五岁了，要是让人家看到我还这样被老妈欺负，多丢人啊。

“知道疼你就听话一点儿，我刚来你就急着把人往外推，这是什么意思啊你？偷偷地交了男朋友不告诉我们，也不让我们见面，小米，你是不是怕我们反对你跟宋宇交往？放心，老妈不是嫌贫爱富的人，不会嫌弃宋宇的出身不好的。”

宋宇的出身是挺不好的，据说，他们家在M城的一个小山村，进城的话也要先走一个小时才有车坐呢。

不过，这些又与我有什么关系呢？

跟贝太太再这么闲扯下去，天亮我也无法脱身了，赶紧帮他们安置好，将贝先生手里拎着的行李箱放到我的房里。

给他们换了拖鞋，一人倒了一杯水，然后我才问道：

“爸，妈，你们怎么就突然来了？也不提前打个招呼，我好去接你们啊。”

“要是提前打招呼，能看到这么精彩的一幕吗？小米，你是女孩子，要自重，注意形象啊。”贝太太语重心长地说着。

她还在生气，一方面为了我隐瞒与宋宇还有交往的事实，也为了刚刚我急着赶宋宇离开，没给他们继续交流的机会。

还是贝先生实诚一点儿，马上解答了我的疑惑。原来，是有人打电话到家里恭贺，说他们马上就要嫁女儿了，恭喜的话是说了一大堆，听得贝太太云里雾里的。

是，她刚刚是在林太太面前说大话，说贝家马上就要嫁女儿了，国庆就要结婚了，咋这么快就有人知道了呢？

而且，在电话里，那个人还说得绘声绘色，具体细节都描述出来了。最重要的是，那个人还说了，他约了小米还有小米的男朋友星期六见面。

这下子，贝太太来兴趣了，女儿真的交了男朋友，而且真的准备最近就要结婚了？可是女儿为什么要瞒着他们呢？最近的电话里她还一直催着闺女快点找一个男朋友，贝小米同志可是一点风声都没泄露啊。

贝太太很生气，很想亲自去看看，贝小米到底在搞什么鬼。

这个世上的事就有这么巧，这时居然有人上门要接他们到S市游玩一番，贝太太忙一迭连声地答应了，一万分地感谢人家。

原来，是我那位有钱又善良的表叔表婶，自己发家了不忘老家的那些亲戚们，出钱出力邀请诸如叔啊姨啊舅啊之类的长辈亲戚们到S市游玩一圈，见识一番。

倒不是真的要去玩，这么大年纪了，也不想长见识。不过就是想去看看，那位传闻中的贝小米的男朋友。

因此，没有通知我一声，贝先生贝太太就坐着表叔家的车到S市来了。

表叔家有三辆小车，还请了两个司机，这次接了十多个亲戚一起过来玩，还真是阔气啊。贝先生贝太太对他们诚恳地表达了谢意之后，没有和众亲友一起去参观表叔家的豪宅，就急匆匆地跑到我这里来了。

爸妈有我住处的详细地址，打听一下就可以找到了，只是——“你们没有敲门，怎么进来的啊？”

“闺女，你怎么不关大门啊？一个姑娘家，又是一个人住在外边，不关大门是很不安全的。”贝先生说着，一边四处审视着我和于灿的狗窝。

看到贝先生皱得越来越紧的眉头，我悄悄吐了一下舌头，爸爸很爱干净整洁的，每天在家里勤快地洗衣服拖地搞卫生；而我们这里呢，洗手间里还堆放着前两天的衣服，我准备周末一起洗的，地也好几天没拖了，还有厨房……

果然，还没等我回答，贝先生又说了：“你看看你，一个女孩子，屋里怎么这么乱？”

“刚才宋宇在这里，孤男寡女瓜田李下的，所以我就没关大门啊，谁知道你们会突然来的。”

很明显，打电话给我家里的那个人是林志远，他这么做到底什么意思？打电话到家里报信，还是求证？

现如今，我也管不了那么多了，老爸老妈来了，我自然要好生安排了。

第八章 婚姻备胎

最终，贝太太的目的达到了，我和宋宇要结婚了，就在10月1号国庆佳节普天同庆的日子，跟林志远姚姗姗他们同一天结婚。

那天晚上，老爸老妈自然是在我那里留宿了，我睡客厅，把房间给他们睡。被老妈耳提面命了半天，一直到很晚才能睡下，结果第二天一大早，就有人来按门铃了。

居然是宋宇，他真的非常听老妈的话，一有时间就来串门子了。

太有时间了吧？早上七点多，而且是买好了早餐过来按门铃的。

我绝对怀疑他是有预谋的，然后那一整天，他陪着我们去逛街，带爸妈到S市比较有名的地方去游玩。

特别是晚上回来的时候，他亲自下厨，给老爸老妈做了一顿丰盛的晚餐。这下子，不只是老妈，连老爸的“芳心”都被他打动了。

就连老爸也开始怀疑我们的关系了，刚询问了一句，宋宇直接来一句：“伯父，不，我觉得现在应该喊您一声爸了，我和小米想尽快结婚，就在国庆，你二老觉得如何呢？”

宋宇还说，本来他是准备亲自去H县找老爸老妈提婚的，没想到他们先过来了。于是，宋宇就先提出来了，稍后会带着父母去找他们亲自商量结婚的细节问题的。

老妈笑眯眯的，打量宋宇的目光，那可真是丈母娘看女婿啊；就连老爸，一直板着的国字脸上也露出了一丝难得的笑意。

我们第二天都要上班，于是老爸老妈回归表叔表婶家大部队去了，难得来一趟S市，自然要好好地玩一下啦。我没那个时间和精力，反正其他亲戚也在一起，他们打算玩一周再回家。

是宋宇亲自打的送他们过去的，还买了一些吃的喝的日常用品，老妈非常满意，把我拉到一边耳语：

“这个男人不错，人老实又细心体贴。虽然不浪漫，不会说话，不过居家过日子，不就是要找一个实在的人吗？小米，你也别想太多了，老老实实地嫁人吧。”

吃完饭寒暄了一阵之后，宋宇就坐在那里不说话了，傻笑着任由我的父母双亲打量。因为这个，老妈才说他老实。

会老实吗？如果他真的老实，能撒下这种弥天大谎？

“你为什么要这样说，将我陷入不仁不义万劫不复的境地？”揪住宋宇的衣领，将他抵在门板上，我恶狠狠地说着。

终于明白这个社会上为什么母老虎越来越多了，是坏男人太多，逼迫着女性同胞们不得不做河东狮了。

“跟我结婚，是陷入万劫不复的境地吗？”宋宇忧郁地说着，脸上带着一抹受伤的神色。我心里闪过一丝内疚，刚准备跟他道歉或者怎么的，没想到这丫，居然伸手一抹脸，马上就笑起来了：“哈哈，贝小米，没想到你这么好骗啊。”

我怒，加重了双手的力量，几乎是逼着他贴到门板上了；当然了，最终后果是，我与他的身子也紧紧地贴合着。

没有一丝的缝隙。

“王八蛋，本姑娘的清誉啊，不带让你这么毁坏的。”

突然地，宋宇双手在我肩膀上一个使力，形势马上就来了一个一百八十度的大逆转。不知道怎么回事，我居然就被他压在身下了，躺在沙发上。

“人家说，有钱没钱，娶个老婆好过年。而且，夏天过去了，冬天就要来临了，两个人抱着一起睡觉，不比一个人暖和？”宋宇居高临下地望着我的眼睛，缓慢而又凝重地说着。

他反剪着我的双手，高举到头顶，一只手轻轻地揉捏着我的肩膀。

今天在步行街瞎逛的时候，因为人太多，被迎面而来的一中年妇女的皮包打了一下。当时肩膀就火辣辣地疼啊，正好是被皮包上的金属链条打中了的。

没想到那位中年妇女还来一句："妈的，你走路没长眼睛啊？"

要不是宋宇挺身护着，当时我肯定就会在大街上跟她吵起来的。

宋宇将我一把拉到身后，只冲着那位妇女说了一句："大婶，早上没刷牙就不要随便出来吠，吓到小孩子不好。"

看到那位妇女红红黑黑的臭脸，我心里那个乐啊，很多时候，身边有一位男同胞，还是很有好处的。

"我们认识才多久啊，对双方绝对不了解，如果就这么结婚，叫做闪婚。你知道啥叫闪婚吗？"

怕宋宇不明白，我迅速地在脑海里搜索词汇，跟他卖弄我从网络上看到的东东：

> 闪婚，是指男女双方认识不久便闪电般速度结婚，闪婚是闪电式结婚的简称，从认识到结婚时间相当短。有的只认识一天就结婚的，大概认识不到3个月之内结婚都算是闪婚。
>
> 闪婚也算是以麦当劳、肯德基为代表的快餐时代相匹配的一种快餐吧，与传统的"青梅竹马""日久生情"促成的夫妻不同，有一项网络调查显示，当今时代有超过六成以上的网友身边有认识不久就结婚的"闪婚"一族。
>
> 现代人的办事效率高，"他们有可能几秒钟就爱上一个人，几分钟就能谈完一场恋爱，数小时内就可以决定终身大事。然后，一周便踏上红地毯。"
>
> 这种都市情感快餐已在我国不少城市悄然登场，在当前甚至有走向泛化的一种趋势。

跟宋宇上完概念理论课，我又掰着手指头数给他听：

> 目前的闪婚男女，主要有以下几种类型：
>
> 一为感情冲动型。经过几天甚至更短时间的接触，男

女双方“感觉不错”，感情迅速升温，很快就完成了一系列情感与法律上的程序，携手走进了婚姻的神圣殿堂。表面上看，这似乎验证了那句名言“缘分来了，挡也挡不住”，而实际上是感情冲动盲目，对待婚姻态度不严肃、不慎重的表现。

二为心灵空虚型。或者因为感情受过创伤，或者由于有过婚姻失败的经历，一些人在心灵异常苦闷迷惘，感情无处寄托的时候，如果遇到合适的“疗伤”对象，必定会“一拍即合”，加入到“闪婚”的队伍中也就不奇怪了。为了满足暂时的感情需求，把婚姻当成了可以挥之即来的“止疼药”，不能不令人遗憾。

三为利益速配型。有专家认为，目前社会发展的速度加快，社会竞争愈加激烈，人们承受的工作和生活压力随之增加。为了谋求更加稳定富足的生活，为了改变现状，为了车、房和绿卡……这些都是造成婚姻速配的心理动因。

“闪婚的类型还有很多，我就不一一列举了，当然了，从人的社会属性和生理属性上说，婚姻是男女双方情与性的完美结合，是维持人类生存繁衍的基本手段，是保证社会发展和社会和谐的人文基础。需要人们以慎重的态度加以对待，用全身心的投入和自觉接受社会与法律双重约束的实际行动来维系。”正儿八经地说完这段话，我得出了最后结论，“我们认识的时间还太短，不适合结婚；我也不是那种时尚的女生，不玩闪婚这种新潮的玩意。你之所以要跟我玩闪婚，是因为感情受过创伤以及处于自身利益的需要，这样的婚姻不会幸福的。”

“得，你还女生呢，都老大不小了。”宋宇十分不客气地反驳我道，“现在这社会，能有多稳定可靠的夫妻关系？我的一个朋友，跟他老婆是经历了十年的爱情长跑才走入婚姻围城的，可是仅仅经过一年的婚姻生活，他老婆就跟别的男人跑了。十年啊，整整十年的感情，比不上另外一个男人手里八位数的存款。人家说，婚姻是爱情的坟墓，这年头爱情很不可靠，还不如看对眼一个人，就跟她结婚，只要彼此坚定信念，有着与子偕老的打算，还怕婚姻不会幸福吗？贝小米，我是有这种决心的，你呢，难道你觉得自己是一个对婚姻不负责任的人？”

“当然不是了，我只是觉得我们这样发展速度太快了，还没恋爱就结婚。也难怪，中国现在的离婚率居高不下，我们就不要再赶这种时髦了。”我马上开口反驳。

开玩笑，宋宇说那话，绝对是对我人品的侮辱啊。只是我不明白，本来我还在以为他说要结婚只是敷衍我父母的话，怎么谈话内容突然就上升到这种高度了？没想到一个搞IT的理科生，掰起歪理来，也能这么头头是道。

对婚姻不负责任？如果我是这种人，这几年也就不会一个人洁身自好，始终不找男朋友了。

就是不想玩游戏，我才想找一个男人踏踏实实地谈恋爱，认认真真地结婚啊。

绕了半天，宋宇终于实话实说了，其实他跟我差不多，是赶鸭子上架，被家里人逼的。

宋宇毕竟是家中唯一的男孩子，他的姐姐数年前就出阁，当时他还在上大学，也罢。如今工作好几年了，事业已经稳定，家中大人最关心的自然就是他的终身大事了。

原本，他和郑莉莉也是打算今年结婚的，年初家里就开始帮他置办结婚用品了。可突然闹出分手这么一出，他都不知道该如何向父母交代了。

靠，原来是要我当婚姻备胎的，我华丽丽地暴怒了：“如今新娘换人了，难道你就可以给父母一个交代？”

“他们才不管新娘是谁，催了这么多年，只要我带回一只母的，他们有一个儿媳妇就可以了。”宋宇倒很坦白，老实交代着。

“贝小米，我不明白，你还在犹豫什么。难道，你还在期盼爱情，幻想有一个白马王子出现在你的生活当中？老实说，我之所以要跟你结婚，也不是完全一时冲动，自然是先有好感才会想要结婚啊。那一天晚上，在夜色中，你脸上那种豁出去了的表情很是打动我，那一瞬间，我就有一种保护你的冲动了。小米，我想保护你，照顾你，虽然不敢说一辈子不变。至少目前，我是很认真的，难道这个理由结婚还不够吗？”

女人都是感性的动物，最终，是宋宇的这句话打动了我。

确实，用老妈的话说，他是一个适合结婚的好男人；要交往了解，结婚以后也可以啊。墓地现在都很贵的，趁着有机会，赶紧抢吧。

为什么我就不可以玩一把闪婚，认识不到三个月就嫁给他呢？之所以一开始抱着反对的态度，其实是心里，对爱情还是有那么一丝丝的期待吧？

本来我们是躺在沙发上，贴得极近，而且四下无人，月黑风高，正是适合作案的好时机。最后一刻，宋宇却悬崖勒马了。

“今晚就放过你，等到洞房花烛夜，小米……”宋宇在我耳边轻轻地说着，唇瓣轻轻地摩擦着我的耳垂。

觉得很痒，我咯咯笑不停，心里却不是不感动的。在这样的时刻他能忍住，至少说明了，他对我是尊重的。

我们都是成年人了，既然真的要结婚了，而且还决定了结婚日期，从经济学角度出发，就得快刀斩乱麻，速战速决了。

首先，我们详细地考虑了婚假的问题。

按照目前婚姻法的规定，我和宋宇都超过了25岁，应该有15天的婚假，再加上国庆的七天长假，一起有22天。可以好好地准备婚礼了，宋宇说，婚假最好在国庆节前请好，这样可以有充足的时间把婚礼前的准备工作做好。

1号举行完婚礼，还有六天的时间可以在家里好好休息一下。至于说蜜月旅行，等以后有时间再说吧。

这我完全同意，这次匆忙决定结婚，双方家长的催促起了很大作用。结婚前，势必要两边多跑动，充分为中国交通事业的发展作贡献。

蜜月旅行？我暂时还没这个心情。

从M城到H县，虽然不过三百公里的距离，可是没有直达车，来回转车也要一天的时间，是很麻烦的。起码双方家长要见面，要下帖子要办嫁妆还有一堆杂七杂八的事情，结婚之前我们那里要认亲，而M城的习俗据说是要请媒，麻烦得要死。

我们还要到户口所在地办结婚证，两个人的户口都在老家，不管是去M城领证，还是到我们H县，都要费一番周折的。

八字画了一撇之后，老妈做的第一件事居然就是印帖子，广为人知地告诉大家：老贝家要嫁女儿了。

这下子，要我再敢说不嫁，估计老妈要把我扔到我们县的那条终年漂着烂菜叶和白沫的护城河里毁尸灭迹了。

而且我也有私心，想看看那个人的反应，所以，亲自去了讨厌的姚姗姗的公司。当着他们总经理的面，将请帖放在了那个人的桌上。

林志远得知我真的要结婚了，对象就是带给他看的那个宋宇，当他打开请帖时，脸上的表情很是复杂。

望着我足足有三分钟的时间，很是失常的样子。

可是也只有这三分钟的失常，很快地，他又恢复了正常。还和姚姗姗一起，笑着对我说恭喜。

"真巧，我妈说，我们的婚礼不但是在同一天，宴请宾客也在同一家酒楼。姚总您是有钱人，又喜欢做善事，那，那一天我们家的喜宴也麻烦姚总帮我们付账，好不好？哎，我的父母只是普通的下岗工人，哪比得上姚总您有那么好的爸妈呢。"

我这话说的是一语双关，姚姗姗的脸色很不好看，青白交错。

她却只能笑着答应了。

这人哪，只要至贱，则无敌！

于灿知道我真的要嫁人了，而对象居然就是那个宋宇，很真心地对我说着恭喜，还跟我说了一些体己话："小米，你这个人啊，就是太重感情太投入了。我告诉你，这女人啊，要自私一点儿，最爱的必须是自己。要不然，成家之后，你为自己的家拼命地付出。熬啊熬，熬成了黄脸婆，那个男人却会嫌弃你，在外面寻找第二春了。"

那么久远的事情，我还没有想过，而且，直觉告诉我，宋宇不会是这样的男人。

不过，我依然是笑着跟于灿说谢谢；也跟她说，希望她不要再磨蹭了，遇到一个好男人，也赶紧把自己嫁了算了。

“只是可惜，这个世界上只有一个宋宇，不然我早就嫁了。”于灿笑着说，“你以为这年头，有几个人上酒吧玩完一夜情还愿意负责的啊。”

说这话的时候，我们正在打包行李。

宋宇以前是住在公司宿舍的，结婚以后，在S市我们就应该有自己的家了。

他在向南苑租了一个一厅室的套房，打算结婚以后就住在那里。

在老家我们是打算大办婚礼的，可在S市租人家的房子，也就随便过过日子。暂时，宋宇还不打算买房子，一个平方要七八千。就算付十万的首付，十年还清，每个月也得还银行五六千，两个人就不用吃喝了。

按揭买房以后，光是银行的利息就得还几十万，多亏啊。还不如多攒点钱，付三成以上的首付，这样也就可以少还一点利息给银行。

不过饶是如此，向南苑这边的房租也很贵，二十多个平方的小房子一个月也得上千块。

因此，我和于灿退了以前的两居室的房子，她一个人可以租一个小一点的房子，也可以节省一些租金啊。

从9月17号至31号，我们请了15天的婚假，加上7天长假，一共是22天的假期，足够办一个盛大的让世人侧目，让老爹老妈以及宋家父母我的未来公婆满意的婚礼了。

宋宇先和我一起回到H县，提着大包小包一起拜见贝先生贝太太，而后又见了三姑六婆等一堆亲朋好友。

七大姑八大姨们对宋宇赞不绝口，无论是外形还是工作，都夸他是一个好男人。真是一朵鲜花插在牛粪上，注：那朵鲜花指的不是我。

还是我的外婆公道，七十多岁的老人家是不会讲假话的，她笑眯眯地说：“怎么会呢，我们小米那么乖，配人家是绰绰有余。小林，是吧？”

小林？我——我都不敢去看宋宇的脸色了，这些年一直在外忙着工作，每年也就过年那几天回来看看。

探望外婆的时候都是来去匆匆，根本没时间跟老人家谈心好好沟通，也就忘了告诉她，那个小林觉得外国的月亮比较圆，早就跑了。

而后，我又带上若干礼物以及户口本身份证跟宋宇去了M城，打算先把结婚证办了。然后，他再坐着花车到H县来迎娶我。

在宋家，我居然也遇到了与宋宇类似的尴尬，不说其他的亲戚，连宋宇的父母姐姐见了我的第一面，都拉着我的手，亲热地说："莉莉，可把你给盼来了。"

第九章 婚礼进行曲

那一口一声的莉莉，叫得如此热情，充满了感情；而我的心里，不停地冒着泡泡，黄色的、酸酸的会发酵变坏的那种。

搞了半天，宋宇的家人居然还以为我叫郑莉莉，难道真如同他所言，只要是一只母的，他带回去结婚就可以了？

至于对象是谁，他父母并不关心在意？

好吧，反正结婚以后我们也不会跟他父母姐姐过，就不必太揪心这种小事了。我只是很认真很严肃地告诉他的父母：“爸，妈，我叫做小米，贝小米。”

看得出来，他父母有一瞬间的失神，不过都是接受能力很强的人，马上就反应过来了，小米小米叫得欢。

稍作休息一下，我们就开始为了这场盛大的婚礼奔波了。

在M城，我们马上就遇到了第一个麻烦：没想到，居然领不到结婚证！

我的户口是在大学毕业之后迁回老家的，挂在贝先生名下，当时去派出所上户口的时候，办事的工作人员粗心，贝先生也没有仔细查看，户口本上我的名字写错了他居然都没有发现。

现在人家拿身份证一对照，不干了，要我去派出所将这个问题纠正了才能进行结婚登记。马上，我和宋宇坐车转回H县，改正了户口本上的错误，而且就顺便在H县进行结婚登记了。

办理结婚登记的过程很顺利，只是人有点儿多，稍微排队等了一会儿。

“以前我爸妈结婚的时候，要双方单位开介绍信，要医院的体检证明，要派出所的户籍证明，等等等等一堆资料，麻烦得要死。现在人结婚，咋就这么容易？”

只要你亮出身份证户口本，再交50块钱，去照个相，然后就OK了，可以领证了。

宋宇一边填写着登记资料，顺口就答了我的话：“现代人办事效率高啊，正因为结婚手续容易办，离婚手续办得也快，所以现在才会闪婚的人多，离婚的人更多啊。”

这话很对，很经典地概括了现代人的婚姻状况。

这次领证倒很顺利，只是领证的过程中发生了一个小插曲，让我们哭笑不得。

一个三十五岁上下的中年妇女想要跟丈夫离婚，可是她的结婚证搞丢了，工作人员告诉她，先去办理结婚证，然后再去打离婚证。

好吧，这年头，要离婚，还得先去结婚。

然后，她就乖乖地去排队领结婚登记表了。填完之后，到另外一边的另一条队伍那里等着，办理离婚手续。

因为办证的人多，不论是结婚还是离婚，都排了好长一条队伍。国庆真是一个好日子，普天同庆，适合解决各种人生大事。

分，或者，合！

然后中年妇女排到了，她对前面办事的工作人员说：“同志，我要离婚，麻烦你帮我办一下手续吧。”

“啊，你今天刚结婚就要离婚？”对方惊呼出声。

正好，这位工作人员就是刚才给她填写结婚登记表的那位。

声音很大，而且这话题内容确实新鲜，吸引了一堆好奇的目光。中年妇女只能尴尬地一笑，解释说，自己是要离婚的，不过是结婚证弄丢了，只能先打结婚证，再办理离婚手续。

结婚离婚是在同一天，还真够新潮神速的，宋宇突然伸手过来紧紧地拉住我的手，丢下一句“我们不会的”。

然后，就拿着大红的本本离开了。

不会，不会什么啊？我只能愣愣地跟着他走。一直到走出婚姻登记处好远好远，我才反应过来了：

宋宇说的是，我们不会这样，结婚一天就离婚的。

一直到晚上进了新房准备休息之后，我还在心里感叹着，幸亏没让于灿来做我的伴娘。要是让她看到了我的狼狈模样，该有多丢脸啊。

这场婚礼，从头至尾就像是一场闹剧。

M城到H县，说近不近，说远却也不远，开车的话，差不多四五个小时就能到。所以，按照预计好的，9月30号先在我们家开婚宴，吃好喝好大家玩好，然后连夜开车，赶到宋宇家的时候正好是第二天早上。

30号，避开了与林志远他们同一天，当初也只是说赌气的话，是我们自己要结婚，关他人何事？

因为考虑到路途遥远，新娘装束以及时间等等问题，我没有穿婚纱，穿的是传统的大红旗袍。脚上踩着七寸的高跟鞋，再挽了一个高高的发髻，看起来倒也清爽利落，一成熟美少妇。

只是，老妈盯着我的脑袋左看右看上看下看差不多十分钟之后，终于，发出了第一个对她好女婿的不满："宋宇怎么就没给你买对耳环呢？"

要办婚事，自然要买三金（金耳环、金项链、金戒指，传统礼节），这不仅是男人爱女人的表现，也是两家的面子工程啊。

回来之前，我们在S市买了钻戒和项链，想要买耳环的时候，第一次，我见识到了传闻中的农村出身的凤凰男的固执和大男人主义。

宋宇说，戴耳环不好看，好好的耳朵非要打一个洞，女人就是喜欢虐待自己；而且买那两样已经花了近五千块，不能再买耳环了。回家以后还有许多地方要花钱，能省还是要省一点儿的好。

当时，我没有多说什么，我本来对首饰那些东西就不是很感兴趣，平时上班也都是清汤挂面，甚至从来不化妆的。

"妈，你看，宋宇他妈给我买了。"说着，我从挎包里掏出一个小首饰袋。

没想到，先考虑到这个问题的，却是我的婆婆。

她说，女人家结婚怎么能就只有两样首饰呢？她一边骂着自己儿子做事不周到，一边马上进城去给我买了一对耳环。

宋宇家是在离城大约二十公里的地方，一个标准的农村。

这对耳环是在M城步行街最大的珠宝行买的，钯金耳环，花了688块钱，当时婆婆拿出发票时，我小心地察看了一下她的脸色。

婆婆小心地将耳环递给我，脸上带着一丝讨好的笑容；而公公呢，冷着一张脸，好像被人欠了他十二吊钱。

想当然了，整整六百八十八块的大钞啊。

据说，他们家一年的生活费也花不了这么多，平日里柴米油盐都是自己生产的。也就买点牙膏洗衣粉之类的，一支牙膏可以用半年，一块香皂兼有洗头洗澡的功能。

割完谷子，公公将新轧出来的米全部卖了，辛辛苦苦大半年的劳作成果也就换了一千元的人民币。给我买对不到二两重的耳环，就花掉了一大半，他的脸色能好看得起来吗？

他们却是很善良的人，自己舍不得花，把钱都给我这个未来媳妇装点门面了。

不愧是行家，我妈将耳环拿在手里稍微掂量了一下，脸色稍微变了一下。却没有说什么，只是将耳环给我戴上了。

是长长的挂钩式的耳环，不是耳坠耳钉，要将挂钩弯曲之后插入耳洞之中挂上。我在镜子中看到，老妈小心翼翼地弯曲着耳环的挂钩，想折成合适的形状，将它穿入我的耳洞之中。

挂钩在被弯曲到90度之后，居然——断裂了！

“哇，没搞错吧，金耳环也会这么容易就断了？”

老妈轻轻一笑：“我刚才就知道不妙，不死心地想试一下，不曾想还是这样。哎，这是你婆婆特地给你买的，结婚时不戴肯定不好啊。”

看到老妈那脸色，我知道她话中有话：“妈，有什么话你就直说吧，咱母女俩还能有什么秘密隔阂不成？”

叹了口气，老妈这才告诉我，钯金耳环是不能拉扯的，所以一般最好不要买这种挂钩式的。没想到，我婆婆会没有这种常识，上次她到家里来的时候也看到她佩戴耳环的。

我也没想到。

我从来不戴首饰，也是在学校里跟别人闹着好玩，才会穿了耳洞。这几年，都没有再戴过耳环，耳洞都快封闭了。

也因此，老妈刚才给我戴耳环的时候，颇为费工夫。折腾来折腾去的，耳环就——这可是婆婆特意给我买的，还开了发票证明，应该不会是假的。

可是……如今这模样……我和老妈面面相觑，都不知道该怎么办了。

“你们还在磨蹭什么，宋宇都来了，在外面等着小米呢。”贝先生的声音在门外响起，进来之后，看见我们的样子奇怪了一下。

只是一下子，很快就反应过来了，不愧是贝家真正的掌权者，很快就想出办法了。

贝先生很果断地将断裂了的耳环收起来，放回首饰盒里装着。而且，摆成原先的模样，不拿起来，根本就看不出坏了。

“小米的耳朵发炎，不能戴耳环的。这个你就收起来，以后留个纪念吧。”老爸笑着说，面不改色的。

这只是一件很小很小的事，很小的风波，老爸处理得很好，没有惹起任何麻烦，甚至另外一个当事人都还不知情。

我也以为，这件事就这么烟消云散了。

倒是没有后遗症，只是当时我没有想到，这只是给我的一个警示。因为彼此的价值观、成长环境不一样，还会有许多争执的。

也不存在谁是坏人，谁坏心眼，比方说，公婆大人确实耗费了巨资（半年的辛苦劳动成果啊）给我买了那对耳环；只可惜，还没戴就坏了。

毕业那年，卓越用自己第一个月的薪水买了一对珍珠耳环送给段心蓝，1388块钱，还说以后结婚时一定送给她整套的钻石首饰。

我很羡慕。

倒不是虚荣，喜欢那些亮晶晶闪耀耀的东东，只是那句广告词很是吸引我：“钻石恒久远，一颗永流传。”

我喜欢那些东西，只是想借由钻石首饰，证明自己的婚姻、自己的爱情，也可以是永恒的；可是宋宇和他的家人，总喜欢说，目前过着节俭日子，是为了以后更好的生活作准备。

其实我觉得，自己不算是奢侈浪费的人，我的爸妈生活也还算节约；可是跟人家老宋家的比，真是无语了。以至于在以后的婚姻家庭生活中，总是出现许多争吵小矛盾。

没有现今作基础，哪里来的以后？你现在都没给我好日子过，让我有一份信心，以后又叫我如何相信你会给我幸福呢？

当然了，这都是后话，结婚的时候我还是信心满满的，以为嫁给宋宇，就算没有爱情，他也会给我幸福快乐的生活的。

我穿着大红的嫁衣，用力地再抱了老爸老妈一次，然后就踏上了宋宇亲自来迎娶我的花车。天下父母嫁女儿的心思都是这样的，虽说老妈巴不得我快点嫁了，等到女儿真正要嫁人了的时候，她的心里，却是不无感伤的。

唯一的女儿啊，嫁了人，就是别人家里的了。车都开出好远了，我回头望，昏黄的路灯下，老妈的身影被拉得很长，很长！

上花车之后，看到宋宇惊艳的目光，我的心里又有了小小的得意。也不枉我从早上八点就开始去上妆，整整一个上午都在化新娘妆。费这么大的力气折腾，不就是想为悦己者容吗？

汽车颠颠簸簸地摸黑走了将近五个小时才到了M城，自我们家出发时是近一点的时候。为了给我送嫁，一堆亲朋好友在家里等候着。今晚，老爸老妈还要好好地找地方安置他们呢。昨晚就商量好了，送嫁的十多个都是最近的血亲，将就一晚，打地铺吧。

又弯弯曲曲地走了一阵，七弯八拐的，花车总算是开进了宋宇他家所在的村落。这个时候，已经是凌晨六点，天蒙蒙亮了。

有两个小姑娘将我扶下车，按照当地的习俗，这是陪姑娘。高跟鞋还在宋宇手里提着，我是逃命似的冲进新房了。

来不及看一眼自己的新房，我先弄了一盆清水洗脸。

哪里有什么漂漂亮亮的新娘子，美美的新娘妆，我相信自己现在的样子，比梅超风好不了多少。

怕毁坏了新嫁娘的形象，又考虑到路上四五个钟头的车程，上洗手间不方便。晚上的时候，我吃的东西不多，也没喝多少水。

没想到，刚上路不久，意外就发生了。我居然——晕车，难受得死去活来，甚至没有忍住，将宋宇的西装吐得很糟糕。而后，一路上都是趴在他的腿上昏昏欲睡。

别说发型了，我自己都不敢看自己的头上的鸟窝了，还有脸上，肯定有许多脏污。即使是用纸巾擦了又擦，也见不得人啊。

我们的婚宴是定在早上八点的，宋宇说，让我先稍作休息，吃饭的时候要去给一堆亲朋好友敬酒。

然后，他就出去了，外面还有许多事情等着他做呢。

我，还有两个陪姑娘，还有宋宇的姨妈表嫂外甥女等等的，一起坐在新房里闲磕牙。

M城的家乡话我还是能听得懂的，我们H县的方言口音却很重，因此到了这里，我都是讲普通话的。

可是一堆乡音，你一个人讲普通话，感觉怪怪的。因此，我说了几句之后，就闭紧了嘴巴不说话，那几个女人可能也不知道说什么好，只是傻笑着坐着陪我。

趁机，我眼珠子四转，打量着我们的新房。就算没打算在这里长住，已经买好了回程的车票，6号我们就要回S市，8号要照常上班的。

可这毕竟是我的新房，今天是我结婚的大喜日子啊，一辈子，可能也就那么一次了，我怎么可能不紧张在意呢？

看了一圈之后，我就如同置身于冰窖之中，心，拔凉拔凉的。

不知道为什么，想起一件事，这么一两相对照，心情更加不爽快了。

打完结婚证办嫁妆之余，也陪着老妈在小县城里到处逛了一圈。这几年都是在外面拼搏，每次也只是过年回来看看，就七天的年假，火车上就要度过两三天，每次都是来去匆匆的，还从没像这次那样在家里住这么久。

也就有了闲情，好好地逛逛H县，改革开放这么多年了，不只是沿海经济特区，老家也发生了翻天覆地的变化。

以前的那些企业纷纷倒闭破产，导致了一堆的下岗工人。于是，县里打零工做小生意的人多了许多。也有许多山里的人进城住，因此县里开始学习特区兴起了建房热。

爸妈下岗之前，我们一直住在爸爸单位的宿舍里，是那种老式的楼房，一层楼上有七八间房，住着好几户人家。

单位不景气，倒闭之后，整个厂房都被卖了。以前的老房子被推倒重建，据说是广东那边的一个很有钱的老板，将这附近的地皮全部买下来了。打算建成商品房，现在房地产事业可以说是发展得红红火火。

建了一座龙城花园，卖房的广告早就挂出去了，现在房子大体已经建好了。只剩下我们住的那一栋楼拆了重建的还没封顶，其余几栋房子只差最后的装修就可以住进去了。

在正式挂盘之前下定金，可以优惠百分之五。

搬出单位宿舍之后，我们一家三口就一直住在爷爷奶奶留下来的老房子里，冬冷夏热，而且漏雨。

实在是很不方便，我早就想帮爸妈买一套两居室的房子养老了，跟S市的天价比起来，我们H县的还真是小儿科。

因为照顾以前的老东家，那个广东老板说，像我父母这样本单位的员工如果买龙城花园的房子，可以再优惠百分之五。加上那百分之五，一起可以优惠百分之十，是一笔很可观的数字。

我心动了，所以想跟老妈一起去看看房子，有可能的话，买一套也好。初步预算了一下，一套60平方的房子大概在4万块钱左右，我这几年工作赚的钱大部分寄回家，老妈帮我攒了起来，离4万只差了一点点，让老爸老妈拼凑一些，也差不多可以整出一套自己的安乐窝了。

“小米，这毕竟是你的钱，还是留着做嫁妆吧。”

我搂着老妈的腰撒娇着：“贝太太，你呀，要注意锻炼了，你看看，小肚腩越来越大了。宋宇说了，他是娶老婆，不是要你们卖女儿。虽然他们宋家也不是很有钱，但不会要我们一分钱嫁妆的。那笔钱，正好给你们养老。以后，虽然他不敢保证会给我大富大贵的日子，但是至少有他在，就会有我的一口饭吃，也不会饿着你们二老的。”

号称不会说话的老实巴交的男人宋宇，这番话着实感动了贝太太，就算在婚礼的细节上和亲家公商谈的时候出现了一些小争议，贝太太当时其实很生气，差点就想起身离开，说这个女儿我不嫁了。

可是为了她看重的这个女婿，和气生财了。

我跟老妈去看龙城花园的样板房，结果，在门口碰见一个牵着三岁小男孩的女人。她一边走路一边训斥着自己的儿子："真是的，平日里老娘怎么教你的，做人要争气。就算隔壁的五毛比你大一岁，你打架也不能输给人家啊。"

狂汗，瀑布汗，有这么教育孩子的吗？

突然，却听见那个女人朝着我们的方向尖叫一声："贝小米，是你吗？"

原来，竟然是熟人，她就是那个小时候住在我们家隔壁，还被我和我老妈抢了饼干的王二丫。

后来，二丫父母工作调动，就搬家了。算起来，有上十年没见面了，难得碰见老朋友，自然要找一个地方喝喝茶聊聊天的。

于是也就知道了，初中毕业之后，王二丫就没再念书了，家里人都觉得一个女孩子读那么多书也没什么用。在西街那边开了一家小饰品店，生意越做越大，到现在，自己已经有了两个门店，请了四个人帮忙。

前几年，王二丫就嫁人了，嫁给对街专门批发日用品的一个老板，比她大了十多岁，却是一个老实人，而且知道体贴人。

现如今，儿子都可以打酱油了。

"哎呀，我们家老李，是一个粗人，没什么文化。不会在嘴上说甜言蜜语，也搞不来浪漫举动，就只知道给我钱，叫我买漂亮衣服首饰，哎。看看，这是我前几天刚刚买的新衣服，好看吗？"王二丫笑眯眯地说着，还在我面前转了一个圈，展示着她的花裙子。

"好看，好看。"我讷讷地说，忍住翻白眼的冲动。

都二十五六的老女人，孩子他妈了，还穿着娃娃裙，能好看得起来？

而后，她又给我讲了许多许多，无非也就是他们家粗人老李对她如何如何的。当时我心里还在想，真俗，俗不可耐，这就是没文化人跟文化人的区别，满嘴只知道钱。

可是今天，看着我们这个新房，再看着那个在外面和一堆亲戚寒暄的新郎官。看看就算儿子要娶媳妇了，也舍不得做一套新衣服，穿着满是油污，基本上看不出原本颜色的粗布褂子的我的公公，和那个满脸堆笑，脸上气色不是很好，头发不知道有没有梳理过的我的婆婆。

我突然就觉得，其实做一个俗人，也挺好的！

第十章 婚奴 恨嫁

至少，俗人老李在结婚的时候，给他老婆王二丫买了全套的金银首饰，不用二丫的公婆勉为其难地替她补办，也不用二丫她爸想着怎么在亲戚朋友面前解释自己女儿结婚时，脖子耳朵手指上都是光秃秃的。

至少，俗人老李在结婚之前准备了一套三居室的房子做新房，完全按照二丫的意思来装修。婚后还给她请了保姆，让她过着富太太般雍容华贵的生活。

再看我的新房呢，宋宇家还是八十年代初期盖的老式房子，泥土垒砌起来的。只是这几年才稍微装饰了一下，有几面快要倒塌的泥墙换成了红砖墙。

因为要置办新房，他们特地将家里最好的一间房拿出来重新装修了一番：粉刷了墙壁，甚至在地上铺了水泥，木板屋顶糊了一层塑料布。

宋宇的小外甥女往墙边一靠，身上就染了一层白色；地上还有一层层的水泥灰；外面的堂屋呢，还是老实巴交的泥巴地。

因为知道自己的父母没经验，而且做了几十年老实巴交的农民，也没啥水平，结婚要用的东西，新房的家具以及床上用品都是宋宇和他姐姐一起去买的。

以前他上学时，姐姐经常给他送饭，初中毕业之后，宋婷就出去打工，自己打工赚的钱，大部分都寄给宋宇交学费做生活费了。

可以这么说，除了父母，姐姐宋婷就是宋宇这一辈子最为感激的人了。

所以，第一次见到宋婷时，我是怀着一颗很虔诚的心的，打算以后把她当做宋宇父母那样好生伺候着。

只是这位说自己父母没有品位，非要自己去选购新房里的家具用品的姐姐的品位，我也实在不敢恭维啊。

家具是那种暗红色，床是米白色，这两种色调占据了屋子的全部视线。

呃，其实所谓的家具，也就一张床，一个衣柜，一个电视柜。

床上铺的是大红的被子枕套床单，我记得床上用品是我和宋宇一起去买的。因为我很讲究睡眠质量，而且有点认床，所以这些东西要自己买的。

我们买的是五件套的床上用品，应该有床帏的，为什么不铺上呢？这大红的床单露出底下米白的床柜，实在不那么好看啊。

想起那天跟王二丫告别之前，她听老妈说我也要结婚了，马上说恭喜，跟着问道："你老公对你好不？哎呀，瞧我说的，小米，你们都是大学生，文化人，日子肯定比我和老李要过得滋润啊。"

滋润吗？我不知道，我只知道，当我看到这间新房时，心情不是一般的糟糕。

宋宇说过，这几年他除了还学校贷款，家里就没有其他开销。应该也攒了几万块钱的，不过跟家里人说好了，这次结婚不能全部花了。

他说，小米，我们结婚是要过实在日子的，不能走虚场。婚是结给别人看的，可是日子是自己在过，我们还要攒钱买房，不能结婚一下子就把钱花光了，以后天天啃馒头吃酸菜。

这个理科生要么不说话，说起话来那是一套一套的，当然我也很赞成了，干吗为了虚荣心搞一场盛大的婚礼，害得自己穷巴巴的？

可就算如此，结婚是一辈子的大事，也不能太马虎了吧？去H县接我的花车，居然只是一辆普通的夏利，车上除了贴了大红的喜字，一朵花都没有。

刚才进屋之前，我的眼睛余角也扫到，连大门上都没有贴一个喜字。

不是说宋家二老早就盼着儿子结婚，家里把结婚要置办的东西都准备好了吗？东西呢，在哪里？

好吧，这些都是小细节，我姑且可以忍耐。反正我也不是虚荣的人，反正在这里也只住六天，然后，我们就要回S市了。我只当做没有看见，继续笑眯眯地面对着不断涌进来说恭喜的乡亲们。

这里的乡亲实在是热情，不管哪一家娶媳妇，全村的男女老少都要去看一下。每有一个看热闹的人来，作为新娘子的我，都要起身给他或她倒一杯热茶，再奉上若干茶点。

本来宋宇给我讲他们这里的习俗的时候，我心里还在想，那得准备多少一次性茶杯啊。可等我真正经历了这个场景的时候，完全傻眼，也没多少杯子，就我们新房里的那套茶具，一个茶壶加十只茶杯。

先来一批说恭喜的乡亲，给他们倒茶，喝了，然后把杯子里剩余的水倒掉。又接着上茶，给第二批进来的客人喝，杯子也没有洗一下。

手里端着一杯茶，在颤抖啊，我记得这个茶杯之前是给一个阿叔喝了的，现在又倒给一个漂亮的小姑娘。

她也接过茶杯一饮而尽，这、这不是间接接吻吗？

八点整，婚宴正式开始。

按照村里的习俗，是要开流水宴，让所有的村民敞开了肚皮吃三天的。我看了一下桌上的菜色，鸡鸭鱼肉甚至还有一只大王八，还真是丰盛啊。

让村民敞开肚皮吃三天？我扯了一下旁边正在跟所谓村长说话的新郎官的衣角，附耳低声问着：“吃三天，他们一个人得送多少礼金啊？你们村里人好有钱。”

宋宇的西服被我吐脏了，此刻换上了一件普通的家居服，再看看旁边穿着一身大红嫁衣的我。

怎么看，怎么别扭！

忙碌的宋宇分神回了我一句：“怎么会呢，不送礼的，别人家办喜事也是这么办的，我们只是回礼。”

这一句话，当时又让我的小心肝震动不小。

他们这个村子说大不大，可是说小也不小啊，怎么着也得有百八十号人，加上自家亲戚，老宋家办喜事，是在院子里和屋外头席开十八桌。看这排场这架势，比姚姗姗家的婚宴可能有过之而无不及。

宋宇说他是村里的第一个大学生，老头子一直盼着他结婚，如今心愿实现了，当然要让全村人都来分享他的喜悦。早从十天前就开始筹办婚宴上要用的各项物什了，费了很大的人力物力财力。别的不说，光是这些吃食，全部是上好的佳肴，让别人免费吃三天，再算上烟酒，光这一项开支就得好几万。

绝对是有钱人家的派头。

难怪宋宇的爸爸、我的公公说，这次结婚花了不少钱，几乎是花光了家里所有的积蓄。到了最后，手头有点紧，所以到我们家迎亲用的车很普通，发给亲友的烟啊糖啊也全是不入流的。

甚至有点拿不出手，老妈把宋宇带过去的东西单独收起来，又另外去买了喜烟喜糖。

刚才我在新房里看到的，除了柜子和床，电视是几年前买的旧电视，没有其他的电器。这国庆时节虽然不比盛夏，却也没有那么凉爽啊，结婚也没有买一台新的电风扇。甚至于，除了女眷和我一起坐在床上，其他的客人就只能站在一边了。

心里突然就有点委屈了，办给别人看的婚宴，就花光了宋宇几年的积蓄；而真正给我们置办的生活用品，就那么节俭寒酸。

真是应了一个词，我们都变成了婚奴，却不是为了能够遮风避雨的房子。

挨桌去敬酒，宋宇给我一个个地介绍客人，我大部分记不住，只知道赔着一张笑脸。听着半懂的乡音，看着这些乡亲们满口黄牙甚至有些口臭，说话时唾沫横飞，或者，一边吃菜一边跟我说话，让我一抬眼就看见牙缝里的菜叶子。

我极力忍住，才能让自己吃下去的东西没有吐出来。

就这么一桌桌酒敬过去，整整十八桌啊，腿都站得酸死了，膀胱里充斥着过多的某种液体。熬了快两个钟头，这一餐饭总算是吃完了。

好不容易等我们能够回房歇息的时候，宋宇带给我一个晴天霹雳：“这还只是第一回合，休息一下，中午再战。”

天，连着三天的流水席，我们都要敬酒！

这么一天折腾下来，以至于到了洞房花烛夜的时候，我已经是摊在床上作挺尸状了。宋宇也没了力气，躺在我身边喘着粗气，哪管什么春宵一刻，能有力气活到现在就很不错了。

就这么平躺着，两个人都静悄悄的，一句话没说。宋宇却突然伸手过来，按摩着我的小腿。

他知道，这一天的高跟鞋穿下来，我的腿肚子抽筋，脚掌磨出了血泡，都受着罪呢。

“洗手间在哪里？我想解手。”即使敬酒到后来，姐姐宋婷帮我把杯子里的酒换成了白开水，喝了这么多的白水也要释放出来啊。

宋宇的脸色变了又变，半天，才指着墙角的一个东东对我说：“要是小便，就在那里解决，大便的话，我打着手电筒领你去茅厕。”

顺着他手指的方向我看过去，是一个痰盂，我十分不习惯，那感觉像是在随地大小便，而且还非常不雅观地尿在器具里。

可是想到白天去上过的所谓的茅厕，心里更是不舒坦了，那个挖了一个洞，然后用几块大石头把四周垒起来的地方就是他们家的茅厕。

不，不只是他们家的，他们村总共也就三个这样的茅厕。没有门，只是用一块塑料布在边上搭着，稍微遮羞。

这样的茅厕，是不分男女的。

因为喝多了酒水，我跑了好几趟茅厕，开始都是宋宇陪着我去的，他在外头守着，我在里面解手。

到了后来，宋宇有事脱不开身，而我又实在是非常紧急，于是自己去了。刚刚蹲下来，那个遮挡不了什么的门帘子就被人从外面掀开了。

一个五大三粗的汉子。

那一刻，我窘迫得要命，想死的心都有了。

“闭嘴，谁跟我再提茅厕，我跟他急。”急吼吼地嚷嚷了一句，我下床跑到墙边。

正准备解开裤腰带蹲下来的时候，突然看到，黑暗中一双晶亮的大眼睛正盯着我看。

痰盂是放在墙角的，墙壁中间正是一扇窗户，那种老式的。因为要做新房，才临时装了一个不到一米宽的窗帘，顾头顾不了尾的那种。

借着外面明亮的月光，我看到，站在窗户外头的是宋宇的小外甥女。

她冲我嘻嘻一笑，然后居然来了一句："舅妈，你和舅舅怎么不把衣服脱光了就上床睡觉呢？我爸说了，洞房花烛夜就是舅舅和舅妈把衣服都给脱光了，然后再一起躺在床上睡觉呢。"

砰，我一下子失去全身的重量，瘫倒在地上了。

虽然才住M城六天，已经很无语了。

别的不说，首先饮食习惯上，宋宇家的一日三餐都是有固定习惯的，早上，我婆婆很早就起来熬好一锅白粥，再炒一盘花生米或者白菜，这就是他们的早餐了。为了迁就我，这几天才特地去城里买了包子。

宋宇说，一大早他爸爸就骑着摩托车进城去给我买包子，十分辛苦。

是啊，很辛苦，我很感动。所以，拿着大包子忙不迭地啃着。虽然，以前的我从来不喜欢吃肉包子的。

中午自然是吃饭的，到了晚上，我婆婆喜欢吃一点儿稀的，就用青菜下面，也没有其他东西。宋宇说他们家一年三百六十五天都是如此，他早就非常习惯了。

我——我不知道说什么好，因为，他们三个人都是吃的青菜面条，婆婆特地为了我煎了一个鸡蛋。

当然了，只有我一个人有，我夹着鸡蛋正准备送进嘴巴的时候，我婆婆说："家里的鸡蛋一般都是攒起来卖的，连你爹想吃，也只有在他过生日时才会给他煮几个。今天是为了小米才特地煎了鸡蛋吃，小米，你要多吃一点儿哦。呵呵，现在家里有七只鸡下蛋，每个月卖鸡蛋的钱都够交水电费的呢。"

我拿着筷子的手抖了一下，这个鸡蛋无论如何也不敢往嘴里塞了。我的公公过生日才能吃到的鸡蛋，这平常日子的，我这个做儿媳妇的哪里还敢再吃啊？况且这还是要留着换钱交水电费的。

"你不喜欢吃啊？"婆婆是一个实在人，看我半天没有下筷子，马上就把鸡蛋夹走，放进宋宇碗里，"你吃了吧，千万不要浪费了啊。"

自然地，第二天晚上，我就没有特别待遇了。这清汤白面的，吃得再多，我晚上还会觉得饿，饥肠辘辘的。

然后，宋宇就带我去城里玩，买一些饼干零食吃，我习惯了每天都要逛超市的。买一些特价的日常用品以及吃食之类的，看到黑人牙膏在做活动，一支140g的茶倍健才卖9块钱，觉得好便宜啊，当时就买了。还买了牙刷洗发水之类的，自然都是为公公婆婆买的，我早上起来看见他们用的牙刷都是好破旧的，牙膏也是很费力地才能挤出一点点。

我是好心好意，掏的还是自己的口袋呢，可是我的公公说："我们的牙刷还是好的，牙膏还能用好久，干吗要买新的？小米，日子不能这么过，要节俭啊。"

他们以前用的那管两面针牙膏明明已经很瘪了，我看婆婆费了好大的劲儿也挤不出一丁点儿才买的，公公居然这么说，还批评我不会持家；及至听说，我光是买牙刷牙膏就用了十多块钱，买一斤饼干居然也要十多块钱，他们的脸色，我已经不知道该如何形容了。

还有很多很多问题，也都很让我无语。

我也不能算城市姑娘娇小姐，我们H县只是一个小地方，虽然我是镇上长大的，七岁以前却是生活在乡下外婆家。也算得见过猪走路，分得清麦苗和野草的女孩子了，可是到了宋宇家，我才算真正知道了什么叫做中国的农村。

做饭用的是老旧的那种要烧柴火的灶台，洗衣服洗菜到门口的号称是湖，可我觉得就是一个大水坑的地方。也没有具体划分，洗衣服洗菜饮牛甚至洗痰盂粪桶，都是在那里面进行的。

一开始还没什么，眼不见为净，我婆婆炒的菜虽然比不上大饭店师傅的手艺，至少也可以填饱肚子。

4号早上我起来之后散步至塘边，看见这一奇景之后，中午这顿饭就怎么也咽不下肚了。我亲眼看见我的婆婆，将一把大白菜在塘里洗了一遍，然后，拿回家切了，就放进锅里煮了。

当时，她的右上方，隔壁二娘家的媳妇正在给他们的孩子洗尿片，还有几块片，是沾了小孩子的屎的。

我公公养了两头大肥猪，据说，到过年的时候，一头杀给自己吃，一头杀了卖钱。非常具有经济效益，非常创收的。

每餐饭总会有剩下的，比方说，我中午没吃，他们没觉得是浪费了。当时我还非常讶异，我那提倡勤俭持家的公婆大人居然没有觉得我遭天谴地浪费食物了。

原来，是家里养了猪，每餐的剩饭剩菜他们都会放在一个大缸里装着，煮潲水给猪吃。而且，喂猪还是很有讲究的，猪虽然是畜生，待遇也不能比人差太多。至少有一点跟人一样，不吃冷食。

然后我就发现，我那神奇的婆婆大人，她直接从水缸里拿出一个瓢，舀了喂猪的潲水到锅里烧开。用热食喂猪，接着，拿黑漆漆的抹布将锅擦一下，就开始做饭了。

没有洗锅……我又开始有风中凌乱的感觉了，天啊，居然是与猪同食。

第十一章 宋宇，我们离婚！

没想到，在我们结婚一个月的纪念日，又正好是碰上了星期六。我本打算做几个好菜犒劳一下老公大人，跟他吃一顿浪漫的烛光晚餐的。

在家里左等右等，等了一晚上，下午就出去，说有急事马上就回来的宋宇依旧没有回家。打他的手机，是关机。

我继续等啊等，心急如焚，差不多快要十二点的时候，终于在一个朋友的帮助下找到了宋宇。

那个时候，他正烂醉如泥地躺在一张大床上。

酒，他妈的真不是好东西；喝了酒绝对会乱性，这句话，在宋宇身上得到了很好的印证。

那一次喝酒，他跟我去酒店开房，来了一个混乱的一夜情，然后才有了我们这场莫名其妙的无关爱情的婚姻。

现在呢，他又喝醉了，躺在床上，光着身子；旁边呢，是同样光着身子的郑莉莉。

大家都是成年男女了，我不敢要求宋宇以前和郑莉莉没有发生过任何实质性的关系，可我们现在已经结婚了，我才是宋太太，总该有资格要求自己的丈夫守清规吧？

直接倒了一杯凉水，对着宋宇的脑袋泼了下去，看他似乎清醒了几分，丢下一句："宋宇，我们离婚吧。"

我就离开了。

妈的，结婚到现在，发生了许多意外，宋宇的大男人主义让我们之间有许多的纷争。可是老妈教育我，做了人家的太太，好多事情就不能像在家里做姑娘一样任性了。男人跟女人本来就不一样，男人更多的是为事业打拼，而女人要为家庭付出得多一些。小米，你已经长大了，要为自己的选择负责。

所以，我努力地长大，努力地为自己的选择负责，努力地扮演好一个贤妻的角色。

宋婷告诉我，宋宇早上习惯了吃粥，光吃外面买的包子，他的胃会觉得不舒服的。郑莉莉不会烹饪，从来想不到要帮他调理营养伙食的，宋宇也跟我感叹过。

再怎么样，也不能输给一个喜欢背叛的女人吧？于是，我每天早起半个小时，用高压锅为他熬一锅热乎乎的白粥；宋宇一直睡到上班前一个小时才起来，匆匆洗漱完毕就要走了，甚至来不及喝一口我辛苦煮好的粥。

问及原因，他说粥太烫了。

OK，太烫了是吧，那我再起早半个小时，把粥煮好了放那里凉着给你吃总可以了吧？

老妈的话说得是有道理的，结婚以后，宋宇养家，还要攒钱买房。我的收入本就不及他的四分之一，他说让我自己攒起来，以后还要孝顺老爸老妈呢。感谢他对我父母的心意，自然地，我就在生活上对他多照顾一些了。

以前都是单身生活，现在有了家庭自然是不一样的，每天晚上我们下班之后，会买菜一起做饭吃。总是我洗菜他炒菜，吃完饭后，他就坐在电脑前忙碌着，我呢，要洗衣服拖地搞卫生。

“宋宇，快去洗澡，洗了澡我好把衣服一起洗了晾了。”八点钟的时候，我对宋宇说。那会儿，我刚打开电视，准备看完黄金剧场的电视剧就去睡觉。早上六点就要起床，晚上不早点睡，白天上班会打瞌睡的。

老公大人哼了一声：“嗯，等一会儿就去。”

好吧，等一会儿吧，反正电视剧才刚刚开始，我也要到十点钟才睡觉。等我看完一集电视，快九点了，发现那个男人还坐在那里没动，又催了一次。

回答我的依然是宋宇的一声哼哼：“马上就去。”

可是等我又看完一集电视，已经九点半了的时候，那个说马上就去的男人还坐在电脑前没有动弹。

我忍不住怒了："宋宇，快去洗澡。"

洗衣机洗衣服至少要30分钟，然后还要晾衣服，那个男人还让不让我实现早睡的心愿了？

"你吵什么，烦不烦啊，洗个澡也没自由。"宋宇一心盯着电脑屏幕，头也不回地丢给我这句话。

这下子，我的小宇宙华丽丽地爆发了，我跳到电脑桌前，张开双臂挡住某人的视线："站着说话不腰疼，每天晚上洗衣服的人是谁啊？"

亏得我以前还以为他是好男人呢，还会为郑莉莉洗内裤，用手洗；是不是因为，那个女人是他真心爱着的？

而我，只是一个凑合着结婚的备胎？

宋宇只是望了我一眼，然后默默地站起来，拿了睡衣进浴室。二十分钟之后才走出来，提着洗衣篮，将脏衣服全部放进洗衣机里，而且，内裤、袜子，还有衣领、衣袖，他都已经在浴室里搓洗好了。

看到这一切，我又笑眯眯了，搂着宋宇的脖子撒娇："亲爱的老公大人，我们去睡觉吧。"

我就是这么一个人，急性子，脾气来得快，也去得快。套用一句贝太太的话说，那小米啊，就跟孩子似的，拿颗棒棒糖就可以把她哄得乐呵呵的了。

关键在于，有些人，愿不愿意拿出那根棒棒糖呢？

当然了，也会有一些幸福甜蜜的时候。比方说，在宋宇不那么繁忙的夜晚，两个人会一同去洗澡；咳咳，虽然两个人一起洗澡，名为节约用水，实际上比两个人分开洗要多用许多水，多用许多时间。某人还会借洗澡之名，行禽 兽之实，害得我洗一个澡还洗得腰酸胳膊疼的。

洗澡的时候，宋宇会帮我洗头，洗完澡之后，又用吹风机把我的头发吹干。

"贝小米，你这个懒鬼，头发都没干怎么能去睡觉？第二天起来，一头乱糟糟的鸟窝不说，还很容易感冒、头痛的。"一边恶狠狠地骂着，宋宇却是拿着吹风机细致地吹着我的"鸟窝"，一只手轻轻地撩起我的发丝。

坐在梳妆台前，望着镜中那个男人一边皱眉一边行动的样子，不用说，那个小女人是一脸甜蜜幸福的微笑。

生活就是这样，永远都是一些柴米油盐的小事，很琐碎很繁杂，远没有小说电视里的浪漫温馨；可是我们的生活，正是由这些琐碎繁杂的一个个的日子组成的啊。酸甜苦辣，什么滋味都有，这才可以构成生活啊。

结婚一个月，我们时而吵闹时而甜蜜，磕磕碰碰的，也算一对幸福夫妻了。却没有想到，只一个晚上，就让我知道了，幸福只是假象。

本来，宋宇爱的那个人就是郑莉莉，他曾经为她付出过很多，只是因为郑莉莉的背叛，高傲的宋宇觉得一时之间无法接受，才会拿我当了垫脚石的。

现在那个女人回头，哭哭啼啼地说着她还爱着他，宋宇肯定就会心软了。男人都是这么一个德行，电视剧虽然演得很夸张，可也是源于生活，高于生活不是吗？

我一个人在街上漫无目的地走着，却不知道该往哪里去才好。

回家？现在我在S市的家就是宋宇租的那个房子，怎么可能还会回到那里去？

同学？朋友？段心蓝一直都是跟卓越住在一起，两个人租的一厅室的小房子，我实在不方便去打扰啊。至于于灿那里，小妮子今晚又不知道去哪里疯了，手机一直是关机的。到了这个时候，才发现自己平日里的交际圈子真小，真到需要用朋友时，居然一个都找不到了。

刚准备随便找一家旅馆住一晚的时候，发现了一个悲剧：我忘记带钱包出来了，除了钱，身份证也在钱包里面啊。

“上车吧。”身后传来那个男人的声音。

是他告诉我宋宇在哪里的，刚刚冲出来之后，他也一直开车尾随在我身后。怎么，怕我想不开要自杀，所以跟在后面充好人吗？

我继续往前走着，而且加快了脚步，一点儿都不想上后面那辆车。那辆大奔还是姚姗姗送给他的呢，一个男人，吃软饭的男人，看着他，我只会觉得恶心。

“贝小米，这么晚了，你一个女孩子在大街上走着会有危险的，快点上车吧。”林志远在后面叫着。

危险个P，S市根本就是一座不夜城，这才半夜12点半，对于许多人来说，夜生活才刚刚开始，大街上灯火通明着呢。

一声无奈的叹息之后，那个男人不作声了，连汽车轮胎摩擦地面的声音都消失不见了。然后，响起的，是皮鞋与地面接触的声音。

三步并作两步，林志远跑到我的身前，一把就抓住我的胳膊：“小米，你别这样好不好，我想跟你谈谈。”

“我们之间还有什么好谈的？”我奋力挣扎着，男女力气上的差距却让我挣脱不开。

都已经各自结婚了，甚至，林志远还笑着给我们祝福了。现在，又重新出现在我面前，说着什么要谈谈的话。

还有这个必要吗？

林志远一脸痛苦祈求的神色，我差点就要心软了，突然打横侧冲过来一个女人，啪的一下挥开某人的爪子。

“林志远，你还有脸找小米？”说话的人正是段心蓝，那姿态那架势那说话的腔调，跟土匪恶霸差不了多少啊。

在学校的时候，段心蓝做了我们四年的班长，又是系学生会主席，一向是很有威严的。

“我——”林志远才张口，却有一根手指头点到他面前了，离鼻尖，只差一厘米的距离。

“你什么你，你这个懦夫，要分手你就直接说啊，你一走了之不告而别算什么？你还是不是男人啊，居然做出这种窝囊废的举动。你知道当年小米一个人在S市，举目无亲，差点流落街头有多痛苦有多辛苦吗？你知道这些年她是怎么熬过来的吗？”

段心蓝双唇不断地开开合合，吐出的字字句句都是犀利的指责，林志远的脸上，不消说，各种复杂的表情都有，“我——”

“我什么我。”才说一个字，又被强悍的心蓝打断了他的话头，“你滚蛋吧，既然当年你就那么一走了之了，现在又何必出现在小米面前呢？你知道吗，她现在生活得很好很幸福。对她来说，你再也不要出现在她面前了，这就是你们之间最好的结局。”

静静地望着我，林志远只是问了一句：“小米，这也是你希望的吗？”

我轻轻地点头，终于，叹了口气，某人转身，上了他的大奔，滚蛋了。

事情的结局已经注定了，不管你是要来忏悔悔过后悔或者什么的，都已经没有意义了。所以，我们还是不要再见面了。

和旧情人纠缠不清，对彼此的新生活，都是最大的伤害啊。

再见了，亲爱的志远哥哥；别了，我的青春年少的岁月。

“接着。”从冰箱里拿了一罐可乐扔过来，段心蓝恶狠狠地骂了一句，“笨蛋。”

猛地灌了一大口可乐，我愤愤地想着，没搞错吧，我这么可怜，新婚才一个月就遭到了丈夫的背叛。这个号称是我最好朋友的女人，居然还骂我是笨蛋？

忍耐啊忍耐，小米，你现在是人在屋檐下，不得不低头啊。

“怎么，不服气是不是？贝小米，我告诉你，老娘今天就是想骂你，骂醒你这个大笨蛋。”段心蓝也拿了一罐可乐，一屁股坐在我对面的沙发上，“我和卓越昨天下午去大梅沙玩，本来是准备在那边过夜的。谁知道，睡到半夜突然接到宋宇的电话，说你这个丫头跑了，也不肯接他的电话。现在气头上肯定也不想见他，无奈之下，他只好让我帮忙啦。”

所以，段心蓝就连夜从大梅沙赶了过来，刚好及时出现。帮我赶跑了林志远，然后带我回家。

难怪我一进来就觉得奇怪，这三更半夜的怎么没看见卓越？不对！“心蓝，都快两点了，你一个人从大梅沙回来的？你这女人疯了不成，这么晚了，路上要出了什么危险怎么办？”

“你现在也知道怕啊，这么晚了一个女人在大街上要出了危险怎么办？”段心蓝撇嘴，看到我脸上紧张的神色之后才满意地一笑，“你放心，卓越和我一起回来的。他知道今晚我们肯定要彻夜不眠，秉烛长谈，所以去同事家借宿去了。”

“现在已经两点多了，这么麻烦你们，还要卓越去折腾他的同事，真是不好意思啊。”本来就是不想太麻烦她，才没给心蓝打电话，没想到到了最后，还是要靠她。

“切，我们之间，用得着说这种客气话吗？贝小米，你就别寒碜我了。”话虽是这么说的，满不在乎的强调，望着我的眼神，却带着许多的担忧。

段心蓝就是这么一个人，刀子嘴豆腐心，外冷内热，看起来凶巴巴的，其实非常古道热肠，是一个很讲侠女精神的姑娘。

当年，在物质条件上，无非也就是吃得差一些，住的地方小一些简陋一些，上班辛苦一些，这些我一个人都熬得住。

最大的难过却是，精神上的，我始终想不通的就是，我贝小米犯了什么错，让一个男人这么避之唯恐不及，不告而别地逃跑了？

就在我失眠、神经衰弱，晚上都是以泪洗面，快要崩溃的时候，段心蓝姑娘出现了，一出现就劈头给我一顿好骂。

“没搞错吧，天涯何处无芳草，何必单恋一枯草？那个小鼻子、小眼睛、鼠目寸光，不知道我们小米有多好的男人，值得你为他这么难过吗？”

尔后，她一有空就拉着我去逛街，去吃东西，去跑步，去……总之，那一个月，卓越经常跟我抱怨，我们家的心蓝现在跟你在一起的时间比跟我在一起的时间，绝对是要多多了。

十多年的感情，成功地被她用强制的方法驱赶了（至少表面上是如此），代价是，那一个月我对S市吃喝玩乐的地方熟悉了许多，钱包空了许多，体重直线上升了许多。

之后的这三年，我们俩在S市，不是亲姐妹感情胜似亲姐妹，同舟共济地过了三年。

得知我要结婚了，心蓝倒是没有多问，只是非常隆重地约了宋宇一起喝茶。然后慎重地对他说：“我把小米交给你了，以后你可不能欺负她啊。”

搞得就跟我妈似的。

而这个宋宇也真聪明真狡猾，这一出事，居然知道要打电话给心蓝；

或者，是他自己心虚，不知道该如何解释。

段心蓝眯眼看着我，以一种非常奇怪的眼神，搞得我十分不自在，往后挪了挪身子，又双手抱胸保护着自己。

我问道："妞，你干吗要这样看着我？"

心蓝鼻子里哼出一声："你都不看八点档的狗血言情肥皂剧吗？"

心蓝这突如其来的一句问话搞得我晕头转向的："童鞋，请你不要乱套用剧情好不好？说得我可是一点都不懂呢。"

"今天晚上，不，现在该说昨天晚上，你将你家老公与别的女人捉奸在床，一怒之下，就一个人跑了，对不对？小米，你还真勇敢，走之前还泼了宋宇一杯冷水。"

我点头，没想到，连这种小细节宋宇都跟她说了。怎么，知道心蓝对我的影响力，让她来规劝我了？这可是人证物证俱在，事实摆在眼前的，还有什么好说的？

"可就有那么凑巧，你怎么都找不到人的时候，那个林志远就出现了？一下子就能找到你的老公，而且知道他在别的女人床上？贝小米，用你那不太发达又不经常转动的小脑好好想一下可以不？这个世界上有那么凑巧的事情吗？而且，宋宇为什么会喝醉呢？你不要学言情小说的女主角，二话不说转身就跑，任由一个莫名其妙的误会害得两个人就分开了好不好？小米，你是一个勇敢的人，应该走上前去，给那对奸夫淫妇一人一个耳光。然后，将详细情况向宋宇问明白的。"

望着心蓝，我苦笑了一下："你说的其实我都明白，看到他们在床上的第一瞬间，我是很难过很混乱，不过随即也就想明白了，宋宇不是那样的人。我之所以这样，是有我的原因的。"

"什么原因呢？"段心蓝问着，抬头看了大门的方向一眼。

不过我一心沉浸在自己的思绪里，并没有发现。

耷拉着脑袋瓜子，我一心低头望着手中的可乐罐子："我发现，我可能，爱上了宋宇。"

身后传来一阵急促的脚步声，而后，我感觉到自己被人从背后拥住了，紧紧地。刚准备挣扎喊救命叫色狼，一种致命的熟悉感传递过来，让我一动不动地，任由他抱着。

“小米，你是说，你是说你爱上我了，真的吗？”宋宇的声音很激动，结结巴巴地问着。

闭了闭眼睛，掩饰住自己的心慌在意，我用一种豁出去的表情说道：“是的。”

“那为什么你不告诉我呢？”将我的身子转过去，双手搭在我的肩上看着我的眼睛，宋宇认真地问着：“我们是夫妻，有什么话不可以当面说出来的？”

不知道为什么，看见他那样我就有气，奋力挣脱他的双臂。继而用一种有点激动的声调，大声嚷嚷着：“说，你给了我说的机会吗？才结婚一个月而已，你给我的感觉，就像是我们已经结婚好久了。久到你觉得我们的婚姻是鸡肋，跟我无话可说了。每天一下班，你对着你的电脑老婆就可以了，哪里还需要我啊？当然了，你原本就不是要我的，你爱的那个人是郑莉莉。跟我结婚，只是出于一种需求。”

宋宇震惊地望着我，眼里闪过一丝受伤，却突然望了我旁边的心蓝一眼，没有说话。

段心蓝叹了口气：“你们这两个人，怎么都搞得跟苦情戏里的人物一样。得，别觉得不方便，就把这里当成自己家客厅吧。有啥话尽管说，放心，我要回房睡觉了，绝对听不到你们谈话的内容。说完之后，就可以滚蛋离开了，记得帮我把房门带上。”

说完，她捂嘴打了个呵欠，然后真的转身回房了。不顾我求救的眼神，将小白兔留给大灰狼了。

好吧，既然如此，我索性一次性跟宋宇把话说清楚。

其实，我们俩最大的隔阂是，我们结婚只是被两家父母催婚逼出来的。一直以来，我觉得宋宇爱的那个人都是郑莉莉，而自从我们特殊的认识方式以后，我对他却产生了不一样的感情。先爱上的那个人，总是输家。

于是，我才会患得患失，才会忘记了，宋宇本就是一个沉默寡言的人，怪他在家里经常闷不吭声，经常性地玩电脑不理我。

甚至，妒忌起他的电脑老婆了。

“谁让你说的，只要是一母的，带回去结婚就可以了，才不管对象是谁呢。”

宋宇苦笑：“我难得跟你说了那么多话你都不记得，单就这句话印象深刻？天底下那么多只母的，我为什么单就要跟你结婚呢？小米，当然是因为我也爱你啊。”

我欣喜万分地抬头看着眼前这只闷骚男，能让他吐出这句话，那可是相当不容易啊。也许这个字，这辈子我也只能听到这么一回了。

而后，在段心蓝家彻夜长谈的人变成我们夫妻俩了。终于，我们把所有的问题都谈清楚了，所谓的恋爱就是要谈的，什么都放在心里，不出问题才怪呢。

我之所以会没有安全感，是因为宋宇的沉默寡言，他什么话都不说，我心里自然会发慌；再加上，之前郑莉莉找过我，言之凿凿，说宋宇爱的只有她一个人。就算跟我结婚了，也只是一时头脑发热，现在流行闪婚也很流行离婚的。让我当心点儿，看好自己的老公。

宋宇却说，是林志远找他，说有关我的事要和他谈谈。所以他才会紧张在意去赴约，没想到只是喝了一杯开水之后就什么都不知道了，醒来就是我所看到的场景。

看来，是我们这两个笨蛋都中了别人的圈套了。

“郑莉莉找过你，你为什么不告诉我呢？”

白了宋宇一眼，女人之间的较量，男人不会明白的。要是郑莉莉一找我，我就向宋宇告状，这像什么话？而且我才不想给他们过多接触的机会：“那林志远找你，你为什么不直接跟我说呢？”

宋宇苦笑了一下，伸手过来握住我的手，紧紧地：“小米，我们约定，以后不管有什么事，都向对方坦白，好吗？”

我点头，宋宇笑了，抱着我欢呼起来了；结果，从房间里面丢出来一个抱枕，和一声怒喝：

“你们两个，要亲热滚远点儿，别在我家惹人嫌。”

终于，在结婚一个月之后，我们这两个为婚成奴的男女开始真正地步入恋爱生涯了！

第二卷　走出蜗居

第十二章　房子越来越小了

“呃，你说，放在哪里比较好呢？”

我问宋宇，他看看客厅看看厨房，在屋子里转了整整两圈，然后，回来对着我叹气，两个人面面相觑。

周末的时候，我和宋宇花了很多心思，仔细地从人人乐抢购回两台打特价，而且超级实用的电器：5公斤的全自动海尔洗衣机，以及美的冰箱。

都只要一千来块钱，不是很贵，而且只有我和宋宇两个人用，大小也足够了。我美滋滋地想着，电脑、电视、冰箱、洗衣机，再装一个空调，买一套组合家具，我们的家就很温馨齐全，很有家的样子了。

东西刚买回来，却犯愁了：别说那些大家具了，光是这电冰箱洗衣机的，房子就这么点大，这些东西该往哪里放啊？

结婚的时候我们租的那个房子，是带有家电的，使用起来是很方便，就是一个月租金要贵了两百块。

一年下来，那可就是2400块钱啊，2400搁在特区不算什么。这要是在老家，够我爹妈一年的生活费呢。再说了，结婚之后我们也打定主意要开始攒钱买房，租房住只是暂时的过渡。所以考虑再三之后，我跟宋宇一致决定要换一套便宜一点的房子。

周末的时候在向南苑转悠了很久，终于租了一套合适的房子，一房一厅，一个月才700块钱呢。虽然地方小了一点儿，楼层高了一点儿，可是反正我们也只是暂时性过渡，能将就着凑合住人就可以了。

空房间，里面什么东西都没有，我们自己一样一样地添置家什。

八楼，上面就是顶层了，没有电梯。每天爬楼梯的确很累，经常是气喘吁吁地爬了半天，停下来喘口气的时候，发现自己才走一半，才到四楼呢。

房子也不大，沙发好不容易才塞进客厅的，房间里放了床和单门衣柜之后，连电脑桌都不知道往哪里搁了。

一开始住进去的时候，只是买了床、柜子、沙发、桌子、凳子，反正我们每天大部分时间都在公司里度过的，回家也只是吃饭睡觉，要那么大地方那么多东西干什么？八楼也不错，在公司里坐了一天，多爬爬楼梯就当做是运动锻炼身体啊。

没想到，这一锻炼就是两年。

这两年期间，物价涨得很快，房价更是以坐飞机的速度飙升着。宋宇换了一次工作，加了2K的薪水，而我呢，年薪涨了2K。

总想着等多攒一点钱，首付就多付一成，还可以买大一点的房子，以后就不用那么辛苦还债了。

结果，两年过去了，大一点的房子没有，反而是即使这两年我们又多攒了十万块钱，也不够房价涨起来的那部分了。

当然了，还有一个很大的原因，结婚时开销也很大，把宋宇的积蓄花得差不多了；那个时候，我也给贝太太买了晚年安身立命的居所，两个人手上都没什么钱。

钱钱钱，这两年我们的生活过得很一般，亲朋好友都羡慕我嫁了一个好男人呢。一个月工资有一万多块，又不吃喝嫖赌，没有不良嗜好，不会出去鬼混，甚至不抽烟不喝酒节约用钱。这么会挣钱的人又这么不会花钱，贝小米你还真享福，找了这么一个好老公，那么多钱都留给你吃香的喝辣的吧？

同学同事朋友都这么打趣我。

我却只能苦笑以对，吃香的喝辣的？只有我自己明白，我们现在只能叫基本的温饱生活，每个月除了吃穿住用，甚至不敢出去玩。在S市这么多年了，甚至还从来没去世界之窗玩过。

每次只在门前溜达着，140的门票，舍不得；甚至于，生活还每况愈下呢，每天晚上我洗衣服的时候都会这么愤愤不平地想着。至少在刚结婚那会儿，我们还有洗衣服用的洗衣机啊。

这两年，每个月要把百分之七十的工资存起来，再各人寄一千块钱回家，剩下那一点儿在S市想过奢华的好日子，还真有点难。

嫁给宋宇的时候，做了一次婚奴，之后虽然我们依旧会时有争吵，两个人的感情倒逐步趋向稳定，大有向甜蜜幸福生活靠拢的趋势。满心以为自己会翻身农奴做主人，好日子没过几天，又做了一次奴隶——房奴。

为了攒钱买房子，许多事情我们都不敢做，每次花钱都要斤斤计较。看看这笔钱是否会花掉我未来的一平米房子或者房子里的一块瓷砖。

结婚两年一直过着这种紧巴巴的日子，心里也挺难受的。好吧，买不起房子，买台洗衣机犒劳自己的玉手总可以吧？正好赶上五一商场在做活动，家电都特价酬宾，于是不听宋宇的劝阻，搬了那两样大电器回家。冰箱还好，塞进客厅了，洗衣机呢，那个小小的洗手间根本就放不下。阳台上又没有水龙头，那该怎么办啊？

又一次地感叹，要是我们有自己的房子该有多好啊。

这两年周末有空的时候，我和宋宇也经常出去看房，最接近买房的机会，却是在两年前，我们刚刚结婚那会儿。

其实那个时候我看中过一个楼盘，在关口附近，开发商刚刚开始营建的时候，曾经贴出过广告，如果提前下定金，可以便宜很多。

那个时候，是不到5000块钱一个平米。

没有现房，只能看广告，售楼人员给我看的图纸上的户型不错，两居室的房子，复式结构，一楼的客厅很大，二楼除了卧室还有一件储藏室。

以后有了孩子可以自己把客厅隔开，做个小房间出来，完全可以改成三居室的格局。而且这种复式结构的房子，二楼完全是等于送的。表面上看六十平米的房子，实际利用面积可以达到八九十个平方，买下来实在很划算啊。

总房价30万左右，就算两成首付，6万。我和宋宇自己的积蓄不够，再一人去借一点也是不成问题的。不想长期有房贷压力，那就供个十年吧，一个月还3000块钱左右，我们两个人也负担得起。

当即，我就拍板了，很想把房子买下来。

宋宇却拼命反对。

首先，他不想到处借钱。

以前念书的时候，家里太困难了，就是四处借债度日的。如今村里人都知道，老宋家的高才生在大城市拿高薪，工作了好几年还要家里人出面去借钱，这太丢人了。

在S市呢，我们也很难借到钱的，朋友同事关系都很冷漠。平日里玩的时候看起来哥俩好，一谈到借钱，都溜得很快了。

其次呢，这个房子还没有开盘，我们目前所看到的只是图纸，听到的只是售楼小姐的介绍。作为开发商那边的人，她巴不得把房子夸得天花乱坠，说得多好多棒没有一点缺点的，那样只为了吸引更多人下定金，开发商好拿这些钱盖房子。

其实那些商人本身，不一定多有本钱的，这就叫做空手套白狼。

实际上呢，真正的楼房建起来是什么样子谁都还不知道呢。可是2万块钱的定金也不是小数目，投进去不能打水漂啊，宋宇是一个做事很稳重的人，他自然不会干这样的事情了。

“可是，就因为还没开盘，才能买到这样的价位。等房子真正建好以后，你看吧，别说5000了，8000块都不止呢。”我小声地咕哝着。

没想到，宋宇听到了，摸着我的头发笑着：“傻孩子，这话是那售楼小姐说的吧？人家说什么你就信什么啊，她巴不得自己的房子都快点卖出去，人家就是吃这一碗饭的，当然会这么说了。你要真听她的，就要上当了，我觉得房价不会涨得那么快的。”

“再说了，是的，这复式结构的房子是有你说的这许多优点，平面利用系数高，通过夹层复合，可使住宅的使用面积提高50%—70%；户内隔层为木结构，将隔断家具、装饰融为一体，既是墙，又是楼板、床、柜，降低了综合造价；上部层采用推拉窗户，通风采光良好，与一般层高和面积相同的住宅相比，土地利用率可提高40%。可是复式结构的房子也有很多不足，一旦没有建好，也很麻烦的。复式住宅面宽大、进深小，如采用内廊式平面组合必然导致一部分户型朝向不佳，自然通风采光较差；层高过低，我听说一般的复式结构的房子，是整体房高3米多，一般是厨房2米上面夹层一米多。如果厨房只有2米高度，长期使用易产生局促憋气的不适感，贮藏间较大，但层高只有1.2米，很难充分利用；由于室内的隔断楼板均采用轻薄的木隔断，木材的成本较高，且隔音、防火功能差，房间的私密性、安全性较差。”

“这么多缺点，没有看到现房谁敢下结论啊？小米，还是再等等吧，等我们自己手上钱多一点，还怕买不到中意的好房子吗？”

真是时光如流水，流逝了就匆匆不复返啊，这一等，两年过去了，我们还住在当时租的小房子里面。

那个我想买，宋宇极力反对的复式结构的房子封顶以后，我们去看了，建得还不错，而且整个花园小区绿化环境十分优雅。所以，房价涨得超快，封顶开盘以后，果然就如同那个售楼小姐所说的，一下子就涨到了八千。

看到了现房，宋宇当然也动心了，也十分想买。可按照现在这个房价，两成首付就得十万了，我们两个人的存款加起来也不到五万，借那么多就难一点了。

于是宋宇说，再等等，也许这只是开发商造势，再等一段时间房子卖不出去，自然就会降价了。

“在关口那里又不是市中心，一平方米就要8000块，吓唬人吧，以为他们家的房子是黄金造的啊？”

在宋宇老家，城里他不知道，他们村有户人家，搬到外地去了，就把以前的房子卖了。才盖了不到三年，三层楼的大房子，每层都有一百多平米，还有一个很大的院子，也才卖了不到5万块。

所以，宋童鞋才会有此一说。

我翻了一个白眼，M城的乡下跟S市能相提并论吗？不过眼下也确实没有这么多钱买，还是等明年吧，等我们攒到十万块钱，一定可以买一套更好的房子。

第二年，我们手上的存款的确过了六位数，可是市内的房价也到了五位数。哪怕就是关口的我们以前看中的那个楼盘，均价也到了一万八，更别提市内了。

一万八，六十个平方，那就是一百零八万，哪怕首付两成也要二十多万啊。真是天文数字，望着这天价房价，我真想仰天长啸。

两年以来，我们也曾看过许多楼盘，都很漂亮，结构很好，居住肯定理想舒适。可是那价钱，看一眼，就让人望而生畏了。

市内新楼盘的均价已经差不多快到3万了，哪怕关外，也要一万多了。

最好的机会就是两年之前可以预订的那次，可惜由于宋宇的谨小慎微，我们错过机会了。这种事就是这样，错过了，机会就很难再来了。

宋宇总是说，不想借太多钱，等等再等等。可是，这攒钱的速度根本就赶不上房价飙升的速度。

机会，靠等，是等不来的。

所以，这两年来，我们就一直挤在这个摆放了床、柜子、桌子之后就只能容一个人在里面活动，要是两个人一起转身很容易撞车的小出租屋里。

洗衣机已经买了，不可能退货的，总得找一个地方放吧？再一次地，我对宋宇提出了那个问题：“老公，我们去买房吧。”

房子当然都想买了，于是周末我们又去看房了，这两年，南区也发展得很快。后海这边近港口，环境又不错，新建了许多楼盘，我们去看了几套。

一般来说，两居室六十平方左右，价钱都是差不多2万多一平米，再加上手续费等零碎的开销，哪怕最后只是简单的装修，手上没有三十万就别做这个打算了。

两天下来，除了差点跑断腿之外，心里增添了更多的却是泄气！便宜一点儿的房子，环境不好面积小；合适的好房子，价钱漂亮得让人咋舌。

真不明白，这个城市有钱人咋就这么多，动辄数百万的房子也有人买？

“S市根本就不是适合居住的城市，除了工资高一点儿，什么都不方便。菜不新鲜，肉不好吃，空气也没有我们老家好。小米，工作几年多攒点钱，我们就回老家吧，不要在这里买房子了。”一回到我们的小出租屋，宋宇将上身的T恤脱了扔在沙发上，然后又倒了一大杯凉开水，一股脑儿地倒进嘴里了。

我知道宋宇很累，今天看的这三处房子都是他先打头阵去看过觉得不错，才十中挑一地带我一起去看的。骄阳似火，这么炎热的天气东奔西跑地看楼，仅仅是看了后海的那三处房子我都觉得受不了了，何况是之前已经审视过十多家房子的宋某人？

“是啊，这里一点都不好，亲爱的， 我们为什么要来S市啊？”

“为了赚钱。”

简单的四个字，却道出了我们共同的心声。

其实像我们这样的状态高不成低不就的，不管是留在S市还是回老家，都是很尴尬的。

如果一开始，我们没有出来，大学毕业之后留在老家工作。可能一个月也就两三千块钱，老家东西便宜，也足够养个老婆抱个孩子，再喝点小酒打点小牌，有空出去玩玩。甚至，可能早就买房买车了。

毕竟，老家那边的房子便宜多了，十万块钱在我们H县就能买一套很不错的商品房了。

可我们一毕业就到了S市，家里的人都以为我们在外面奔前程，发了大财，即使没有衣锦还乡，也不想灰溜溜地打道回府啊。虽然老家物价便宜一点，工资却也低许多，特别是宋宇是做电子行业的，在那里最多只能给别人修电脑。

想找一份月薪一万的软件工程师的工作，那是根本就不可能完成的任务。

我们在这里打拼是为了赚钱，而不是花钱，那我们还是努力存钱，把买房那种不切实际往外扔银子的做法暂时抛诸脑后吧。

至于那个洗衣机，就搁在客厅的角落里当摆饰，也可以算是留做纪念啊。

就像最佳减肥方法，花一笔大价钱买一件非常昂贵的，苗条纤瘦的人才能穿的连衣裙，挂在那里天天看。那价钱一定要贵得让你肉痛，为了让花掉的钱觉得物有所值，自然就能下定决心去减肥了。

有钱能使鬼推磨！

第十三章 要学会投资

“什么，你要买房了？”端着手中的杯子，半天都忘了往嘴里送，我只是呆呆地望着对面的人。

这个周末，宋宇在公司加班，我一个人在家里闲着无事。正好接到于灿的电话，约我出来一叙。

反正闲着也是闲着，我就陪她去喝茶了。

自从我结婚搬家以后，跟于灿就只在公司里见面了，每个周末，我们都有自己的事情要忙：我忙着做家务，陪老公谈恋爱，忙着学习做贤妻良母，而于灿呢，据说她报了一个在职的硕士研究生，每个周末都要去上课。

这小妮子真是越来越长进了，年纪一大把了，反而有了年轻人的激情，居然想要勤奋好学做三好学生了。

平日里在公司，她也很发奋努力，一年之内连升三级，现在已经是营销部的副经理了，薪水也跟着三级跳，年终奖拿得比宋宇还多呢。

认识她这么多年，从来不知道于大美女是一个这么上进的人，真不知她吃错了什么药。正因为她一路高升，贵人事忙，而我不想被认为是阿谀奉承巴结上级，因此，跟她打交道是越来越少了。

不曾想，于灿会突然主动约我出来。

更没想到，她约我的目的是咨询，于灿说她想买房了，知道我和宋宇一直在四处看房，想咨询讨教一下心得体会。

未婚单身，且没有男朋友，一直有着玩世不恭生活态度的于灿准备在S市买房了？我望着她，惊讶得嘴巴都合不拢了。

自从那次看房被打击之后，我和宋宇偃旗息鼓了好一段时间，甚至有一点想打退堂鼓了。自己算了一笔账，也看过周围按揭买房的同事们的下场，知道人一旦被房子绑住成为房奴，会有多么凄惨的下场。

比方说，宋宇有一个同事，每个月要还银行5600块钱，却只有3000块钱是本金，另外将近2600还的都是利息钱。2600块钱啊，相当于许多人一个月的薪水呢，等于白白忙碌一个月，却都只是为了银行在劳动。

难怪现在的新名词，说那些为了房子而努力想要买房的人都是房奴；一旦成为房奴之后，就等于被房子捆绑住了。得有稳定的工作，不能轻易跳槽，不能失业；每个月都要按时还款，如果哪怕超过一天没有还，你在银行就有信用不良记录了；连续超过三个月没有还款，银行可能就会派人来收回你的房子了。

也就是说，你买了房之后，那十年二十年都得辛辛苦苦、兢兢业业地工作。每个月都得为了还钱而准备着，要节衣缩食过日子。

最可怕的是，即便如此，那个房子还指不定是谁的呢。哪怕已经还了好几年了，一旦你发生啥事，几个月没有还钱，辛苦一辈子买的房子就飞了。

这样的日子过得多累啊，所以我和宋宇有点怕了，暂时停住了在S市买房的打算。与其付那么多钱给银行，不如租房子住，用那钱提高生活质量也是好的啊。

没想到，这厢我们刚刚准备不买房了，于灿这个单身姑娘，这个我从来不认为她也会在S市安家的人，居然也有买房的打算了。

“你们家不是有一套很大的房子吗？你父母让你工作几年就回老家，哪怕嫁人也要找一个你们那里的人嫁。干吗突然之间想不开，要做房奴了？”

“房奴？”于灿愣了一下，才笑道，“这个词蛮准确的，是啊，一旦买了房，我们就是房奴了，生活就要为了房子所累，这里的房价太高了。不过小米，你换个角度想一下啊，买房，也可以作为一种投资啊。”

这下子，是我愣住了：“投资？”

把买房当做投资？我倒从来没有想过这方面的问题。虽然现在是有许多投资客，把投资房产也当成一种事业，买了一套两套三套房子，却都不是紧急要住的，都是为了赚钱做准备。就是因为有这些人的存在，才把如今的房价提高到这种地步的。

以前，我们说起这个话题时，还曾同样的愤慨。愤世嫉俗，觉得就是这些人破坏了市场规则，就是因为有这些极少数人的存在，害得我们极大多数穷人没有房子住。

于灿进修的课程是市场营销，没想到，居然营销到这种地步了，她也想去炒房了。当然了，也得有这个资本才行，这两年，这个花钱如流水，从来不喜欢攒钱的姑娘肯定赚得不少。

于灿没有多说，只是跟我算了一笔账："我打个比方，就拿以前你看中的差点就准备买的那套房子来说，就算不是一开始最低价买的，哪怕你在一万时买的。现在才两年，已经涨到一万八了，你60平方的房子等于就涨了四十八万块钱。这两年就算付利息，也付不了八万，那其余的四十万不就等于是你赚的？要是你两年前就把那个房子买下来了，现在再转手一卖，天，40万，小米，那你就发了啊。"

账是这么算的，我苦笑了一下："可是买房这种事是要看缘分和机遇的，当时那套房子我们错过了，现在就很难遇到这种机会了。作为炒房的投资客，最要紧的是眼光，我们没有那么好的眼光。现在的房价已经很高了，我们现在再去买，很难再涨得这么快了。"

"可我相信，如今的房市，只会涨不会跌。"于灿信心满满地说着，"比方说，你买一套50万左右的房子，首付付个十万，剩下四十万分为三十年还贷。那每个月只要还银行一两千块钱。就算暂时房子不会涨得那么快，你把房子出租出去，一个月租金也能有一两千，可以抵那个房贷。问题是，你租房子住，每个月大把大把的钞票都要往房东手里送。你租个十年八年，那个房子也还是房东的，你的钞票都是打了水漂。买房只是首付时紧张一些，可是供个十几二十年，那个房子就是你自己的了。房子就是最大的资产，到时候，你就是一个小富婆了。"

"你说得那么轻巧，十年二十年，供房的压力很大的。而且现在，哪里去找50万的房子啊？"我反驳着于灿，心里却不是如此想的。

其实于灿说得很对啊，供房虽然有压力，可那是为了自己在努力，有了压力人也就有了动力，会更加努力地工作。

像我们现在租着别人的房子住着，家具不敢多买，要是搬家，好多东西拿不了，那就是浪费了。搁置在客厅的洗衣机，虽然宋童鞋嘴上不说什么，每次他拿异样的眼光看着我，再望望洗衣机的时候，我都觉得他是在谴责我奢侈浪费。

“你当然是在浪费了，买一台洗衣机放那里当装饰品。”于灿指着我的额头骂道。

和于灿告别之后，看看天色还早，宋宇说要加班到晚上才能回家的，而老段家的卓同志周末也在继续为公司奋斗着。两个留守妇女相约一起去买菜下厨，要犒劳自家劳苦功高的老公大人。

段心蓝的厨艺比我可好多了，我想跟她学几道拿手的菜，回去好做给宋宇吃。他最近接了一个大项目，没日没夜地忙碌着，实在是辛苦了。

“怎么最近我给你打电话，老是听说卓越在加班？他们公司有那么忙吗？”

段心蓝一边将买好的菜分门别类地放在冰箱里，一边说道：“晚上我做红烧鱼，一定要打电话叫你们家宋宇过来吃啊。他们公司你也知道的，加班费很可观，卓越那么努力就是想多赚点钱，好买房。”

“啊，你们也要买房了？不回老家了吗？”刚刚一个于灿，现在心蓝也这么说，我的确是有点惊讶了。

这几年因为工作忙碌，也是为了家里发生了很多不愉快的事情，卓越和段心蓝一直都没有结婚。心蓝还告诉我说，卓越正在申请调回老家那边的分公司，到时候他们就要回去了，根本就不想在S市多待。

这些话她经常在我耳边说，上个月还曾念叨过，言犹在耳。没想到，说话的人现在却告诉我，他们也要在S市买房了。

“是要回啊，可是谁规定了要回老家的人就不能在S市买房？我现在买房是为了住得方便，可是要走之前，房子可以卖掉啊。就算不卖也可以拿来出租，反正买了房子搁在那里，总不会亏本的。现在人民币贬值得厉害，而银行存款利息太低。”段心蓝童鞋振振有词地说着。

吃完饭回到家——所谓的家，就是我们的那间小出租屋的时候，宋宇说："其实你同学和你同事说得都很有道理，现在人民币贬值得太厉害了，钱放在银行还不如拿出来投资，而买房就是一种很好的投资。"

我苦笑："道理我都明白，我也很想买房，问题是，你哪有这么多钱啊？叫你去借，你又不想借钱。"

"不买房难道继续住在这里？哼，我刚才先回来的时候碰见房东了，他说现在的物价普遍上涨了，东西也贵了，唠唠叨叨说了许多。总共一句话，要涨房租了，这么小的房子，居然一个月也要我们一千块钱的房租。"眼睛四处望着，在屋里搜寻了一圈，宋宇愤愤不平地说着。

我听了也很生气："咋又要涨房租了？"

去年就涨过一次，现在直接是涨到一千块了，这种房子一个月也要一千块，那我真宁愿去买房了。

买房，于是这个话题又重新成为我们家每日议事日程的重大话题了。不过这次受别人启发，我们转换了思路和方向。

宋宇的一个同事，过年之前在南头附近买了一套三居室的房子，是二手房，但是原来的业主没有装修，好像本身买了就是为了投资的。当时那个同事买的时候花了75万，也没装修，忙着过年去了。

一开年，房市抬头，那套房子一下子就涨到了105万。那个同事赶紧抓住机遇卖了，这么一转手就赚了30万。30万啊，只是几个月就赚了30万，那还是一个女同事。宋宇羡慕不已，跟我说，买房要的除了缘分、运气、眼光、机遇，还要有魄力。他就是凡事都太小心了，担心房价会跌，担心会失业，担心家人会生病要花大钱。担心这担心那的，才会错过那么多机会没有买到房子。

也错过了发财的机会。

我也这么觉得，像我们想得太多了，根本就不是做投资客的那块料。不过就算不为了投资，买套房子自己住着，也要舒适安心一些呢。

我很早很早以前就设计好了：要买一套两居室的，有着大阳台和玻璃门的采光好的房子，我和宋宇一间房，以后有了孩子，孩子一间房。如果客厅够大的话，还可以从中间隔开，分出一半给孩子，以后做游戏室。有了自己的房子，比这出租屋宽敞许多不说，也会方便许多啊。到那个时候，我会在门厅那里放一个大大的鞋柜，除了摆放鞋子，还可以放雨伞、购物袋等等之类的小东西。

衣服都放在衣柜里，棉被也可以放在大组合柜里收起来，洗衣机放在阳台上，洗了衣服直接拿出来晾着。厨房里一定要装抽油烟机，再买一个消毒碗柜，洗脸台后面的墙上一定要装一面大大的镜子，还有……我曾经设想了许多许多，都是关于自己的新房子的。

周末的时候，我和宋宇就坐在客厅里看电视，阳光透过玻璃门投射到我们身上，整个人都显得懒洋洋。我眯着眼趴在宋宇怀里，一边看电视一边打盹，多么惬意的人生啊。

可惜，这也只是我们的梦想而已。

梦想也会有实现的一天的，这一次，我和宋宇是痛下了决心，一定要买房的。

我和宋宇调整了买房的思路和方向之后，打算在南区科技园附近买一套二手房，新房要两三万，二手房就便宜多了，这里的均价在一万五左右。我们不求买套好的，花个五六十万，买个三四十平米的小房子就可以了。

“现在很流行小户型的房子，适合年轻人居住，反正只要够住就行了。过个几年，手里钱多了，把现在的小房子卖掉再去换一套大一点的还不行？”宋宇如是说。

是啊，以前我们看房，看的都是两居室六十平方以上的，所以动辄百多万，当然买不起了。如果只是一套四十平方左右的，房价在一万五的二手房，那也就六十多万，首付加上中介费、过户等手续费也就十多万，相对来说，我们还是可以承受的。

而且，二手房以前的业主大部分都是把房子拿来出租或者自己住，都做过简单的装修。我们买下之后，买一些简单的家具，基本上就可以住进去。等到以后手头上松一点的时候，再进行精装修。

按照这样的预算和构思，我们就集中地看小户型的房子。以科技园为中心，最好是集中在南区范围之内，总价在五十万上下，三十多平米的房子。依我的想法，这个三十平米当然是三十八九最好了，太小了不适合居家。

可是这个心愿也很难实现啊，哪怕就是二手房，也要一万五六，好一点的单价都差不多到两万了。五十万只能买到三十平方的小房子，房产证上的建筑面积是三十平米，可一般实用面积都只有八成，也就是你的屋子实际上只有二十四平米。

也就是单房了，吃饭睡觉看书待客都在一个屋里。这样我会觉得非常别扭，非常不舒服。

好不容易在南头附近看中了一套房子，业主急卖，38平米的房子卖42万。不是那种花园小区，不过也是处在生活区中心，居住起来也算方便。

而且那个业主是红本在手，交了定金之后就可以直接过户申请贷款，不用赎楼，节省了交易的时间，也可以少付几千块的赎楼费。

这一切听起来似乎不错，我和宋宇都很满意，马上，就要有自己的家了。看了几次房，和业主也见过面，初步交涉了一下。然后约好了，周日晚上交定金。

只是没有想到，人算不如天算，那天上午，我去了一趟医院，一切又都改变了。以为自己马上就要拥有的，不算豪华但还算舒适的房子，又没了。

第十四章 亲亲我的宝贝

最近身体状况一直都不是很好，早上起床的时候会觉得恶心想吐，一闻到油腻的味道也会想吐。

嗜睡，全身懒洋洋的，老是没有精神。

这，跟某种女人的身体特征很像，而且，我的大姨妈这个月好像没有来。

想起刚认识宋宇那会儿，差点就准备结婚了，他是为了孩子向我求婚，我知道，宋宇是个很爱孩子的人。怕只是自己的胡乱猜测，也怕是一场空欢喜，我没有跟宋宇讲我身体的不对劲。

先去买个验孕棒自己试试再说吧，要是真怀上了，再告诉宋宇，也算给他一个惊喜啊。

我们结婚都两年了，这两年我们也一直没有刻意避孕，可不知道为什么，我就是没有怀上。惹得宋家的老头老太太和我们贝家的那两位，都急死了。

家里就宋宇这么一个儿子，公公早就等着抱孙子了，没想到，好不容易盼到宋宇结婚了，抱孙却还是遥遥无期。如今都过去两年了，我的肚皮还是没有动静，我的婆婆甚至已经开始担心是我的身体有问题，从别处求来偏方，熬中药给我喝。

所以我还是谨慎一点儿，先自己验验再说。

宋宇却马上就发现了我买的验孕棒，直接给扔了：“这种东西不科学、不准确，我们还是去医院检查一下吧。”

于是，星期天上午我们就去了一趟南山医院，检查出来的结果让我们很是开心：“恭喜两位，宋先生，你的太太已经有六周的身孕了。”

已经怀孕六周了，那就是说，30多周之后，我们家的宝贝就要出世了？望着平坦如初的小腹，我简直就不敢相信，这里面已经有一个小生命了。

这两年说不着急，那是骗人的，每次有别人安慰我时，我总会挥挥手假装不在意地说："我们还年轻，还想多过几年二人世界，不着急的。"

怎么能不急呢，眼看着日子一天天过去，再翻过三个年头我就要迈入三十大关了。从生理学的角度来说，女性在二十八岁以前生育是最佳年龄段，过了那个年龄，就是高龄产妇，生产时会有危险，而且也不符合优生优育原则了。

我们甚至算过排卵期和安全期，特意选在最适合的日子和最好的时间段行房，每次都兴匆匆地为了下一代努力着；希望越大失望也就越大，下个月大姨妈来的时候总是非常丧气。

最近忙着看房，关注房产资讯，反而没有心思想那个问题了，无心插柳柳成荫，没想到，我真的就怀上了。

宝贝，不管你是男孩还是女孩，你都是妈妈最亲爱的宝贝。爸爸妈妈，会给你这个世界上最好最真切的爱的。

从医院回来之后，宋宇就让我卧床休息，鞍前马后地伺候着，非常勤快。

"你躺着就好，要喝水或者要吃东西就喊我帮你拿，自己千万不要动。热不热？看你满头大汗的，孕妇不能吹电扇吧？来，我帮你扇风。"随便找了一本书，宋宇小心翼翼地在床头我的身侧坐下，轻轻地帮我扇着风。

"大哥，我才怀孕一个多月，还要八个月才会生。你现在就让我卧床休息，不会让我接下来的八个月都躺在床上吧？"望着宋宇那坐立不安的样子，我哭笑不得。

我一直都知道，他很爱孩子，以后也会是一个好爸爸的。但是，用不着这么紧张吧？现在才是怀孕初期啊。

宋宇点头，非常理所当然的样子："就算不躺八个月，也要躺两三个月的。刚才我打电话回家告诉爸妈你有了，他们都非常开心。妈说了，女人怀孕最辛苦了，叫我以后小心伺候着你。还说了，前三个月最危险了，很容易流产的，所以你最好躺在床上不要动。”

“我还要上班啊，就算休产假，也只有三个月，怎么可能一直躺在床上？”对着天花板，我翻了一个大大的白眼。

随便乱动，小孩子会有危险；可如果让我在床上躺八个月，有危险的那个就变成大人了。

我会闷死的。

我说的话有道理，宋宇自然无法反驳，停顿了一下，他才接着说：“反正不管怎么样，你还是要好好休息的，妈说女人怀孕头几个月会吐得很厉害，你要小心一点的。”

我点头，知道他们是对我浓浓的关心，虽然可能更多的是关心我肚子里的孩子。但我还是很感动的，公公婆婆都是老实人，虽然可能我们的价值观、生活习惯上有很多差距，碰到一起的时候难免会有矛盾摩擦。

可我知道，他们很疼儿子，连带地，也对我这个儿媳妇很不错。

春节的时候，我们费尽千辛万苦弄到两张火车票回家过年，且还是站票呢。火车上那个人多啊，我们真不方便，而且是慢车，路上还经常无故停车。原本平时只要十八个小时就能到的火车，愣是坐了二十多个钟头。半夜三点钟才到的，一出火车站的大门，就看见外面摩托车上坐着的那个单薄的瘦弱的身影。

宋宇的爸爸早就知道我们是今天凌晨到家了，怕太晚了我们坐车不方便，他夜里就骑了摩托车到火车站外面等着。天寒地冻的，此时M城还下着雪花，半夜时候到了零下五度。

可是他就等在火车站的大门外，这么大冷天，三更半夜的，火车晚点了三个钟头，他等了整整五个小时。

老人家怕没接到我们，又不懂得去听广播或者问火车站的工作人员，就固执地守在出站口。我们一出站门就看见他了，人倚在摩托车旁边，脸色很苍白，嘴唇都快冻青了。双手拢在衣袖内，身子不停地抖动着。

本来焦灼的眼神一直盯着出站口看，非常不安的样子，一看到我们出来，眼睛立马亮了起来，飞扬的神采。

“爸，这么晚了你怎么跑来了？”宋宇喊着，飞快地跑了过去。

我也赶紧拎着行李箱走了过去，就听到公公说：“我听电视里的天气预报，你们S市比家里暖和多了。你妈怕你们没穿厚衣服，冻着了，特意让我带了大衣来接你们。”

说着，从摩托车后座拿起一件棉大衣，冲我憨厚地笑着：“小米，这是以前宋宇在家里穿的旧衣服。放心，你妈前两天都洗过晒过的，你先将就着穿上吧。这里不比你们那里，天冷，冻病了就不好了。”

从公公手上接过衣服的时候，我不小心碰到他的手背，冰凉冰凉的。

我看见他身上的衣着，也只穿了一件羽绒服，里面套了一件毛线衣。自己都冻得不行，却担心怕我们感冒了，深更半夜地接我们，只为了送这件衣服。

说起来，公公身上穿着的羽绒服还是前两年宋宇给他买的，鸭鸭牌的，花了三百多。宋宇给他们二老一人买了一件，当时他们拿着衣服笑得合不拢嘴，却不停地骂着我们浪费，乱花钱。

可当成宝贝了，平日里再冷也舍不得穿，也就过年那几天穿在身上，给我们，也给村里人看。

一开始我还很不理解，经过贝太太一番解释，才明白了他们为何是这么奇怪的态度。

老妈告诉我说：“别说他们了，就是我，也会觉得三百多块钱的衣服好贵啊。我们这一辈子都没大出息，没挣到多少钱，就都只能指望儿女了。一方面，你们买那么贵的衣服给他们，他们当然觉得好，觉得儿子媳妇孝顺很开心；另外一方面，他们又怕把你们的钱都花了，觉得心疼。所以平日里舍不得穿，可是过年你们回家，肯定要穿给你们看。也要让村里人知道，这是你们的孝心。”

这是什么逻辑？

“你啊，你们现在在外面工作，不知道老人家赚不到钱，花一分一毫都是指望儿女的那种感觉。”贝太太点着我的脑门，笑着说。

不论如何，我知道，他们都是好人，是爱我们的。

将我们接回家之后，婆婆早就给我们准备了热腾腾的饭菜让我们吃，还烧好了滚烫的热水给我们洗澡。忙完这一切，都快五点了，我们赶紧去睡觉。临睡之前我到外屋倒水喝，听到隔壁房里传来公婆大人的声音：

“天啊，这么冷啊，你身上都冻僵了。”这是婆婆的声音。

“快，快去给我准备热水洗个澡吧，要不然怕会感冒。”这是公公的声音。

刚才回来的时候，婆婆一心只顾忙碌着招呼我们，公公也只是在一边赔笑脸。根本没人理他，因为他们心目中，刚回来过年的儿子媳妇比较重要。

一下子，我的眼睛就湿润了，就像宋宇自己说的，那是生他养他的父母双亲，再多的不好，他也都只能忍了。

因为，他们本质上都是善良的，其实不是不好，只是他们生活的时代环境所迫，只能将就着那样活着。

那样简陋的环境也能供出一个大学生，在S市工作生活拿高薪。我很感激他们，感激他们生养了宋宇，怀着一种感恩的心情，我也和宋宇一样，好生照料着他的父母。

比方说，我不习惯他们做的饭菜，觉得家里太不卫生了。就像贝太太说的，不干不净吃了不病，偶尔吃一点没事的。

大不了，一顿饭少吃两碗，饿了的话自己去超市买一堆零食回来。

吃饭的时候，公公一直憨笑着，让我多吃一点，这样身体才能长得好。婆婆就一直帮我夹菜，把她认为最好的菜都夹进我的碗里，比方说，红烧肉——大块大块的肥肉；尖椒炒肥肠——一根一根让我看着都觉得头皮发麻的肠子；土豆炖猪蹄——切得很大块的猪脚。

这些都是好东西，可也都是我最怕的东西，多油腻多恶心啊。

我只能傻笑着硬着头皮吃一两块，剩下的都夹进宋某人的碗里。

当然了，这只是过年那两天，平时就没有这么好的待遇了。大部分时间，都是吃青菜豆腐的。

慢慢地，婆婆也知道了我不习惯他们那里的饭菜，她也知道我喜欢吃蛋糕。于是，她在进城采购年货的时候顺便给我也买了两斤，在批发部买的三块钱一斤的蛋糕。

说实话，我还真没有吃过这么便宜的蛋糕，鸡蛋都不止三块钱一斤呢。我吃蛋糕一般都喜欢在蛋糕房买新鲜的，批发部里面的都不知道是放了多少天的。都透着阵阵的霉味，我才不敢吃下肚呢。

可那些，却又都是婆婆的好意，毕竟那花了她六块钱，六块钱，相当于老宋家一个月的水电费啊。

婆婆一面满脸堆笑地望着我，那丝笑容里带着讨好的意味，脸色却不是很好；我知道，她是很心疼她那六元大钞。

本来就觉得那个蛋糕很难下咽，在这种状态之下，我更感觉是跟吃毒药差不多了。

这就是我跟他们矛盾差距的地方。

临睡之前，怕我肚子又饿了，婆婆特意煮了两个荷包蛋给我吃。可以卖钱缴水电费，平日里甚至舍不得给公公吃的鸡蛋啊，看着水面上浮着的那一层厚厚的油花，我一下子就觉得肚子不饿了。

婆婆说，那是她怕白水煮蛋营养不够，特意放的猪油。

猪油，在S市3块钱一斤都没有人买，号称热量高脂肪高糖尿病患者不能吃的猪油，我婆婆说，在过去那可是好东西。猪油拌饭，往往过年才能吃到呢。

很多时候，他们的一番好意，我往往领受不了。却又不知道该如何推却，于是宋宇安慰我说，将就着吧，反正一年也只回家一两次，又不是长期跟他们一起生活。

这两年都是如此过来的，每次回去的时候，面对他们期盼的目光我都觉得很愧疚。如今，终于怀孕了，我竟然有一种松了一口气的感觉。

原本是约好了的，今天晚上要去和业主见面，签初步的购买意向合同。先交两万块钱的定金，等到星期一，就去银行做资金监管。

可是因为我的怀孕，一切都改变了。

三十八平方的房子，相当于一房一厅，夫妻两个人住刚刚好。如果再加上孩子……孩子背后附带的，还有我的公婆大人。

宋宇的父母早就说过了，等我们有了孩子，他们就也到S市来，帮我们一起带孩子。以前每次宋宇说要接他们过来住，二老都不肯，大城市的生活他们不习惯，而且，他们在老家还要劳动。

辛苦了一辈子的人不习惯坐吃山空。“我们又不是手脚不能动，在家里种点田地，喂点鸡养只猪，自己养活自己，还能减轻你们的负担。”

而且，对我们也的确有许多的帮助和好处。我们平日炒菜用的花生油，都是宋宇从老家带过来的，省钱不说，还比超市买的要货真价实，香甜许多。还有吃的一些干货，花生芝麻豆子之类的，都是自家种的，二老在老家也很辛苦，种了好几亩田地。

要是有了孩子，自然会把他们接过来，一来过来养老，二来帮我们带孩子。S市冬天温度不低，很适合老人家居住的。

这个孩子的预产期在2月初，差不多过年的时候，到时候可能要把父母一起接过来过年了。别说我的父母也要来，就光是宋宇的父母，加上我们的孩子就有五口人了，一房一厅的小房子哪里够住？

孩子的到来自然打乱了我们的购房计划，于是宋宇说：“买房的事先不急，你还是先养好身子，好好安胎再说吧。”

于是，好好安胎吧，这毕竟是他们老宋家，也是我们老贝家第一个金孙啊。我每天除了上班，就是躺在床上。一回来，宋宇就忙着买菜做饭洗衣服，还会打扫卫生， 可是标准的好丈夫啊。

说真的，自打我怀孕之后，宋宇还真是勤快了许多。比方说以前叫他拖地，他总说，家里的地板也不脏，一个星期拖一次就可以了，你干吗要天天拖啊？

好吧，一个星期拖一次，可那也要拖啊。一般都是我拖，每个月那几天，我的身体极度不舒服，吃过晚饭之后就上床躺着休息了，叮嘱坐在电脑前面的宋某人有空的时候将地拖一下。

他说：“我正在忙着呢，等一下吧。”

等，这一等，差不多等到了十点钟，宋某人终于忙完了。关了电脑，然后开了电视机，我以为，这会儿他总该拖地了吧？

“等一下，让我休息一下吧。”

这一休息，两个钟头又过去了，十二点了，宋宇说：“都这么晚了，我都准备去洗漱一下要睡觉了，你让我拖地？你这个女人真狠心，这么折磨你老公。”

我——忍住忍住，为了这种人吐血不值得啊，于是乎，我自己从床上爬起来将地拖了。第二天早上宋某人一起床，睁开惺忪的睡眼从床上坐起来的时候，望着光洁的地板还会很惊讶地问：“咦，我什么时候拖的地？难道是梦游时候干的？”

我怀孕之后，宋宇却发生了一个翻天覆地的变化：主动要求拖地，而且每天都拖。他说，如果地板不拖干净，我走路跌倒了那就不得了了。

宝贝，亲爱的，这都是托你的福，我享受到了你老爸的特殊照顾啊。

盼孙心切的公婆大人知道我怀孕了，自然是十分高兴。自打我怀孕之后，婆婆几乎每天给我打一个电话，传授我一些过来人的经验。

毕竟，她曾经养育过两个孩子。

一开始还好，日子照样过着，我照常每天吃饭上班。差不多到怀孕八周的时候，妊娠反应开始出现了，我从早上起床就开始吐，到了晚上睡觉的时候还在吐。一天吐个七八上十回是小意思。

更多的时候，一天起码要吐十几二十回。

这样子，上十天班倒请了五天假，连我们经理都看不下去了，说：“小米，我看，干脆还是给你半个月的假期，你在家里好好休息一下再说吧。”

宋宇也同意，于是我就变成了真正地在家里卧床休息。

晚上七点宋宇下班回家之后，发现我还躺在床上，脸色十分不好看：“你今天吃饭没有？”

“吃了，一个苹果。”我有气无力，断断续续地说着。

“这怎么行，你不吃，孩子也需要营养啊。”

哪里吃得下去啊，真是应了那句话，吃什么吐什么，喝口水都会吐出去。早上起来的时候我也想弄点早餐吃，刚进厨房就吐了，而后继续躺回床上睡大觉。

睡到上午十点多的时候，肚子有点饿，撑着疲倦的身子爬到厨房。刚刚拿出锅，闻到一股子油烟味又吐了。吐得是惊天动地，差不多连自己的肝胆肠子都吐了出来。

反反复复这样折腾，实在是受不了，我干脆躺在床上不动弹了。

宋宇说得对，这样下去，孩子得不到充分的营养，会发育得不好的。可我连吃饭都没劲，又哪里有力气自己去做饭？

于是，紧张万分的宋先生又给他很有经验的老妈打电话了。一听到这个情况，宋家二老十分激动，以前千催万催不肯动弹的人，马上就去买了火车票。

“你放心，你妈有经验，知道女人那个时候最喜欢吃什么。宋婷那会儿就全靠你妈照顾的。你看，现在你外甥女长得多好，我们去帮你照顾小米，一定会让母子都平安健康的。”公公如是说，买了火车票连夜就和婆婆坐火车要到S市来了。

“闺女，你呀，就是被我们宠坏了，太娇气了。哪个女人不怀孩子，你妈我当年就没你这么反应严重的。哼，看我去了怎么收拾你。”

这边刚挂上电话，那边贝太太的电话居然也打了过来。“老妈你——”要到S市来了，最后那几个字我只能含在嘴里，没机会说出口。

因为，贝太太已经将电话挂了。

自从接到他们家老头子的电话之后，宋宇的脸色就不是很好看：“小米，我爸妈一起来了，明天就会到了。他们过来是为了照顾你的，届时，他们肯定会住在我们这里的。”

“好像，我爸妈也要来了，也是来照顾我的。届时，他们也会住在我们这里的。”

听了我的话，宋宇抚着额头叹气，我也叫了起来，天啊——

天啊，这四个人都要住在我们这里，加上我和宋宇，就是总共六口人了。我望了望我们这个不到二十平方的小房子，能装得下吗？

第十五章 你爸你妈，我爸我妈（1）

装不下也得装啊，两家的老人都是好心，怕我照顾不好自己和肚子里的孩子，特地过来照顾我的。难道，将他们拒之门外？

第二天下午，宋宇请假去火车站接公公婆婆，顺便，也将我的父母双亲接了过来。反正他们的火车只相隔了一个多小时，在火车站等了一会儿。

还没进门呢，远远就听见了我公公以及老妈的大嗓门：

“媳妇，你的身体还好吧？一定要多吃多休息，好好照顾自个儿和你肚子里的孩子啊。”

“闺女，你还好吧，今天胃口如何，吃了多少东西啊？”

在他们到来之前，我已经到洗手间翻天覆地地吐过一次了，也没吃什么东西。所以精神还不错，脸色自然不是很好看。

一看到我这个样子，二话不说，贝太太当即撩起衣袖进了厨房。

不到三分钟，她端了一碗荷包蛋出来，放在床头柜上。然后，又将我从床上拉了起来，拿了一个枕头垫在我的腰后，让我坐在床头：“来，快吃了，你放心，我搁的是糖，没有一点油腥味的。”

还是老妈最了解我，其实我是很喜欢吃荷包蛋的，不过我喜欢的是，把水烧开之后再把蛋打进去，稍微煮一下就捞出来的溏心蛋。而且不放油，煮好鸡蛋之后加一点糖到碗里。

我一口气将鸡蛋吃了，连汤带水的也都喝完了。喝完之后，将碗放到一边等候着的老妈手里。

一转头，却看见了婆婆欲言又止的样子。

“妈，怎么了？有什么话您尽管说吧。”我叫妈的时候，我婆婆和贝太太都不约而同地望着我，现在屋子里的这两个老女人我都要叫妈，还真容易搞混，不好区分啊。

不过也就这个时候，平日里是很好分的，我跟宋宇说话的时候，总是问你妈怎么了，我妈会怎么样。宋宇还很奇怪，我妈不也就是你的妈吗，为什么每次都你妈你妈的。

你妈怎么会是我的妈呢，那是我的婆婆，跟生我养我的老妈自然是不一样的。不过这话我只是放在心里说，经过这两年的夫妻生活，我也多少明白了一些夫妻相处之道，有许多事，是需要相互隐忍和退让的。

很快，宋宇就没有在这件事上再说过我什么了，因为平日我们说话谈到我父母时，他用的名词也是“你爸你妈”。

虽然我们已经结婚了，是夫妻是共同体了。理论上，所有的东西都是共享的，就等于拥有了两对父母，可以得到更多的爱。

当然了，这只是理论上。实际上呢，你爸你妈还是你爸你妈，我的心里有的，还只是我的爸妈。

如今这四只大头聚在一起，我更是深刻地体会到这一感受了，贝太太对我那可是标准的有话就说，想打想骂，任由她来。

哪像我婆婆这样，望着我是一脸谦恭的笑容，现在明明是有话要说的样子，嘴唇翕动了半天，却什么都没说。

这模样看得我多别扭啊。

老妈了然地一笑，拉着宋太太的手亲切地说：“亲家母，小米也就等于你的闺女，她年轻不懂事，许多事做得不好。有什么事，你就当面提出来，她也好改正啊。”

婆婆放心地笑了，这才说：“亲家母，小米的口味本就清淡，不喜欢太多油的东西。可是怀孕的女人没有油水滋补哪里行啊，你不能煮白蛋给她吃的，应该多放一点猪油。还有啊……”

絮絮叨叨地说着，都是该如何烹饪以及照料子女，如何让饭菜更有营养的话语。

老妈的脸色僵了一下，不过依然是笑眯眯的样子，看不出来有什么。

我从背后，悄悄地握住她的另外一只手，无声地给予支持鼓励。

贝太太可是我们家的大厨，手艺那可不是一般的好。从小到大，每天我和贝先生吃着她精心烹饪出来的美食，日子那可不是一般的滋润。

就是靠着她的调理，我才能长到这么大这么好的，贝太太的厨艺以及对老公女儿的精心照顾，一直是她最引以为豪的地方。当然了，从小到大她煮荷包蛋给我吃，也都是这么煮的。老妈还说了，我的脸之所以能这么白，皮肤这么好，全是那些白水蛋的功劳呢。

现在突然被一个外人当面指正，还是一个看起来就不是特别有学问的乡下老太太，贝太太心里肯定不好受。

当然了，在她心里，宋宇的妈妈当然只能算是外人了。

老妈已经没说什么了，偏偏，个性比较直接，不懂变通，没经历过社会洗礼，不知道什么叫做圆滑变通的婆婆居然又来了一句："我们那里怀了孩子的女人都是要多吃鸡蛋和面条才好的，可是你们家小米不喜欢吃鸡蛋，亲家母，你也帮我多说说小米吧。"

面条？鸡蛋？这会比鸡鸭鱼肉煲汤更有营养吗？我无语，只是望着宋宇翻了一个大大的白眼。

"亲家母，你觉得我将小米养得不好啊？"贝太太的脸色未变，只是对着宋太太问出了这么一句话。

婆婆似乎还准备说些什么，被宋宇打断了："妈，你们才到，肯定也累了，还是先休息一下吧。"

我冲老爸使了一个颜色，他也赶紧跳出来打圆场："是啊，坐了一夜的火车，真不舒服，我们还是先睡一觉吧。"

一场小风波就这么消失于无形了，突然地在我心里涌现出一句话：三个女人一台戏，婆婆、老妈，再加上我，不正好是三个女人吗？接下来的日子里，我们这三个女人天天要在一个屋子里待着了，会不会闹出很多场戏啊？

想到这里，我突然打了一个冷战，正好宋宇这个时候也望向我。在他眼里，我也看到了隐隐的担心，原来，我们夫妻同心，想到一个问题上去了。

想着这些乱七八糟的问题，我居然忘了自己的妊娠反应，吃了一碗鸡蛋都没有吐呢。

公婆大人和我的父母一起上门的第一个问题马上就涌现出来了，在宋宇和贝先生不约而同地说了要休息的话语之后。

好吧，老爸老妈坐了一夜的火车，累了，要休息；自然地，公公婆婆也是坐了一夜的火车的，自然也累了也要休息。

可是，房间只有一个，床只有一张，这四个人，该如何一起休息啊？

幸好，现在是夏天，天气炎热，也幸好，都是自己人，不用太讲究，这个问题将就着解决了：将客厅里吃饭的桌子挪开，铺了凉席，公公和我的爸爸就直接躺那睡觉了。本来我是想起来，把床让给老妈和婆婆睡，可她们坚持认为孕妇最大，都让我继续躺在床上，怎么也不肯鸠占鹊巢地霸占了我的床。

于是，我只好很愧疚地，在床边也铺了一层垫子，让两个老人家打地铺。

就这么将就了一下午，稍作歇息之后，我们吃了晚饭。

吃晚饭时也遇到小问题了，首先是做饭。婆婆和老妈以前都是各自家里掌勺的那个人，现在到了我这里，到底谁下厨比较好呢？

自然是两个人比客气地互相推让一番，都说自己的手艺不好，还是亲家母您来吧。两个人你推我让的，最后老妈推让成功，婆婆亲自掌勺，下厨为我们六个人做一顿好的。老妈在一旁打下手，帮忙择菜。

菜是宋宇一大早就去超市买好了的，一斤肉一条排骨加上素菜若干。老妈先将素菜分门别类地放在洗菜的篮子里，婆婆切肉，等她切好肉剁好排骨，贝太太也正好将小白菜洗干净了放在菜篮子里沥水。

婆婆回头正好看见了，马上走过去接过老妈手里的菜篮子："哎呀亲家母，这些小白菜这么老怎么吃啊，还是把外面的菜叶子都摘掉吧。"

在老家的时候，吃的白菜都是自己菜园里种的，要吃现摘，当然都很新鲜，都很娇嫩，比我们在这在超市里买的菜好多了。以前看过婆婆择菜，一棵大白菜，外面的叶子全部不要，只吃中间的菜心。按照这样的做法，一棵三斤多的白菜，炒出来可能只有一小碗。

我们家在镇上，吃穿都要自己掏钱的，每天早上老妈都会提着菜篮子去市场上买菜。虽然比我们这里超市的菜要稍微好一点，却哪里比得上婆婆家菜园子里的蔬菜新鲜好吃？不过这么多年，日子也都是这么过来的，老妈这一辈子都是节俭惯了的人，其他的事情可以迁就，涉及到钱她就很有原则了。

当即，她从垃圾桶里拿出小白菜的标签，指着那张小纸片对婆婆说："这小白菜三块多钱一斤，本来一斤择了就只剩下这么一点。要是再把这些叶子都扔掉，买上十斤也不够我们吃一餐的啦。"

"夭寿咯，你这个孩子真不懂事，居然买这么贵的菜。"当即，婆婆就跑到客厅，点着宋宇的额头骂了起来。

她骂得又快又顺溜儿，大部分方言我没有听懂，不过也知道中心意思无非就是说，宋宇太不应该了，买这么贵的菜之类的。

宋宇很委屈，瘪着一张嘴解释了半天，才让他老娘弄明白了，不是我们浪费吃这么贵的菜，而是这里的菜本就有那么贵。我们平日里还都是在一般的小超市买的特价蔬菜，你要是去天虹沃尔玛那样的大超市买无机蔬菜，那可真是比吃肉的价钱要贵多了。

比方说，一根胡萝卜，大概要七八块钱；一个辣椒，大概两三块钱。

公公婆婆瞠目结舌，至此，他们终于弄明白了，不是我们不懂节约，在外面乱花钱。实在是S市的物价太高，正所谓的赚得多花得也多，这是成正比的。

比方说，他们二老在老家，一个月水电费五六块钱，而这可能差不多是我们一天的水电费了。以前听我们说一个月在S市，最少要花2000块钱，公公好惊讶，说道，你们怎么那么浪费，一个月花那么多？

我无语，两个人一个月花2000多块在S市来说算很少了，其实我们很节约的。至少我是这么觉得的，我们很少买新衣服，不乱出去玩，不下馆子，真正的只有基本生活开销。可就光是吃喝拉撒睡，一个月也要那么多钱啊。

三块多钱一斤的青菜，四块多钱一斤的豆角，五六块钱一斤的蒜薹，越听，婆婆脸上越是露出心痛的表情。

然后，看着我们今天的这一桌菜，公公问宋宇："买这些菜你总共花了多少钱？”

“六十多吧。”蛮不在乎地说着，宋宇舀了一碗排骨汤喝。

平时我们也很少喝排骨汤的，排骨要十七块钱一斤，我们一般都是买特价的龙骨，八九块上十块一斤。

说错话了，宋宇的话一说完，公公啪的一下放下筷子，脸上马上就六月飞雪了。一时间，低气压笼罩在饭桌上，我爸妈也都放下碗筷，只能听见宋宇喝汤的滋滋声。

可能已经习惯了父亲大人的冷脸，宋宇耸耸肩，无谓地说着：“我们平日里也很俭省的，要不是因为你们来，才不会买排骨。你知道排骨有多贵吗？”

这个宋宇真是的，一根肠子通到底，刚才他实话实说菜价的时候，我已经觉得很不妙了。在桌子底下不断地扯着他的衣角，没想到，他还能跟他老头子说出这种话来。我都不敢看公公的脸色了，这下子，他该怎么想？

“你的意思，是我们来错了？我和你妈好心来看你们，想帮你们照顾小米，就得到这样的结果？”

宋宇这才意识到自己的话似乎真的说得很不妥，赶紧解释着：“爸，我不是这个意思，我不是早就想接你们来吗？只是，这是在特区，跟我们老家不一样。这里工资高，相对地，肯定东西也要贵一点啊，你不能用老眼光去衡量。我是很想你们来的，只是太突然了，我们没有作好准备。”

“准备，还要怎样的准备？”对宋宇的解释还算满意，老头子的脸色稍霁，不过说话的语气依然有点冲。

“我们本来准备等买了房再接你们过来的，你看现在，住都住不下。”宋宇指了指这个屋子，公公也跟着看了一圈。

公公脸色犯难，不住地叹气：“哎，这是什么鬼地方，几万块钱只能买巴掌大的地方？村里人还个个以为你拿高工资，在S市混得很好。这要知道你就住在这种地方，我的老脸往哪里搁啊？算了，你也别想买什么房了，我们回去盖房子。隔壁家的春生去年盖了三层楼的大房子，也才花了十万块钱呢。”

宋宇撇嘴，非常不屑地对老头子来了一句："回去，回去我能干什么？你一个月开给我一万的工资？"

这就是现实，也是我们这些南漂族的无奈啊。

到了晚上要睡觉的时候，宋宇和我爸爸还有他爸爸三个人一起在外面打地铺，婆婆和我妈还有我三个人一起挤在我们一米五的不算大的床上。

婆婆在洗手间里洗澡，公公在外面和宋宇说话，趁着这工夫，老妈凑到我的耳边低声问着："小米，刚刚你公公说，就不该来的，一下子增加四口人，得增加多少负担啊。这话啥意思，是不是觉得，我们不该到这里来打搅你们？"

"妈，你想多了，公公不是那个意思，他只是觉得——"

没想到，一向好脾气的贝先生打断了我的话："他就是那个意思，刚才他不是说了，你婆婆一个人就能将你照顾得很好。她都带大两个孩子，还帮她闺女养大外孙女，经验多的是。旁人来这里只是凑热闹，哼，我们只是不相干的旁人呢。怎么着，你肚子里的是他们宋家的孙子，就不是我们贝家的孩子了？没有你贝小米，光靠他宋宇，能生得出孩子吗？"

我倒不知道公公是啥时候说这样的话了，不过这句话深深地得罪了贝先生、贝太太，他们一致决定，明天就买票回家。

抽空的时候，我将贝先生的意思告诉了宋宇，他的眉头皱得紧紧的："才刚来就要回去，你爸怎么就跟小孩子似的？这么任性。"

"宋宇，你给我把话说清楚，什么叫我爸任性？不是你爸说那样的话，我爸能急着要回去吗？哼，是不是你也是这样，打从心眼里就不欢迎我爸妈来，巴不得他们快点回去？"心里有气，我推了宋宇一把，重重的。

同时，我还做了一个习惯性的动作，对着宋宇挺了挺还未成形的肚子。意在提醒他，我现在是孕妇，正怀着你们宋家的金孙，不要惹我生气。

当然了，这个习惯是我最近养成的。

果然，宋宇马上就腆着一张笑脸，像一只哈巴狗一样凑到我面前阿谀地笑着："老婆大人，我不是这个意思，你爸妈不就是我的爸妈吗？我怎么会不欢迎他们来呢？”

不，宋宇，你错了，你爸妈就是你爸妈，绝不等同于我的爸妈。恐怕不只是在我的心里，在你的心里，你也是这么想的吧？

第十六章 你爸你妈，我爸我妈（2）

一方面，宋宇看不惯他父母的许多作为，毕竟他已经鲤鱼跳龙门，跳出那个穷山沟沟了。在S市也住了好几年，慢慢地开始有了城市人的自觉性。

另外一方面，他的骨子里，却还没有摆脱山里人的本性，言行举止之间，不自觉地还透着一股子的山里气息。

别的不说，我最恼宋宇的一个习惯，你就说吃饭吧，家里有椅子有沙发，都是拿来坐的。可是他呢，喜欢脱掉鞋子，端着饭碗蹲在椅子上吃饭。那个姿势，很像我每天早上起床之后，必须去某个地方解决生理问题的那个姿势，要多难看有多难看。

跟他说过许多次了，他每次都嘿嘿笑着，说这是老习惯了，一时忘了，下次会注意的。下次吃饭呢，还是如此，依旧是蹲在椅子上吃饭。那个畏畏缩缩、窝窝囊囊的样子，我看了心里头就有气。

三十来岁的大好青年，还是所谓的IT精英呢，怎么看怎么像一个乡下老头子。

可能在自家人面前随意惯了，我们六个人一起吃饭的时候，公公一时兴起，蹲着吃了。宋宇看到公公那个样子，也蹲到椅子上了。

当时我就看到贝先生、贝太太十分诧异的脸庞，他们望着宋宇，双眉紧皱，两条眉毛之间可以夹死苍蝇了。

老爸是一个很注重餐桌礼仪的人，自然看不惯宋宇这样的举动，饭后我稍微跟宋宇提了一下。

他马上就不高兴了，呛声说："看不惯，看不惯又怎么了？我知道，你爸有许多地方看不惯的，他自认为是工人阶级出身，瞧不起我们家的小农家庭。”

“我爸我爸，我爸怎么了，那也是你爸。”

老爸老妈倒不是气话，真的决定了，住一个晚上就回去。

一个是这里实在太挤了，再住下去，别说他们住得不舒服，对我这个孕妇也没好处；二个他们本来也只是过来看看，去年过年的时候，火车票太难买，来去匆匆的。我和宋宇就只回了M城过年，没有回H县看他们二老。

爸妈都很想我了，于是趁着这个机会来看看，临走之前，老妈塞给我一个存折。

打开一看，里面是存款，人民币整整一万元。也许对于很多人来说，这只是一个小数目，还不够买一个平米的，可是爸妈下岗以后就靠着打杂工过日子，也没有退休工资，一万块钱都不知道哪里挤出来的呢。

“妈，你这是干什么？”我将存折又塞回老妈手上。

贝太太不肯要：“你拿着吧，你们又想买房子，如今又怀了孩子，以后你的公婆肯定也要过来一起住的。经济压力自然就大了，我们也帮不了什么忙，这本就是你的钱，你每个月寄回家的生活费。我和你爸都没花，攒起来了，小米，你不要嫌少啊。”

“我怎么会嫌少呢，妈，这本来就是给你们用的，你拿回去吧。”爸妈都快六十岁了，还在为了生计奔波，他们两个人的年纪大了，身体又不太好。尤其是老妈，有轻微的哮喘，发作起来很难受的。

从去年年初开始，我就让他们不要再做事了，每个月寄回去一千块钱给他们做生活费。没想到，贝太太居然把钱都存起来了。

那他们每个月花的什么钱？

“妈，你们还在外面做事？”说到这个问题，我就很严肃了，板着脸一字一顿地问着。

老妈捏了捏我的手心：“傻孩子，我知道你是一片孝心，可我们也没真七老八十动弹不得，闲在家里坐不住的。你放心，不会去干很累的活，我们自有分寸，也会照顾好自己的身子，不让你担心的。倒是你，小米，我还真放心不下呢。”

说着话，贝太太瞧了里屋一眼，此刻那爷仨正在屋里说说笑笑高兴着呢。老爸老妈马上就要走了，宋宇知道我肯定有许多悄悄话要跟他们说，于是特意给我们机会，两家人分开处。

不知道说到什么高兴事了，宋家老爷子哈哈大笑，笑着笑着，突然一口痰涌了上来。就这么张开血盆大口，吐在地板上了。

白色光洁的地板砖上，一口黄色的痰此刻正摊在那里，明晃晃的，非常明显。也非常恶心——当即，我冲到洗手间大吐特吐起来了。

公公婆婆看见了，马上担忧地跑出来看，尤其是公公，一脸的焦急之情溢于言表。

“哎呀，小米，怎么了，又不舒服了？刚才不还好好的吗，你还是躺回床上去休息吧。你放心，宋宇会把亲家公亲家母好好送到车站去的。”说着话，公公露出两颗黄色大门牙，上面还粘着黏液。

这么一看，我又忍不住了，终于将腹中的东西全部吐空了。到了最后，甚至连刚喝下去的清水都吐出来了。

我趴在洗脸台边大口大口地喘着粗气，宋宇跟进来了，拍着我后背帮我顺气：“小米，你没事吧？”

对着镜中的人摇头，我用清水洗了一个脸，很含蓄很尴尬地对宋宇说：“老公，你爸、你爸是不是不舒服？老是吐痰。”

不知道该如何实话实说，本来之前为了我爸妈要走，宋宇说的那几句话我很生气，两个人有过短暂的不愉快的。

毕竟是一起生活了两年的夫妻，宋宇马上就明白了我的意思，将我扶回床上躺好。装作不经意地从床头柜上拿了装纸巾的盒子递给公公。

“爸，这不比咱们乡下的房子，地板弄脏了不好看。你要吐痰的话，用纸巾包着，再丢到垃圾桶里吧。”

公公嘿嘿一笑，挠了挠脑门，似乎很不好意思的样子。

不只是随地吐痰，还有很多地方，他们都不习惯的。

没用过热水器洗澡，在洗手间里待了快半个钟头，顶着一头肥皂泡的婆婆才出来，还一脸委屈地跟我们抱怨着：“你们城里的东西真不好，还说热水器呢，出来的尽是冷水。”

我赶紧让宋宇去看，原来，她不知道怎么弄的，碰了一下冷水的开关。自然地，怎么也烧不出热水了。

又比如说，婆婆在老家一向是用灶台做饭，没用过电饭锅。她煮饭的时候，总是忘了按那个煮饭的按钮，每每菜炒熟了才发现饭还是生的。

又比如说，也是习惯了，公婆大人上厕所的时候，经常性地不关门窗。

又比如说……

才一天的工夫，我觉得就像过了一辈子那样，有许多的无奈和不得已。

真的要走了，老妈只凑在我耳边说了一句话："各人有各人的生活习惯，你不能用你的标准去要求其他人，小米，用一颗宽容的心去看待生活吧。"

我乐，这老太太，一准是电视剧看多了。这说话，咋也跟文艺青年似的？

老爸老妈就这么走了，来去匆匆，虽然不算很愉快，走的时候老爸脸上也满是笑容的。他们主要就是来看看我，如今看我生活得还可以，宋宇对我还不错，他父母对我也还算体贴，还能要求更多吗？

唯一的宝贝女儿幸福快乐，就是他们最大的心愿了。

而后，就只有宋家二老在这里住着，相对来说，我们的压力就小了许多。一开始，是公公和宋宇在外面打地铺，我和婆婆睡在里面，可是这样也很不方便。

因为怀孕的缘故，我经常要起夜跑厕所，要么小便要么呕吐。还要喝水，还要吃东西，虽然吃了依旧会吐，可是吃总是比不吃要好的啊。

一晚上爬起来好多次，进进出出的，总是吵醒婆婆。老人家年纪大了，睡眠质量不好，她一旦被我吵醒，就很难再度入睡。这样被我折腾的，她一晚上也没睡好。

于是宋宇说："妈，还是我跟小米在外面打地铺，你和爸睡床上吧。"

"这怎么行，如今小米这身子骨，可不能随便折腾。这样吧，我和你妈在外面睡，你们俩睡里屋。宋宇，你就辛苦一点，晚上多照顾你媳妇。"

其实，我不想跟婆婆一起睡，还有一个很大的原因：她睡着了爱打呼。往往，我翻来覆去地折腾半天才睡着吧，刚刚入睡，就被一声声的呼声吵醒了。我和婆婆两个人是半斤八两，互相折腾，在一起睡都睡不好。

白天宋宇去上班，公婆大人就在家照顾我，洗衣服做饭打扫卫生。虽然说做得不好，虽然说还是很不习惯，可是他们总是很兢兢业业地做着，努力做到最好。

公公总是拿着拖把，跟打仗似的，努力地在地板上折腾着；婆婆舍不得用水，接了一大桶水，把衣服泡在里面很努力地搓着，又怕我嫌她洗得不干净，拿刷子用力地刷。

一边努力地做事，每做一样，还都会跑过来问我："媳妇，如何，是这样做吧？"

两个人都很辛苦，这大热的天，出租屋里又没装空调。唯一的电风扇正在我面前使劲地摇着头，看着他们挥汗如雨的样子，我能说什么？当然只能说好，爸妈你们真厉害，这些居然都会做之类的话语了。

我的反应还很严重，也懒得出门，他们不认识路，普通话也讲得不太好，也不敢轻易出门。于是，都是宋宇晚上回来买好第二天的菜，幸好，那次打折我们买了冰箱啊。

就这么将就着，日子也在过，公公婆婆都打算，只是住这两个星期。等我的身体稍微好了一点，他们就回去。

"嗯，也好，爸妈，你们回去之后我们也加紧时间看房。争取在孩子出生之前将房子买好，到时候，你们一起过来带孙子。"宋宇心里也很是心疼的，你想想啊，两个六十多岁的老人家，天天睡在地板上，又都是他的父母，他的心里能好过吗？

其实我看得出来，公公还是很不乐意的，他听宋宇说过这边房子的价钱。要买个两房一厅的，最少最少也得七八十万，他就怎么也想不通了，买一个不算大的旧房子也要这么多钱。七八十万啊，这一辈子他们什么时候见过这么多钱？

而且，我们是要按揭买房，如果贷款50万的话，二十年，光是银行利息就得还上百万。那这一辈子，我们就真真正正地做了房奴，都是辛苦为银行打工了。

不过公公婆婆毕竟自己也在这里住了，看到我们的窘迫，就这么一个小房子，一个月租金也要一千块。付了那么多钱，房子还是别人的，而且租别人的屋子住着总是不踏实。不敢添置家具，以后要搬家，东西多了也不方便，都扔掉多可惜啊。

特别是小宝贝出生以后，婴儿床、婴儿车之类的肯定要买许多，不买个房子还真没办法过啦。

宋宇也跟他爸妈说，这是一种投资，以后房子还可以卖，房价只会涨不会再跌了。公公没有再反对了，只是说："这是你们年轻人自己的事，我们老了，不懂，也管不了。只是宋宇，你自己小心一点，不要被人骗了就行。"

公公喜欢看电视新闻，前几天看第一现场，正好看到新闻里说，有人买房交了定金之后，却发现，那个人不是业主，白白丢了两万块钱的事。

他现在拿出来现学现卖，教育我们了。

我们当然也知道，买二手房有许多不足之处，二手房源太多了，看得我们眼花缭乱。在网上四处搜寻，看着一个稍微好一点的，就赶紧打电话联系，去看房之前，你听那些中介公司的业务员介绍得天花乱坠。总而言之都是这房子多好多好，你不买就是吃亏上当了，或者，你现在不买明个儿就没有了。这么难得的合适的房子碰到了就是缘分，错过了这个村就没下个店了之类的话语。

记得以前有一次我们去看过一处房子，满意倒是满意，就是价钱上有点问题。对方开的是六十五万，宋宇觉得有点贵，想压价到六十万，哪怕最后成交价是六十二万也好，能省几万就是几万啊。

谁知道，晚上的时候，中介公司的人就打来电话，说："这是业主要出国了，急售，才卖这么低的价钱，你们却非要讨价还价。哎呀，这么好的机会，你们当时不下定金签意向合同，业主已经卖给别人了，还是六十六万卖的呢。要不，我再带你们看看跟这同户型的楼上的那套房子？不过那个业主出价要到七十万，你们要愿意的话，我跟对方约个时间吧？"

当时我们没说什么，不过下个周末，另外一家房地产中介公司业务员带我们去看房的时候，看的居然也就是那套房子，那套所谓的已经以六十六万成交价卖掉的房子。

我看得是莫名其妙啊，不是说已经卖掉了吗？

后来宋宇才笑着对我说："小米，你啊，就是太单纯了。现在炒房虽然很热，但是也不可能真的那么快，一下子就卖出去了。那个人故意那么说，只是想骗我们出高一点儿的价钱买房子，他们好多赚一点儿啊。"

我在网上查了一下，原来，那些中介公司的业务员都很会骗人的。他们的报价往往比业主的开价要高，中间的交易过程又都是他在两边跑，不让买主和业主直接接触，赚取中间差价。

还有骗取定金、一房多卖等等各种防不胜防的问题存在，最后宋宇总结：

"我终于发现现在的楼市泡沫是怎么出现的了，S市的房价这么高，房屋中介是功不可没啊。经过这些年的发展，买二手房的人现在是比买新房的人还多，这些中介公司就想出了各种招数骗人。"

"首先呢，他们在网上登记的价钱不准确，普遍偏低，我遇到过一位中介老乡，他就是这么跟我说的：'现在竞争如此激烈，我不把登记的价钱放低一些，怎么会有人来找我？'第二呢，买二手房的时候一定要问清楚，对方报价里是否含税金、赎楼等费用，这些手续费差别很大，高的有十几万都正常。第三，不能光看小区，也不能只看同类户型的，要看你要买的真正的那套房子。同样的小区，不同层数、楼栋、朝向差别很大，价钱有时可以相差好几千呢。第四，中介往往会给你制造出一种今天不买，明天一定涨价的假象，让你看都没看清楚就急着下定金了。一般，下了定金就等于被套住了。第五，中介给你的报价肯定比卖主的报价高不少，他们一年赚的钱比我们这些拿死工资的人可多多了。第六，中介带你去看房的时候，先给你看的房肯定不是最合适的，不是价钱高，就是质量差，这样等你到最后看到稍微合适一点的房子，就会兴奋不已。第七，为了有比较，中介有时给你看的房都是卖过的，你不知道，还以为他们很敬业地在帮你。"

这些也都是我们在网上看到的，不过去看房的时候，也确实都遇到过，甚至遇到过更多的情况。

其实我们也都知道，买二手房不好，一不小心就被中介公司的人忽悠了，花钱买教训，花的还是让你肉痛的大钱。

就算你成功买房了，除了要按房屋成交价格总额的3%支付中介费以外，还有产权证印花税、登记费、图纸费、工本费、交易手续费等等。算下来，实际成交的价格比房屋的价格要多出好几万，一个装修钱都贴给中介公司了呢。

可是没有办法啊，新房那么贵，按照目前我们的工资水平，只能买得起二手房啊。

看房，看房，等我的早孕反应过了之后，这又将会是我们家的头等大事了。

公公婆婆吃的盐毕竟是比我吃的饭还要多，在他们的照顾之下，我的孕吐情况好转了许多，身体也恢复了一些。三个月了，准备去医院产检一下，就去上班了。

又要生孩子又要买房子，光靠宋宇一个人，压力是很大的。

在这里住了十多天，看我们的钞票大把大把地往外流，公公婆婆也很心疼，决定等我产检之后就回老家了。

公公还说，回去就把家里的有些粮食干货之类的卖掉，看能不能寄点钱给我们。还说，回去之后，到隔壁村去做帮工，据说，一天能有五十块钱呢。这样，一个月下来也能给我们攒点钱。

都六十好几的人了，还要去做帮工？不待宋宇反应，我赶紧说："爸，应该是我们寄钱给你们养老的，怎么还能要你们寄钱给我们？你千万别去做事，年纪大了身体要紧，要是把身体累垮了我们怎么办？"

公公笑着没说话，婆婆拉着我的手笑着说："傻孩子，我们现在还动得了，就让我们做呗。你们现在本就经济紧张，怎么还能让你们负担？做父母的，只是希望儿女过得好啊。"

这一刻，我第一次觉得，婆婆大人亲切的笑容跟贝太太好像啊。也是第一次发自内心地觉得，其实都结婚了，还分什么你爸你妈，我爸我妈，不都是咱爸咱妈吗？

星期六的时候，公公婆婆还有宋宇一起陪我去医院产检。他们说，看到宝贝金孙健健康康的，他们就回去，等我生了之后再过来。

只是没想到，在医院里，我会再度遇到他们。

第十七章 再度遇到他们

终于，在我怀孕三个多月的时候，早孕反应消失了，人一下子就轻松许多了。

特别是在医院里做产检的时候，通过医生的仪器，我听到了孩子扑通扑通的心跳声。

一下一下的，感觉非常强烈，至此，我终于开始有一点感觉了：我的腹中有一个小生命，小家伙正在强烈地争取着自己生存的机会呢。

那一刻，心中满溢的，只是饱满的幸福感。之前为了怀孕，为了难过早孕反应所产生的抱怨全部消失了。一心一意所想的，只是如何给孩子更多更好。

做完B超之后，四个人八只眼睛都眼巴巴地望着医生，戴着眼镜的女医生笑了，估计这种情况看到过很多次吧，现在的家庭一般都是一个孩子，媳妇有孕，全家都很紧张，是天大的事情呢。

“宋先生，你太太已经怀孕13周，孕早期已经结束了。接下来的时间，宋太太，你适当注意就可以了，不用像先前那么紧张了。这三个月来，胎儿发生了很大的变化，胎儿已经初具人形了。从此以后，胎儿的大脑体积将会越来越大，占了整个身体的一半左右。现在发生流产的几率相应地减小了，胎儿成长的关键器官也基本上都长成了 。他（她）现在大约65毫米，手指和脚趾已经完全分开，一部分骨骼开始变得坚硬，并出现关节雏形。从牙坯到趾甲，胎儿都在忙碌地运动着，时而踢腿，时而舒展身姿。呵呵，他（她）要在你的肚子里再运动六个月就准备出来了呢。”女医生指着B超的报告图片，笑眯眯地说着。

孕13周胎儿的生长发育情况：胎儿长到6.58厘米，外生殖器初步发育，如有畸形可以表现，头颅钙化更趋完善。颅骨光环清楚，可测双顶径，明显的畸形可以诊断，此后各脏器趋向完善。

这段文字我基本上没看懂，不过听了医生的解释说明，我知道，孩子很健康很活泼，这就够了。我的宝贝，你折腾了妈妈整整一个月，接下来的六个月可要乖乖的哦。

还有六个月，可是我已经迫不及待地想要等待孩子的出世了。

离开医生办公室之前，婆婆突然回转身问道："医生，我媳妇肚子里的，是男孩还是女孩啊？"

女医生愣了一下，没有说话。公公冲宋宇使了一个颜色，看他没反应，自己上前，掏出一百块钱放在医生手里，嘿嘿笑着："我们就要回老家去了，你能不能，能不能先告诉我们这个孩子是男孩还是女孩啊？"

男孩女孩，公公这么问，难道也是他们农村重男轻女的老想法在作怪？我望着宋宇，他一脸尴尬的样子，扯了扯公公的衣袖，意思是叫他快点走人。

医生没有说话，偏偏公公不死心，还想继续追问。

女医生叹了口气，把钱放回到公公手里："阿叔，如今生男生女不都一样吗？现在就知道性别多没意思，还不如等生下来之后给大家一个惊喜。"

公公走出医生办公室的时候，一脸的不甘心。一直到走出门诊部的大楼，婆婆开始埋怨他："你这个人小气惯了，这个事也小气，一百块钱太少了，所以医生不肯说啊。"

"没关系，现在才三个月，医生也不一定知道男女。宋宇，下个月产检的时候你再来问医生，记得到时候多给她一点钱啊。"公公挥挥手很慷慨地说着。

第一次知道，原来公公也是大方的人，多给一点钱，这话从他嘴里说出来还真不容易啊。这么急着问医生孩子的性别，是不是急着要男孩，如果到时候我生的是女孩，又会怎么样呢？我递给宋宇一个大大的白眼，他暗暗地握紧我的手，冲我无声地摇头。

我明白宋宇的意思，这也是我们私下约好了的，公公婆婆年纪大了，思想上又比较落伍，有许多地方可能做得不好或者是让我不满意。当着他们的面，我什么都不用说，也不用应承什么，微笑以对就可以了。

私下里，再找老公算账，只要老公是支持我的，什么都好说。

慢慢地往医院大门外走着，宋宇搀着我，公公婆婆左顾右盼的。毕竟，对于这个城市的一切，他们都觉得很新鲜。可这两个星期，都只顾着照顾我，每天窝在小小的出租屋里，都没时间带他们出来逛逛呢。S市的绿化环境不错，到处都是绿树红花，就连医院里，也弄得跟人家公园一样。公公婆婆看着，特别是，这里有许多热带地区特有的树种，他们觉得新鲜，沿路走，沿路欣赏着。

“反正爸妈是明天下午的票，今天你还有时间，我的身体也好许多了，我们带爸妈出去走走吧。最好去大梅沙，回老家之后他们就难得有机会去海边了。”

宋宇点头称是，扶着我下台阶：“当心脚下，爸，妈，你们也是，别光着看热闹，要看路啊。”

刚刚往下走了两步，我侧头望着宋宇，正准备取笑他的过于小心和婆婆妈妈。突然顿住了，视线移到宋宇的右下方某处。

那里站着两个人，看那架势，应该是在吵架。

是一男一女，男的西装革履，人模人样，女的容颜憔悴，穿着一身宽松的孕妇装，看她那凸起的腹部，应该有五六个月了吧？

“行啊，姚珊珊，你现在还好意思跟我说这个？你都给我戴了那么一顶绿油油的大帽子，我就还没吭气呢。”

“林志远，我怎么了，我现在怀着孩子不能受气，你还故意这样气我？早就说好了的，今天要来陪我产检，夜不归宿也就算了，一大清早的，酒气熏天地跑回来。好吧，被我爸命令着陪我来医院了，你一心只顾着跟护士MM调笑，把老婆丢在一边不理不问，这就是你这个做男人的该有的态度吗？”

“男人？哼！”林志远冷笑，“做男人做到我这份上才窝囊呢，老婆怀了别人的孩子，我却忍气吞声在你们家什么都不敢说。你已经有了五个半月的身孕，可是半年前我在美国待了三个月，这孩子很明显不是我的。

你父母也都知道，却故意不提，只是每天命令我好生待你。命令，就只知道命令，我是你们家的女婿，不是你们捡回来的一条狗。”

姚珊珊鼻孔朝天地哼了一声，比林志远哼的更大声：“你比狗还不如呢，这些年你吃我家的用我家的，我爸给你买了车买了房，让你在公司做了副总。你老爹老娘在老家也都吃香的喝辣的，出去说自己儿子在外面混得好，也都觉得很有面子。这些，还不都是我爸爸给你的？要不是靠我爸，你能有今天？可是你呢，哼，结婚以后，你心里还一直惦记着那个骚蹄子，无奈人家心里根本就没你。哪怕你使计离间她和她老公，他们夫妻照样恩恩爱爱的样子。于是你就妒忌，觉得是我害了你，天天在外面喝花酒，乱玩女人。你有胆子做初一，还能怪我做十五吗？林志远，我告诉你，就算这不是你的孩子，你也只能忍了，要不然，我们林家给你的一切都要收回。再过回那种穷光蛋的日子，你受得了吗？”

姚珊珊一手叉腰，一手点着林志远的额头，破口大骂，标准的泼妇形象。就在这人来人往的医院过道上，许多人都停在一边，指指点点看热闹。

林志远却只是将脑袋偏向一边，也没觉得不好意思，看样子，这已经不是第一次了？望着他这个样子，我心里突然有一些的难过，这还是我曾经认识的那个人吗？

“走吧。”宋宇轻扯了一下我的手臂，有点用力。

一回头，我看见他微愠的脸庞，心里偷着乐，却对着老公大人绽放了一个大大的笑脸：“我只是看热闹，不相干的人的热闹。”

“真的，只是不相干的人？”宋宇挑眉。

我也想学姚珊珊双手叉腰的泼妇模样，不过想到自己没有她那种河东狮的气势，于是作罢。只是双手搂着宋宇的腰撒娇道：“老公，你看人家对你多好，可不会像某些女人那样指着老公的鼻头骂。”

“好了，这是在外面，别动手动脚的。”宋宇眉眼含笑，将我的双手拉开，左手紧握着我右手的手心。

他说，左手，是最靠近心脏的，所以他总是用他的左手牵着我。

公公婆婆看了一会儿，也不住地摇头叹气：“夭寿，这女的怎么这么凶？”

公公赶紧为她解释着：“你看就知道了，这个男的就一小白脸，吃软饭的，自然地要受那个女人的气了。”

每晚八点档的肥皂剧没有白看，说起这些东西，公公也头头是道呢。

婆婆受教地点头，然后一转头教训起儿子了：“宋宇，你看，做人啊，咱可以穷，但不能没骨气。靠着一个女人养，这日子咋过啊。还是我们小米好，温柔贤惠又会做事，儿子，你可要好好待她，要是敢欺负她，我第一个不饶你。”

“是，妈，你说得对。我们家小米就是女王，一切我都听她的。”宋宇赶紧点头称是，一边冲我扮鬼脸。

我也对他吐了吐舌头，再一次发现，婆婆真好，就跟我妈一样亲。

天很蓝，云很白，生活，还是很美好的。

也许是我们的思路太狭窄了，一开始，宋宇在网上搜索二手房源的时候就锁定了目标：南区，而且是科技园附近，总是找不到满意的房子。而且这个地方是S市的黄金地带，房价很高的。

看了好几次房子都没看到合适的，有些中介公司的人自然是很不满意我们这样的客户了。只有一家，那个业务员还是一个女的，据说她的孩子都好几岁了。

“我也知道你们的心情，有了孩子以后，手头上自然紧许多了。又想给孩子一个好一点儿的环境。放心，我会帮你们留意，一有合适的房子，马上就给你们打电话。”

房价这种东西，真是说不清楚，明明国家都出台了好多政策想要控制房价。这几个月，楼市居然继续抬头，房价还涨了一些。当时我们差点要签约的那处房子，以那个价格已经拿不下来了，况且是我们现在想买更大一点的。

还真是犯难啊。

一日，中介公司的沈小姐给我们打电话：“宋先生宋太太，我知道有一处房子挺适合你们现在的状况的，要不要去看看啊？”

原来，沈小姐说的是关外，环境比市内差一些，距离我们上班的地方也要远一些。唯一的好处是，价钱要便宜一些。

开始，我们并没有考虑，我们都是从小地方到S市来打工的，乡下人进城，现在又跑回关外买房子算个什么事啊？

我的身子是越来越重，肚子越来越沉了，于是，一般情况下都是宋宇一个人去看房了。顶着炎炎烈日，在整个南区跑来跑去的，大周末也无法休息好。

每次，宋宇都很累，也很佩服那些中介人员的热情和勤劳啊。

偏偏，这么累却经常是无功而返："这中间肯定有猫腻，明明每日的成交量也不大，大家都在持观望态度，买房的人是越来越少了。这房价，怎么可能还一直涨呢？"

因为总看不到合适的，也因为宋宇不是很积极的态度，我们继续在出租屋里住着。因为我怀孕了，要改善伙食，家里炖汤的机会多了，宋宇几乎每三天就买一次排骨或者一只鸡。每次，他总是说他不喜欢吃肉，把大部分的好料都给了我。

我心里明白，嘴上却推说自己吃不下，让他多吃一点儿。两个人推来让去的，搞得每次总能剩下许多，第二天要吃剩的。

出租屋居住的不方便再次显现出来了：因为我们所住的这个房子底下是一个小型的连锁超市，二楼三楼是超市的仓库和储藏室，因此非常招惹老鼠。有一天晚上我忘记了把剩菜放进冰箱里，睡到半夜的时候，总能听到吱吱声。可是拉灯起来看，却总也抓不到。

那一个晚上，我都没能睡着，第二天上班的时候，迷迷糊糊地在公车上打瞌睡。居然睡过了站，等到公司的时候，迟到了半个多小时。

扣了五十块钱的薪水不说，还受到经理的白眼："小贝啊，你在公司也干了好几年，算是老员工了。我待你如何你不是不清楚，体谅你怀孕了辛苦，许多工作没让你做；上次还给了你半个月的带薪假期。可是你自己也要有自觉性啊，长期的迟到早退，这还像个事吗？公司可不是你家开的，再这样下去，你还是回家吃自己吧。"

经理的话说得我很是郁闷，再加上心疼那50块钱，我一整天心情都不太好。耷拉着脑袋坐在办公室里，办事效率也很低，结果，到快要下班的时候，又被经理训了。

回家之后，发现平日里比我早到家的老公居然还没回家，一般的时候，我七点多钟到家，总能看到宋宇在厨房里忙碌的身影。从向南苑到科技园总共也才两站路，所以宋宇每天总是走路上下班，这样每天可以节省四块钱。而且比挤公交车还要快速便捷呢，每天下班之后七点之前就能到家。

不像我，花两块钱坐公车，人多得要死，有时候要晕车，花钱找罪受。

我觉得有点累，就上床去躺了一会儿，心里想着的是，平日里都是宋宇做饭给我吃，老公大人辛苦了。他今天回来得晚一些，肯定是在公司加班，等一下我也要表现出我的贤惠体贴，我要做好饭菜等他回来。

没想到，这一躺居然就睡着了，等我再度睁开眼睛的时候，已经快九点了。现在已经差不多五个半月的身子了，人变得很嗜睡，夜猫族的我，现在居然可以从晚上九点一觉就睡到早上七点。还是觉得犯困，中午在公司还要午休，坐在办公室里吹着空调总是觉得昏昏欲睡。

也难怪经理最近会对我的表现很不满意了，套用一句不好听的俗话，这叫做“占着茅坑不拉屎”。每天照旧上班，每个月拿薪水，可是却没做多少事情。要我是老板，这样的员工也要不起啊。

而且，等生完孩子之后，还有三个月的带薪产假。公司里每一个位置都是有作用的，不可能我休假的时候，那个职位也空着三个月。一定要请新人，等我休完三个月再去上班，还会有我的位置吗？

这么想着，再想到这些日子以来，在公司里经理对我的许多不满，突然就不想干了。在这家公司做了差不多快四年了，真难得，比起宋宇的三年换了四家公司的跳槽记录，我觉得自己真忠心。

跟宋宇商量一下，还是辞职专心养胎，等生完孩子，孩子大一点再去上班吧。毕竟，这是我们的第一个孩子，大家都没有经验，还是小心一点儿的好。

孩子，一切都要为了孩子啊。

这么想着，我直觉性地望望客厅，宋宇居然还没有回来。这已经是晚上九点多了，他到哪里去了？这要是以前，可从来没发生过这样的情况，自从我怀孕之后，家里许多事情都要宋宇做，而且我脾气也大了许多。经常无缘无故地就冲某人发火，某人却不能回嘴，只能忍让着，要照顾孕妇的情绪。

而且，怕我的身子吃不消，我们已经很长时间没有那个了。每天晚上都是盖上棉被纯睡觉，现在天热，宋宇已经不再是将我抱在怀里睡了。各睡各的，而且，往往我半夜醒来的时候，都发现宋宇是背对着我睡觉，面朝床外，离得我远远的。

当时，望着他的背影，我就觉得很生疏很难过，将宋宇摇醒问他为什么，是不是不想看见我了，是不是我怀孕之后身体浮肿，脸上有了妊娠斑变得难看了；宋宇一边揉着惺忪的睡眼一边解释着：“老婆，你想太多了，你半夜不是经常要起夜吗？我这样只是方便我们睡觉啊。而且现在天热，分开睡好一点。”

宋宇说的这是实话，38度的天气热得让人想冒火。即使到了半夜，也没有一丝凉气，电风扇在那里呼哧呼哧地响，感觉吹出来的都是热风。

理论上是如此，我心里却依旧有点不舒服，还揪着宋宇问东问西的。到了最后，宋宇一脸无奈的苦笑：“老婆你看看现在都几点了，你不睡我还要睡觉呢。明天还要上班啊，我最近刚当上小组长，任务重多了，哪像你们经理给你这个孕妇特殊照顾啊。”

因为晚上没有睡好，宋宇早上起来去上班的时候，脸都是臭臭的。甚至没有跟我说再见就出门了，现在都这么晚还没回来。

是不是他有了别的心思？

打宋宇的电话，他居然关机了。该死的，他就不知道孕妇很容易胡思乱想，我一个人在家里会很担心他吗？

第十八章 借钱难，难于上青天

我愤愤地想着，将手机丢到床头，继续躺在床上不愿意动弹。

肚子在咕咕叫，唱空城计了，我现在是一人吃，两人补，所以特别容易觉得饥饿。套用一句宋某人的话说，我们家的存粮大部分都是被我消灭掉的。

想到宋宇，我心里又很难受了，我这才怀孕多久，他是不是就要变心了？对我好久都没有兴致了，也好久都没再提买房的事了。

是不是因为，他心里不再装着这个家了？

好你个宋宇，你还有没有良心啊，我在这里怀着你的孩子，难受得要死。你给我玩猫腻，想着乱七八糟的心思，我是越想越难受，越想心里越觉得委屈。

眼眶一热，伸手摸了一下，脸上居然湿湿的。

我，哭了？

这时，外面传来门锁转动的声音，紧接着，大门被打开了。我依旧是躺在床上没有动，任由眼泪掉个不停。

“小米，你怎么了，没事吧？”宋宇一进来就看到我不停抹眼泪的惨状，吓了一跳，赶紧扔下手中的物什，蹲到床边轻抚着我的脸蛋。

瘪着嘴，我轻声问着：“老公，你、你是不是不要我了？”

声音很轻，可是掷地有声，问得我都觉得心里难过。

“小米，你胡说什么，我怎么会不要你呢？”宋宇脸上的惊讶不像是装出来的，他从床头柜上抽了一张纸巾给我拭泪，“你这个小脑袋瓜子在想什么，我怎么会不要你呢？如果我不要你，犯得着每天为了我们这个家拼命努力工作，每天努力设计着我们的将来？”

“那你怎么这么晚才回来，而且把手机也关机了？”是不是正在和别的女人调情，不方便接电话？

幸好，我还算是有一分的理智，这话只是搁在心里没有问出来。

“原来是为了这么点小事，我还以为你怎么了呢，吓死我了。”宋宇笑了，从口袋里摸出手机，递到我面前，“你看，手机没电了才会关机的。至于我这么晚回来，当然也是有原因的。小米，你就不要胡思乱想了，有这个空闲，还不如想着如何更宝贝我们的孩子，如何布置我们的新家呢。”

“新家？”宋宇的话让我瞪大眼，看外星人一般看着他。

干吗又要搬家啊？虽然那个房东太太老是涨房租很讨厌，虽然这个小房子住起来确实有很多地方不方便，可我们现在都在努力攒钱，不能轻易搬家的，而且我的身体情况也不允许啊。

搬一次家得费多大的力气，而且要浪费多少钱啊。

宋宇神秘地一笑，从地上捡起刚才扔掉的东西，递到我的手里。

我疑惑地接了过来，是一个蓝色的文件夹，干吗？我用眼神询问着，宋宇同样递回一个眼神给我，你打开看看就知道了。

打开一看，是许多张纸，不，准确地说，是几张房屋和小区的位置图。以及，房产证复印件，还有购房意向书的复印件。

“这——”我满脸惊喜地望着宋宇，甚至不敢问多的，就怕是空欢喜一场。

宋宇也笑了，这才将今天晚归的原因详细地告诉我了。原来，他今晚又是去看房了，而且还跟那个业主见了面，仔细商谈良久，所以这才回来晚了。

就是那个沈小姐，又向宋宇推荐了一套关外的房子，本来他没打算理会的。沈小姐倒是热心得很，介绍了一大堆，又说了很多理由。说什么如今特区开发，以后会逐渐不分关内关外了，说那里属于中心区，大型超市、医院、学校什么的都有，生活起来很方便。而且，那里正在兴建地铁五号线，大运会之前就可以通车。

地铁通车以后，再加上新城区的建设，以后那里的房价肯定会涨的。

沈小姐唠唠叨叨说了许多，宋宇都只是随便听着，倒是最后一句话打动了他。是啊，现在关外的房子升值空间很大的。现在因为经济条件不允许，只能在关外买一套二手房。等过两年，手里再多积攒一些票子，将这套房子卖了在市内买一套更好的，也不是不可以的啊。

抱持着这样的想法，宋宇下班之后就去看房了，因为怕希望太大，失望更大，事前就没有跟我说明。从科技园坐车出关，总共也才花了二十多分钟，那里虽然在关外，离关口也只有三站路的距离。

位置倒还是不错的，宋宇就有了好的首印象。等到真正去看了房子之后，更加满意了。

虽然不是电梯房，不过房子在三楼，没有每天爬很多楼梯的烦恼。两居室的房子，实用面积也有将近六十个平方，客厅不小，卧室很大。而且，外面的阳台又大又敞亮，住三四个人是绝对没有问题的。

孩子大些的时候，还可以将屋子重新装修，客厅隔开，小一点没关系，可以给孩子多隔出一间游乐室来。

将房子前前后后、上上下下都仔细看了一遍，宋宇觉得很满意，当然了，更满意的是价钱问题。七十个平方的房子，单价是一万左右，这在S市，哪怕是关外，这样的房价也很难得了。

“因为是九八年的旧房子，不是电梯房，又不算花园小区，业主急售才会便宜一些。不过还好啦，那附近有一座公园，游乐设施很齐全，以后孩子可以去那里玩。走个不到二十分钟就是区人民医院，还有体育馆，我们坐车上班也只要半个小时，都很方便的。”说话的时候，宋宇脸上一直露出的，都是满意的笑容。

“小米，你觉得怎么样？”

“你都想好了，甚至准备付定金了，还问我的意见干什么？”心里也是得意的，不过想起先前的担惊受怕，我故意这么说着，就是想让宋宇为难一下。

果然，他的脸色变了，小心翼翼地观察着我的脸色，赔着笑脸说：“我这不是回来跟你商量来着吗？小米，我真的觉得那里挺合适的，面积够大，满足了我们的购房需求，而且房价也是在我们可以承担的范围之内。”

我也在心里盘算了一下，差不多七十万的房子，首付付个十五万，再加上其他乱七八糟的费用，总共可能需要十八万多的样子。我们目前手上有十六万，不过不能一下子花完了，要留一点给孩子。

因为要买房子了，肯定不可能不借一分钱的，各自去借一点儿，房子买下来不成问题。宋宇也说了，那套房子之前一直是业主本人在住的，已经有了简单的装修，过户之后我们直接住进去就可以了。

越想，心里越是得意，哈哈，我们马上就要有自己的房子了。

一直在旁边小心察言观色的宋宇自然也看出了我心里的想法，他扑过来，双手作势要卡住我的脖子："好啊，贝小米，你耍我啊。"

我最怕痒了，笑着往一边躲去，不小心压了一下肚子。哎哟一声，宋宇马上住手，温柔地将我扶起来。

"好了，不闹了，虽然这房子我是看中意了，可买房这么大的事也不能我一个人说了算，对不对？所以还没有下定金，明天我们一起先去看看吧。"

"不能等到周末再去吗？"经理已经对我很不满了，要是再请假，恐怕……

"那个业主是因为要到外地做生意才急着卖房子的，他说周末要去省外，所以只能这几天签合同。而且之后要赎楼过户等等，很费一番工夫的。就算买好之后不装修，我们也要简单收拾一下。所以要想在孩子出生之前搬到新房去，我们就要抓紧时间了。"说着，宋宇停顿了一下，"怎么了，有什么地方为难的？"

相处了这么久，宋宇当然也知道我的脾气，按说听到要看房是会很兴奋，就算请假也要马上去的。现今却如此说，肯定是有麻烦了。

于是，我将自己最近的工作表现，以及经理的态度都跟他说了，宋宇听了，沉吟了一下，说道："你知道吗，休三个月产假的时候，薪水不是全额发，发的是基本工资。"

我愣了一下，话题怎么突然转变到这个上头了？

"你现在每个月的工资有3000多，实际上却是基本工资加上各种补助一起构成的，我看过你的工资单，你的基本工资实际上是S市的最低工资水平，一个月1000块。你们老板算得很精，扣钱的时候按全部工资扣，发奖金却按基本工资的标准，所以每次你的年终奖才会这么低。”宋宇是一脸的不屑，对于剥削人的资本家，他一向是很有意见的。

我醒悟了：“我们老板奸诈你又不是今天才知道，难道你们老板就不奸诈啊，不奸诈他们怎么赚钱？”

按照这样说，我如果休产假，一个月就只发一千块钱的基本工资。难怪上个月我只发了一千多块钱，还准备去找经理理论，看来，我请的那半个月的所谓的带薪假期，实际上只给我发了五百块钱。

想了一会儿，握住我的手，宋宇很慎重地说：“小米，你是我老婆，自然有我这个做老公的心疼。你的肚子越来越大，每天挤公车上班很辛苦的，我不想你为了那么点钱拼命。干脆待在家里吧，等孩子到了半岁，我妈可以帮你带孩子了，你再专心去上班。”

听到他这么讲，我是很感动，可是我更多地想到的是现实：“这么久不上班，我会跟社会脱节，到时候再去找工作，恐怕就会难许多的。买了房之后，每个月我们都要还房贷，会有很大的压力。再加上孩子和老人的开销，靠你一个人，老公，会很辛苦，而且可能会很难维持的。”

“到时候再说吧。小米，当务之急，要先顾好眼前，我不想你们母子有一点闪失。现在你们经理就这样的态度了，以后你生了孩子，肯定会经常为了小孩请假，在他手下做事也很难的。”宋宇的左手放在我微微凸起的腹部，非常凝神贯注地望着。

确实，现在很多公司不愿意聘请已婚妇女，就是这个考量。女人结婚以后，就会更多地顾虑到家庭。特别是有了孩子，以孩子为重心，对于工作的投入就会少了许多。那些剥削人的资本家自然不愿意花钱聘请这样的员工，他们都希望自己公司的人多做事少拿钱，当然了，只做事不拿钱他们会更高兴的。

听了宋宇的话，我心里甜滋滋的，嘴上却不饶人：“哟，你就知道我一定生的是男孩子，生女孩不可以呀？”

“生男生女都一样，重要的是，是你给我生的孩子。其实不一定非要给别人打工拼命啊，小米，你可以利用在家里养胎的这几个月做点其他的事情。比如说，你喜欢看小说，看了那么多本书，为什么不可以自己写一本呢？”

宋宇的话让我怦然心动，不管会不会去写书，起码眼前我不想每天去公司看别人的脸色，不想每天挤公车的时候被人说闲话。

车上人太多了，有时候售票员会请别人给我这个孕妇让座，好几次，我听到人家说：“既然知道自己是孕妇，就要有自知之明，干吗这个点挤公交车？上了车就要有这个自觉性，S市公交车出了名的人多，站着也是没办法的事啊。”

而且，真正要买房了，会有许多手续，要跑银行，要跑国土局很多地方。宋宇也不可能老请假的，有些地方我就要去跑，新家要布置，的确都需要时间。

于是，就在我们结婚两周年的时候，我和宋宇作了两个重大决定：

第一，买房；第二，宋太太辞职专心在家待产。

我和宋宇一起去看了那套房子，虽然那个小区物业管理、环境卫生等都很一般，处于关外，城市绿化自然也没有我现在住的地方好。总体来说却还是不错的，那套房子够大，这就是最大的优点了。别说公公婆婆来，就算以后把我的父母接来也够住。

阳台足足有六米长，以后孩子出生了，晒衣服、尿片都很方便，采光也好。前任业主因为是自己住的，做了简单的装修，我们可以现在就搬进去，添置一些家具就可以住人了。

出了那个小区，步行几分钟就是人人乐，另外一侧有天虹、新一佳、华润万家、沃尔玛、家乐福，基本上，S市比较有名的大超市这里都有。东西南北四处有四个不同方向的公交车站牌，有三趟公交车可以直达宋宇的公司，天虹门口正在修建的就是地铁五号线，以后出门也很方便。还有医院、学校、电影院、体育馆，配套设施都非常齐全。

看房之后，我们就下了两万块钱的定金，签了购房意向合同。然后，真正的买房过程开始了，我这才发现，我们只是走上了万里长征的第一步。

我现在比较有空闲，除了真正需要宋宇出面的地方，其他都由我去跟中介公司的人谈判，去各个行政部门办理。准备好首付，就去银行做资金监管，申请贷款；贷款批复以后，我们出钱，业主找担保公司赎楼，然后去国土局过户，等上一个星期去拿新的房产证。然后再拿房产证去银行换贷款，贷款下来之后，付钱给业主，然后过户水电煤气等等。

反正各种程序繁多，加起来，就算很顺利的话，也大概需要一个半月的时间。妈呀，光是这些东西，我想起来头都大了，然后，碰到了一个麻烦，一个天大的麻烦。

由于不想以后付的利息太多，首付宋宇准备付三成，也就是二十一万，找银行贷款了四十多万，分十年还清，大概一个月要还四千多块钱。两个人全部的积蓄加起来，也刚够付首付的，然后身上就没钱了。

还要给中介公司服务费，这一项就要交两万，还有各种名目的手续费、服务费、项目费的，我听着都头大了。更别提前任业主只是将他们的空调留了下来，其他的家具都要搬走，等于我们住进去是空房子。这个出租屋里的东西都很破旧俭省，搬了新家当然想买一些家具。

想法是好的，可是做这一切都需要钱！扣除所有的不必要开销，我们买房必须支付的还差三万块钱，其他的手续费可以等，过户之前要先将服务费交给中介公司，这一项可等不得，那可是整整两万块。

宋宇下个月的工资已经预支了，还有我辞职时补发的薪水，都一起压在首付里面去了。宋宇打算下周一去过户的，那两万块钱，没办法，我们只好找同学借钱了。

在S市宋宇有两个好朋友、铁哥们儿，一个是大学同学，一个是以前的旧同事，由于脾气相投，离职之后也经常联系，有空大家会一起出去玩。

先是给旧同事打电话，说了自己买房的事，人家说了恭喜之后，马上就说："我现在没钱，要是借钱的话，我就要说声对不起了，呵呵。"

在QQ上遇到了老同学，这次宋宇学乖了，直接先将意思表明："我们买房了，可是现在还差两万块钱，能不能借一点儿给我？等我发了薪水马上还给你。"

等了一会儿，对方还没有回话，再等，对方的头像变成了灰色的。

是下线了，还是突然断线？没等宋宇将这个问题想明白，突然发现，自己好友名单里已经没有老同学的QQ号了。

对方直接将他拉黑了。这下子，也不用打电话了，宋宇自然明白对方的意思了。这就是所谓的好同学、铁哥们儿，大学四年最好的朋友，一旦涉及到钱，狗屁都不是了！

因为借钱，宋宇一下子就失去了两个最好的朋友。

第十九章 屋漏偏逢连夜雨

宋宇在福建的一个老同学借给他一万块钱，以前人家买房的时候，宋宇也借钱给他过，人家这是还人情。

礼尚往来就是如此，真正的雷锋，现在的社会太少了。

我也拿出了那一万块钱的存折，宋宇脸色很不自然，望着我好半天，才叹气道："小米，等我们条件好一些之后，一定要先将这钱给爸妈寄回去。然后，再每个月给他们寄生活费。"

这个是自然的，我还不想做天打雷劈的不孝女。

那两万块钱是付了，我又找同学借了一点，总算把剩下的问题都解决了。就这么折腾来折腾去的，两个月之后，我们终于拿到了房子的钥匙。望着这亮晶晶的一大串钥匙，我和宋宇面面相觑，脸上涌现的，居然都不只是欣喜。

因为，以后我们每个月要还给银行4000多块钱，要寄钱给父母养老，要吃喝拉撒，要养孩子，光是这些生活必需的，每个月至少要一万块钱。

就是说，宋宇不能再任性地跳槽，再不好也得忍受资本家的白眼。我要努力辛苦，除了带孩子，还要想办法赚钱了。

以前是拼了命地想要买房子，等真正买了之后，我们却开始怀疑起来了：掏光所有的积蓄去买房，还背了一屁股债，以后每个月要做房奴。甚至，不但不能给父母好的生活，还让他们掏钱出来。

公公婆婆回去之后，果然寄了5000块钱过来。对于他们这些一辈子种田的人来说，这可是好大的天文数字啊。那一晚，宋宇一直都没有睡着，我也是翻来覆去的，却不明白自己到底在想什么，脑中乱哄哄的。

这一切到底是为了什么，我们这么辛苦地做这一切，值得吗？

无论如何，我们如今也算是有房一族了，拿到钥匙之后，找了一辆车搬家，将所有的东西都搬到新家去。没办法，我们现在全身上下加起来一共有400块钱，而宋宇还要下个月才能发薪水，都不知道接下来的日子要怎么过，哪里还敢去添置家什啊。

搬到新家的第一晚，我们又都失眠了，不知道是兴奋还是惆怅。宋宇干脆爬起来搞卫生，以后这就是我们自己的家了，当然得好好清扫一下。他让我躺在床上好好休息，已经七个月，还有两个月孩子就要出生了。今天搬家的时候，我不过是帮忙抬了一下东西，却动了胎气，腹部隐隐作痛，把宋宇吓了个半死，差点就准备送我去医院呢。

可我不想睡，把笔记本搬到床上，突然就有了写日记的想法了。想把怀孕以后，对宝宝的爱，以及成为房奴以来，这些日子发生的点点滴滴都记录下来。

宋宇提议的写书的主意只是从现实主义角度出发，近两年网络文学畅行，很多人写书赚了钱。可我也知道，这是一个很艰难曲折的过程，我倒没有成为畅销书作家那么伟大的想法。不过既然自己热爱文学，倒很有记录的冲动。

等我们老了以后，这是一份很好的回忆录，也可以算是送给孩子的礼物啊。

总算是安定下来了，这里以后就是我们的家了，不用每个月交房租看房东太太数钱时兴冲冲的样子，我们心里怄得要死，不用时刻担心涨房租怕要搬家。还有两个月就要过年了，正好，宋宇打算在年前把父母接过来，到时候宝贝也出生了，再接贝先生贝太太一起来玩，我们一家七口过一个真正的团圆年。

“老婆，我们现在真的要精打细算数着钞票过日子了，只有三百块了，在我发工资之前就花完了的话，那可就要流落街头了哦。”将手中的三张红票子在我面前晃了晃，宋宇是一脸的苦笑。

我也很无奈，同学朋友们还都很羡慕我们，终于成了有房一族。哪里知道我们现在的窘迫啊，自结婚以来，我们就没过过这样的日子，每一分钱都要算计着花。

比方说，社区里面是有一个小超市，可是东西太贵，我每天总是步行二十分钟到菜市场去买菜。权且当做是锻炼身体吧，医生说我现在多散步有助于以后的生产。

宋宇下班之后路过新一佳的时候，进去看了一下，回来之后就很兴奋地告诉我："老婆，我发现新一佳每天晚上都要把白天卖不出去的菜特价甩卖，会便宜很多，我们去看看吧。"

是便宜很多，可是那些菜——用婆婆的话说，老家那边拿来喂猪都不要的烂菜，我和宋宇却买得很高兴，只因为晚上八点以后再去买菜的话，我们仅仅花了8块钱就买了一大堆，烂菜。

"老公，你看，这是你最喜欢的红菜薹。上次我在人人乐买，要4.98元一斤，这里晚上特价才1.5元耶。"

"是啊，而且这菜也还算鲜嫩，我们可以把外面的茎都抽掉，只吃里面的叶子啊。反正，这菜便宜。"

于是，每天晚上，我们两个人就会推着购物车在新一佳里面瞎转悠，专门找那些便宜的特价菜。这要是让公婆瞧见，这就是他们引以为傲的名牌大学毕业的，拿着万元高薪的儿子，还不知道会有啥感想呢。

没想到，这就是身为房奴的悲哀，日子，只能这么过。

就是这么节俭地过日子，每天买菜不超过十块钱，中午宋宇是带饭到公司去热着吃的，一个礼拜才买一次肉。由于他坐车都是刷卡，所以每天身上只装一块钱。

用来吃早餐。

一个星期之后，我们的三百块钱居然还剩下两百多块，在S市，两个大人，甚至还包括我这个孕妇，一个星期的生活费不超过一百块。这真不知是该夸我们节约会过日子，还是我们的悲哀。

这一天，我去超市买菜的时候，看见有特价的鱼在卖，就买了一条。宋宇很喜欢喝鱼汤的，而且鱼的营养价值对孕妇是很高的，真好，物美价廉。

做好饭菜等了一会儿，宋宇回来了，一回来，就冷着一张脸，好像谁欠了他钱一样。宋宇不吭声，我也没有说话，两个人默默地吃着饭，我辛苦做出来的一大碗鱼汤，一口都没动。

“说吧，出了啥事。”洗了澡出来，看见宋宇依旧是坐在沙发上沉默着不说话，实在受不了这样的低气压，我问道。

揉了揉太阳穴，宋宇是一脸的疲倦：“我在想，还能到哪里再去借6000块钱。”

“还要借6000块钱？干什么？”不能怪我这么大惊小怪的，实在是很惊讶，为了省钱为了不再借债，甚至这个月的产检，我都推到了下个月。

搬到新家以后，睡的还是以前的旧床，在二手市场淘回来的。肯定是床垫里面的弹簧坏了，凹凸不平的，床架子也摇摇晃晃。我真担心哪一天睡到半夜的时候，发现自己躺在地上了。

衣服全部叠好放在箱子里，每天早上上班之前，都要翻箱倒柜地找衣服穿；每次在厨房做饭，我都盼着能有一个抽油烟机；每次……

这一切，在出租屋里不方便实现的愿望我都想着，以后有了自己的房子了，我一定要添置许多家具，让自己的生活更加方便一些。

只是可惜，这个小小的心愿到目前为止也实现不了，我们每天还要紧巴巴地过日子。每个月都要抠出一大笔钱来去还银行贷款，还要去还借债呢，一想到这儿，买什么东西的心情都没了。

宋宇右手紧握成拳，脸上的肌肉紧绷：“NND，那些吃人不吐骨头的混蛋，除了骗钱心里就没有其他的了。当初看房之前，中介跟我说的是业主是红本在手，真正跟业主见面了才知道，他也买了不到五年，还差银行几十万的贷款呢。这我也就没说什么，只是当时都协商好了，我只是出赎楼的费用。申请银行贷款的时候，他们没帮上一点忙，银行给我批的利息是8折的，这一下子，比人家付7折的利息要多出好多钱了。我们都已经搬进来了，水电煤气也都过户完了，我还以为都交接完了，可以真正安心地过日子。好吧，目前紧巴紧巴点儿，至少，我们有了自己的房子，以后的生活肯定会更好的。靠着这样的信念，我才没垮下去的。靠，今天那个沈小姐又给我打电话，说前业主等着我去交钱，给他交银行罚息呢。”

“啊，到底是怎么一回事？”

原来，银行还有这么一个规定，如果不是按照约定的时间还贷款，而是提前还贷，要交罚息的。也就是说，像我们这样，本来是申请的十年按揭，如果中途我们有了足够的钱（比方说，卖房子）可以把利息提前还了。你是可以还，可是你打破了银行原有的计划，要交一点钱给银行作为补偿。

钱不算多，一千多块，可是对于这个时候的我们来说就是天文数字了，我们为了省钱已经吃了好多天的特价菜。现在每天只要让我一看到那些菜，都有恶心想吐的感觉，可是没有办法，没钱啊。

“为什么要我们去交？那个人五十五万买的房子，不到三年就以七十万转卖给我们，他已经赚了许多了，还不知足，这点钱都要我们付？”想到这里，我非常的愤愤不平。

宋宇也是，可是却没有办法，只能说：“沈小姐说这是业内约定俗成的事情，而且我们的合同上也白纸黑字写得很清楚了。都怪我们自己傻，当初签合同的时候没有看清楚。”

没有看清楚的又岂止是这一条，还有一些细节问题我们也没有考虑到，被中介公司的人一忽悠，就签了。当时沈小姐说得好，你放心，我们也都是从买主的角度出发，一定会让你们尽量省钱的。

省钱，省钱，省个P，等到真正交易的时候宋宇就发现了。按照我们签订的合同，实际上比我们预计的要多交好几千块钱。现在人家找上门了，要我们尽快支付。

到哪里去找钱支付啊，抢银行吗？

“要不，你打电话回家，让爸妈给我们想点办法吧。”当初要付首付的时候，我已经将贝太太给我的那一万块钱全部拿出来了，后来要交其他的费用，都是我去找同学借的，老爸又帮我去借了5000块，不可能再找他们开口要了。

宋宇摇头：“上次他们不是寄了5000过来吗，爸妈哪里还有钱啊。”

“可以让他们去借啊，找亲朋好友凑一点儿，跟他们说，等你下个月一发钱，马上就还。”一发钱就要马上还债，看来，我们节衣缩食的日子又要过好几个月了。

谁知道，宋宇还是摇头：“我们家的亲戚都是乡下人，穷亲戚，谁有几千块钱可以借给我们啊？而且，亲戚跟朋友也都一样，平日里看起来好得没话说，一提到钱，都跑得比兔子还快了。”

“找你姐姐、姐夫借啊，你姐夫不是在家里开车，据说，一年也可以挣好几万块吗？他们买车也有好几年了，债已经早就还清了，让他们借几千块钱给我们，也不是不可能的。再说了，是你的姐姐，亲姐姐，都是自己人。让他们帮帮忙，把眼前这个难关过了再说。”我不死心，继续劝说着。

实在是没辙啊，上次我的爸妈已经是使出浑身解数，甚至厚着脸皮到他们最不喜欢的表叔家帮我借钱了。那么这一次，也该宋宇的父母出面了，在我的心里就是这么想的，也觉得这么做没有错。

“姐姐他们也没多少钱，姐夫开车是赚了一些，可是进得多出得也多。本来他们平日里开销也大，姐夫还喜欢打牌。再说了，爸妈在老家也都靠着他们照应，我不好意思再找他们借钱。”

谁知道，宋宇始终不肯，在他心里，姐姐是很重要的，不想为了借钱的事让姐姐、姐夫为难。

“让他们帮着借几千块钱都不肯，就是为难，那我呢，我找父母借钱的时候就不为难了？宋宇，你的心里只有你父母你姐姐，根本就没有我，没有我们这个家。”我委屈地哭喊着，跑进房里，砰的一声，将房门关得很紧很紧。

那一天晚上，宋宇没有回房，在外面睡的沙发。也是二手市场淘回来的旧沙发，坐在上面，稍微使点劲就咯吱咯吱地响。晚上我躺在床上一直都没有睡着，耳朵里听着外面的动静，宋宇想是也没有睡好，一直翻来覆去的，搞得沙发响个不停。

于是，我想了许多事，想起了结婚到现在我们仅有的几次吵架。说实话，要按照现在的标准，宋宇是一个顾家的好男人。且不论爱情，都不是十七八的小年轻了，谁离了谁不照样活着，大家都没太把爱情当回事，想着，好好过日子就行了。

虽然有点小气，往好里想，那是节俭过日子。又不是只对我小气，他自己平日里花钱也很省的。每天按时出门上下班，从不出去玩，也不会跟狐朋狗友出去鬼混。每个月什么时候发钱，工资卡都在我手上，节假日要么在家休息，要么和我一起出去爬山逛公园。没办法，这是最不需要花钱的娱乐项目了。

结婚两年，除了出差，从来没在外面过夜，也没有什么女性朋友。这样的老公，我实在是不能要求更多了。

可就是这样一个顾家的老公，有时候却也会让我很郁闷，因为他顾家，因为他是一个孝子。老妈也曾劝过我，他是孝子是好心啊，如果他对父母都没有心，以后又怎么会对你有良心？

问题是，有时候却是太有心了，我总觉得，他心里，父母才是第一位的，然后是他的那个姐姐，现在多了一个孩子，最后一位的那个人才是我。

去年过年回家的时候，我们发现，宋宇的姐夫喜欢打麻将，除夕之夜甚至整夜不归，把老婆孩子都丢在家里。自己在外面玩通宵麻将，甚至输了好多钱。

那一夜，宋宇就是陪着宋婷的，劝说她安慰她，帮她把不争气的老公找回家。完全忘记了自己家里还有一个老婆，在等着他过团圆年呢。

第二十章 事情总会有转机的

有一句话怎么说的来着，天无绝人之路，事情最后还是解决了。宋宇找他的一个同事借了钱，总算是把眼前的难关渡过了。

我的心情一开始是很不好，有点失落，不过我也知道宋宇那人就是这样，就算他知道自己错了，也不会来跟你道歉，嘴上也很少说什么甜言蜜语。只是那几天，他乖巧地承担了所有家务事，饭后也不再一心守在电脑前，而是陪着我出去散步。看在他表现良好的分上，我就原谅了他。

夫妻过日子就是这样，小打小闹，只要不是涉及到原则性的大问题，基本上我们之间还算是甜蜜幸福的。

而后，我之前随笔涂鸦写的心情日记居然在《特区文学》上发表了，收到了一千块钱的稿费。

小小的一千块，可也是帮了我们许多忙啊，至少可以改善生活啊。吵架那天晚上，我们晚饭都没有吃好，再加上没有睡好，肚子一直都很不舒服。

可我忍着，没有告诉宋宇，他本来已经为了钱的事情很烦恼，再告诉他也是徒增更多烦恼而已。

告诉他了能怎么样？无非也就是说去医院看看，可是一去医院就是要花钱，现在的医院都黑着呢，不管什么事，一律先让你去拍片检查，检查回来告诉你，一切正常，多休息就好。就这一下，几百块钱就没了。

拿到稿酬的周末，宋宇陪我去医院产检了，花了900多，虽然把辛苦赚回来的钱花了个干干净净，却也是开心的。至少知道了，我的宝贝很平安，还有两个多月，他（她）就要来到这个世界上了。

艰苦的日子过了几天，宋宇就发工资了，交了税和社保之后，发了一万一千多。宋宇把它分作三部分，4500块钱还房贷，3000块钱付水电管理费，做生活费，还剩下4000块钱，存起来，要还债。争取过年的时候把外债先都还清，明年就可以开始专心地存钱还贷款了。我们计算过了，如果要提前还贷的话，因为要交罚息，每次至少要还五万以上才划算。

一个人在家安胎的日子其实是很无聊的，因为我不愿意一个人出去玩，总是等到周末宋宇休息的时候两个人才出去闲逛。平日里我一个人就买买菜，在小区里散散步，总是对着电脑，辐射会影响孩子的，于是其余的时间我就卧床休息看小说。

小说看多了，真的就有了动笔的冲动，上次赚到的那笔稿费突然就开始让我信心满满了。其实，文字变成铅字也不是想象中那么难，那么不可实现的愿望啊。谁就知道了，我们老贝家难道坟上少长根草，出不了一个大文豪大作家？

开始是在脑中构思，在纸上练笔，慢慢地，我也在电脑上写，在网上发表连载小说。然后，居然就有网站和我签约，说到了一定程度就可以上架销售。这是目前最流行的网络VIP，是跟传统文学相对的一种文学盈利模式。

宋宇是抱着怀疑的态度的，他觉得没有哪个傻子愿意掏钱在网上看小说，甚至包括我自己都是看的盗版小说，还有几个人愿意付费？

可是我看到那个网上确实写着有很多人月收入过万，难道那么大一个网站骗人不成？而且如果写得好，读者多了，会有出版商找上门的。反正在家里也是闲着，在自己的电脑上也是写着，为什么不可以让更多的人看到呢？于是，我每天真的很认真很有计划地在网上写连载小说，甚至与网站编辑约定好了，什么时候开始上架，对读者收费阅读。

除了写小说，其他的时间我都忙着胎教，忙着散步走动，做各种利于生产的事情。还要提前给宝贝准备用品，七八个月早产的情况也有很多，现在不准备好，到时候就要手忙脚乱了。

买了小衣服、奶瓶、尿不湿、婴儿车……各种东西买回家之后，一个月的积蓄就都花光了，甚至无法攒钱还债了。养小孩本来就是很费钱的，却又正好碰上我们现在要节衣缩食、紧巴巴地过日子，生活更加艰难了。

难怪现在许多年轻人不敢轻易要孩子，不是不要，是要不起啊。就拿婴儿车来说吧，我们到母婴用品专卖店看了一下，随便一个小东西至少是几十块，一辆婴儿车更是要四五百块。不是我们小气舍不得为孩子花钱，实在是现在没有那么多钱啊，最后是到批发市场去买的婴儿车。只花了两百来块钱，问题毛病却有许多，这辆车放下来的时候没有那么平整，恐怕以后孩子睡着不是那么舒服的。

宋宇说，那也没办法，只能将就了。是啊，不将就能怎么办，每次去医院产检要一千块，买个奶瓶要几十块，一个包要几十块，一块尿片都要好几块钱。这样下去，就算是我们天天去买特价菜日子俭省得要死，也没那么多钱花啊。

幸好，我写的小说在网上反应还可以，居然有很多人看。上架的第一天，居然就有几千人订阅了。也许，我写的都是自己的生活写照，也写出了许多社会现实，是我们80后的共同心声，才会有这许多的共鸣支持者吧。

甚至，有出版社的编辑找到我，商量着出书的事。

这些都是急不来的，我还要多看书多学习，提高自己的写作水平。如果真能成功，这也是一条路，至少这样可以边赚钱边带小孩。说实话，说是要把宋宇的父母接过来帮我们带孩子，我却不是那么放心，孩子总要自己看着才好啊。

看他们那么紧张孩子性别的问题，我就知道，公婆大人肯定重男轻女，如果我生的是女儿，他们还会给我好好带吗？婆婆不讲卫生，许多现代化的东西都不懂，公公那么节俭小气，他们会对我的孩子好吗？

老妈总是笑我想太多，爷爷奶奶哪有不疼自己的孙子孙女的。我知道，疼爱是一回事，可毕竟两代人有二十年的代沟存在，这二十年又是中国最飞速发展的二十年，物质生活提高了许多，价值观不同，教育孩子的问题上肯定有很大的差异啊。

“宝贝，以后你可要乖乖的，给妈妈更多的时间可以做自己的事情。这样的话，妈妈就有时间亲自陪你爱你。如果妈妈去上班了，哪有那么多精力爱护你啊？所以宝贝，一定要听话哦。”抚着肚子，我轻轻地说着。

宋宇也凑过来，抚摸着我的肚子笑道："宝贝，你是爸爸妈妈的宝贝，我们都最爱你了，知道吗？老婆，他踢我了。"

老公大人突然惊讶地说着，那表情比中了六合彩还要兴奋。其实五六个月之后我就能经常感受到胎动了，不过宋宇每次摸着我的肚子，宝宝踢他，他都乐得跟那个啥一样。

我笑了，傻爸爸，不过我能确信，以后这也会是一个好爸爸的。

日子继续幸福地过着，我的第一本书写完了，居然也赚了几千块钱的稿费。正好，下个月发钱之后，我进医院生孩子的费用就有着落了。而且，我还跟一家出版社联系好了，下一次，我写出文字不要在网上发表，先给他们投稿。等书出版了再在网上发表，要不然，网上也有得看，大家怎么会付费阅读呢？

我很开心，要是真的能够出书，也算是送给孩子最好的礼物了。

只不过，生活远没有那么幸福，日子不是总一帆风顺的。这几天，我们又碰到了麻烦事！

因为老板出国了，宋宇他们公司这个月要推迟几天发工资，而以前每个月发工资的日子，正是宋宇要还银行贷款的时间，银行贷款必须准时还的。哪怕只是迟了一天，就会有信用不良记录，以后再想申请贷款或者做其他许多事，都会有麻烦的。

借同学的钱都还没还呢，哪里还有地方去借钱？我们每个月的钱也都花得光光的，根本就没有余钱，我的稿费还要到下个月才能发放，真是愁死了。每天，宋宇都是苦着一张脸唉声叹气的。

我看着都烦，也跟着变苦瓜了。

"得，别这样，你这样的话，生出来的宝宝会不漂亮的。"段心蓝也跟着我叹气，可是却无计可施。

上次已经找他们借过钱了，其实他们本来手头也紧，很困难。前几年，卓越的爸爸中风住院，幸好抢救及时，除了手脚没那么灵便，人倒没有大碍。只是欠了一屁股债，每个月还要去医院复查，他们俩每个月都要寄钱回去，这才拖了好几年都没钱结婚的。又想攒钱买房子，段心蓝的日子每个月也是过得紧巴巴的。

幸好，我还有一个好朋友：于灿，自从我辞职以后就很少见面了，久未出现的于大小姐突然给我打电话联系感情，叮嘱我，宝贝出世以后一定要给她打电话，于灿说她要等着做干妈呢。

看到我愁眉苦脸的样子，自然会追问出了什么事，我心里烦，就一五一十地告诉她了。没想到大小姐只是一撇嘴，很豪气的一拍桌子。

“就为了这么点小事，愁成这个样子？我告诉你，贝小米，你要是害得我干女儿不高兴了，我跟你没完。”

睨了她一眼，这家伙，是站着说话不腰疼呢，她是没体会过我们现在的房奴生活。于灿觉得生女孩儿比男孩子贴心，口口声声地说，我肚子里怀的是她的干女儿。

腰真的不疼，因为于灿不是空站着说话的，她马上就在附近找了一个提款机，取出5000块钱交给我。

拿着钞票，我都不知道说什么好了，只能眼眶微湿地望着于灿。

于灿望着我的腹部笑了：“干女儿，看看你娘那德行，真受不了，动不动就兔子眼。难道怀孕的女人都这么麻烦？你也别急着还钱，要生孩子要养孩子，等你出了书领了稿费再说吧。反正我暂时也还不缺那点钱。女人，我告诉你，出书以后不第一个送我签名书，我饶不了你。”

这就是朋友，真正的朋友，会在你最需要的时候给予帮助、关心体贴。于是，我也没再说什么了，将钱收好，只是在心里记着这份人情。

于是我有了心情闲聊八卦了，看着于灿那满面红光、春风得意的样子，我貌似不经意地问着：“怎么，最近有艳遇，碰上一个帅哥了？瞧你那样子，很明显是被男人滋润过了。”

很难得地，听见我的话，于灿不仅没有跟我贫嘴反驳，还低下头一脸娇羞的样子。我是真正惊讶了，赶紧追问着到底怎么回事。

“也不算艳遇，只是做了一回不好的马，吃了回头草而已。”

原来，这又是一个爱情故事，足够狗血俗套却很浪漫感人，写出来也会是一部赚人热泪的言情小说了。

其实，生活中不乏艺术，只是缺乏发现艺术美的眼睛。

这话是哪个哲学家说的来着？反正不就那样吗，艺术本就源于生活，如果不是真的有发生过，那些玩文字的人也编不出那么多的爱情故事啊。

原来，于灿上大学的时候曾经有过一段初恋，两个人也曾经非常要好，爱得死去活来。只是男方家里条件非常好，又有一个眼界高、说话刻薄的母亲，于灿学不来言情戏的苦情女主，忍气吞声地巴结讨好未来婆婆。

好几次，那个男孩的母亲刻意刁难她，于灿没有示弱地跟她据理力争。于是，未来婆婆对于灿非常不满，甚至骂了起来。

那个男孩却没有挺身而出为她说话，一怒之下，于灿说了分手，毕业之后一个人来了S市。于灿是一个外表坚强洒脱、内心脆弱的姑娘，其实她心里一直还是牵挂着对方的，所以这几年才会这么不经意地游戏人间，流连花丛。

但她却又洁身自好，没有再对别人动心。

没想到，那个男孩，不，现在应该可以说是男人了。至少他成熟了许多，有了担当的勇气。

那个男人也追来S市了，说他当年没有足够的力量，现在相信自己可以保护自己的女人了，希望于灿可以再给他一次机会。他说，不管家里人怎么想的，反正今生他是认定于灿了，非卿不娶。

于灿偏是个倔性子，她才不要男人的保护呢，她相信自己也可以做得很好。就是为了做给那个男孩的母亲看，这几年于灿才会那么努力地工作。

“那你们的好事近了吧，什么时候请我喝喜酒呢？”

谁知道，于灿却只是摇了摇头：“还早呢，万里长征我们才刚踏上第一步，我爸妈觉得，没有家长祝福的婚姻是不会幸福的。爸妈还是希望我可以去取得他母亲的认同。而且，他希望我跟他回去，可是我的事业根基在S市，一时半会儿还丢不开啊。”

感情的事，外人是无法干预的，我只能给予祝福：“无论如何，有了好消息要第一个通知我，我等着给你做伴娘呢。”

“去你的。”于灿笑着捶了我一下，“还做伴娘呢，有你那么老的伴娘吗？等着你女儿出来给我做花童还差不多呢。”

咳咳，一个不小心我就被自己的口水呛到了："等着我女儿给你做花童？女人，那个时候你就很老了，那么迟才嫁人，小心生不出孩子哦。"

只是没想到，我们的一句玩笑话而已，居然会一语成谶。以后，于灿为了她的爱情和婚姻付出了许多许多。

当然了，这些，都是后话。

我拿着钱回家之后，宋宇很开心，保证一发了钱马上就让我去还给于灿。我倒没打算这么早还，于灿说得很对，生孩子是要准备多一些钱的。反正她现在也不急用钱，以后有困难的时候，我们一定会鼎力相助就是了。

刚准备把钱存到宋宇的银行卡上，等着银行去扣款呢，突然我就接到了老爸的电话。

"小米，不好了，你妈在家里突然就晕倒了。"

第二十一章 各为各家，成不了家

接到贝先生的电话，我是惊讶万分、着急万分：“爸，你说什么，老妈晕倒了？她的身体虽然不算顶好，也不至于很差，怎么会突然就晕倒呢？”

“我也不知道怎么回事，买菜回来你妈说累了，想坐下来休息一会儿。谁知道，突然就倒在地上了。”贝先生也很着急，在电话那头的声音都有点慌乱了，“邻居的刘大妈帮着一起把你妈送到医院的，现在正在急救室里，都已经进去一个多钟头了，医生怎么还没出来呢？”

我都能想象贝先生急得在原地转圈子的情形了，他平日里是一个温吞的老好人，可是一旦涉及到老妈的事情就会乱了分寸了。老爸老妈的感情一向很好，平日里老妈稍微有个头疼脑热的，老爸都会很着急的。

更别说现在是突然晕倒了。我也很着急，恨不得能插上一对翅膀马上回家去看看，现在到底是一个什么样的情形呢？

“爸，你别急，再耐心等一下，医生也要详细检查清楚啊。你详细地告诉我，到底怎么一回事，今天老妈还遇到过什么，你都一五一十地跟我说清楚。”

“不了，小米，等一下我再跟你说，医生出来了。”说着，贝先生就挂了电话。

剩下我一个人，对着手机里面的忙音发呆，脑子里不断地回荡着的，都是老爸刚才说的话，老妈晕倒了，老妈进医院了。

怎么会呢，贝太太平日里身体还是很不错的，上回他们来看我的时候，老妈吼我还是一副中气十足的样子啊。

怎么会说病就病，一下子就到了晕倒这么严重？

应该是累病的吧，为了帮我们凑钱买房子，老妈这么大年纪了还在外面做帮工。又担心我们生活得不好，也怪我，前几天打电话提过宋宇公司迟几天发钱，我们都很担忧的事情。当时在电话里老妈表现得很镇定，还安慰我车到山前必有路。

其实，她心里也是担心的吧？自从她的宝贝闺女怀孕，不，从我嫁人以来，老妈就每天为我操心着：担心我遇人不淑，与老公关系不好；担心我与公婆相处不好，被欺负了；怀孕以后，更是担心得厉害，怕我的身体吃不消；买房以后，又怕我们经济上有负担，不肯要我们寄生活费了，每天出去做事，早出晚归，累得要死。

就是因为这些，老妈的身体才会吃不消，对不对？我觉得，这一切都是我的错，为了这个女儿，爸妈操了一辈子的心。临到老了还无法享福，一心为子女操心着。

“小米，怎么了，你怎么就站在马路上发呆？小心一点儿。”宋宇将我拉到路边站好，细心地问着。

我有点六神无主了：“老公，我爸说我妈突然晕倒进医院了。”

“乖，小米，你别急，我听见爸在电话里说的话了，他不是说医生出来了，等一下再联系你吗？你别急，我们先把钱存了，等一下再打电话回去问。”

宋宇的一句话提醒了我，对，钱，现在老爸老妈最需要的就是钱了。我将宋宇的银行卡放回他的钱包里，转而从自己的钱包里拿出我的工行卡，我有工行的网银，先存上，然后直接从网上转账，一会儿就可以到账了。

宋宇没有说话，只是默默地看着我的动作，一直到我把银行卡插入ATM机里准备存钱的时候，他伸手拦住了我。

“小米，你要干什么？”

“存钱，寄钱回家啊。”我白了他一眼，这个人真是的，我老妈都生病进医院了，我这个做女儿的难道不应该寄钱回去给她看病啊。

连这个都想不到，哼，毕竟生病的不是他的父母，他一点心都没有。

宋宇顿了一下，才说道：“我知道你是要寄钱，能不能过几天再寄？

最迟下周，我们一定会发工资的，到时候你再寄钱回家。这钱，先给我还银行贷款吧。”

说着，就准备动手拿我手上的钱。

我退后一大步，将钱藏到了身后：“不行，我妈现在已经进了医院，你也知道医院都是怎样的地方，你不先交钱出来，他们是绝对见死不救的。”

“小米，给我吧。”宋宇说着，又伸出了一只手，“医生不是还没检查出病因吗？我看妈的身体还好，不会有严重的大问题的。我下周发了钱一定马上寄钱回去，而且还会多寄一点儿好不好？你也知道，要还银行的贷款，一天都不能迟的，今天已经是最后期限了。”

我坚决地摇头，转身迅速地将钱存入银行的存款机了，然后又打算快点回家，从网上把钱寄给老爸。

宋宇一把抓住我的胳膊：“贝小米，你怎么这样，我说了要寄的，只是迟几天也不行吗？”

“宋宇，你怎么这样，银行贷款迟几天还死不了人，我妈万一要是出了啥事，你负得起这个责任吗？况且，这钱本来就是我找朋友借的，有本事，你自己去借啊。”

说完，我们各自转身回家，这已经是搬到这个新家之后我们第二次吵架了，而且同样都是为了：钱。

回家之后，我马上就上网把钱转到贝先生的银行存折上了，而后又给贝先生打电话，告诉他寄了钱的事情，询问老妈的情况如何。

“小米，放心，你妈已经出来了，医生说没事的。她只是低血糖，又没吃早饭才会晕倒的。你也知道，这是你妈的老毛病了。”话是这么说，我还是听得出来，贝先生轻松语气背后的担忧。

他只是不想让我着急，才这样的吧？

“那你把电话给妈，我要跟她说话。”手机转到贝太太手上，我听到她喂了一声之后，顾不得询问她现在情况如何，身体有没有觉得好一些，我就先骂将起来了：“老太太，你不要命了？早上为了省钱不吃饭，还空着肚子去干活，你以为你还是三四十岁的中年妇人啊，也跟别人一样去酒楼打杂工。现在这天气是越来越冷了，一双手天天泡在冰水里洗碗刷盘子，你受得了吗？告诉你，你一个月也就赚得几百块钱，我根本就看不上眼呢。”

贝太太没有说话，只是在电话那头嘿嘿笑着。

我知道，她这是心虚：“哼，我告诉你，以后不能这样了。早饭一定要吃，也不要再去给人家洗碗了，真以为你女儿那么穷，每个月就差那么几百块钱？告诉你，你女儿我啊，要出书了，拿到稿费就好了。”

“真的，你要出书了？”贝太太兴奋的声音传了过来。

隔着一根电话线，我都能想象得到老妈此刻眉飞色舞的样子，隐约还听到老爸在那里说：“你躺好，医生让你休息一下再出院呢。这么大个人了，也不听话。”她肯定是太兴奋了，在那里手舞足蹈所以才会被爸爸训斥。

自从我没上班在家里待着以后，爸妈其实一直都很担心的，只是老爸比较稳重，嘴上就没说什么。老妈呢，倒是念叨过几次，她说虽然现在号称男女平等，实际上是一个对女性极为不公的社会，甚至比男尊女卑的过去更为严重。

一方面呢，女同胞们喊着要独立自主，要出去挣钱；另外一方面，那些男人在家里又都觉得自己是天是大老爷们，家务事都归女人做。又要上班又要做家务，其实，女人比男人要辛苦许多。

“小米，你现在是怀孕在家，宋宇嘴上说让你好好在家待产不用做事。等时间长了看他怎么说，又要供房又要管一家老小的吃喝拉撒，他的压力很大。我保证，到时候你们会为了钱吵架，正所谓的是贫贱夫妻百事哀。”

当时老爸还骂老妈来着，说她不该危言耸听诅咒我们，说这么不吉利的话语。

还真被老妈说中了，已经是不止一次地，我们为了钱吵架。老妈说的话我心里也承认，其实很在理的，一开始我没上班，宋宇当然是很体谅我，一切以肚子里的孩子为重。过了一个月，当他劳累一天回来时，看我悠哉地坐在那里上网，心里自然不是滋味了。

所以我很努力地写小说，一方面确实为了自己的爱好，另外一方面也真的是想赚一点钱啊。特别是当我拿到第一笔稿费之后，靠着文字赚钱的欲望就更加强烈。没办法，咱是俗人，无法摆脱对金钱的需求。

我在网上写小说，甚至有出版商找我的事，一开始我并没有告诉父母。事情还没落实好，我怕说早了让他们空欢喜一场，现在是逗老太太，一不小心就脱口而出了。也好，让他们知道我在家里也能赚钱，心理压力自然会小一些，也就不会那么拼命地想着要出去挣钱，拿自己的身体开玩笑。

又闲磕牙了一会儿，无非也就是问问老妈现在身体觉得怎么样，叫她自己好好照顾自己，让她和老爸都不要太担心我，我很好之类的。我让老爸去把那笔钱给取出来，除了付清在医院里的费用之外，就留着家用，当是我寄回家的生活费，叫他们不要再出去做事了。

老爸自然又是用许多理由推脱，说家里不缺钱，我直接告诉他："你放心，下个月我就会开始收到稿费了，好几千块钱呢，只要我努力写，以后都会有的。"

贝先生听了，这才真正是放下心来，我也暗自下定了决心，一定要努力写作赚钱。不但要改善自己的生活，以后也一定要让老爸老妈过上好日子。

刚刚挂了电话，一抬头，就看见宋宇正站在我面前。我冲他笑笑，很开心地说："老妈已经醒了，医生说多休息就没事了，幸好，哎。"

我拍着胸脯叹气，刚接到电话听说贝太太晕倒进了医院时，还真是吓到我了，要是老妈有个万一，这后果我还真是无法想象啊。

"没事就好。"回答我很简单的四个字，宋宇冲我笑了一下。

不过，我觉得他这个笑容很是虚伪，伸手在他面前挥了一下，还故意去掐他的脸蛋："怎么了，摆着一张脸，还在生我的气啊。"

宋宇笑着，往后退了一步，躲开了我的"魔爪"："我哪敢生气，那本来就是贝小姐你借到的钱，你要怎么花是你的事，我怎么敢生气？是我宋宇自己没本事，哪怕就是贷款还不上，银行要来查封我们的房子，我也是无话可说啊。"

"啊，查封房子？有这么严重吗？"我是真的不知道会有这样的事情出现啊，当时一听到老妈生病了我就急得要死，一心想着要把钱寄回去让老爸给她找最好的医生。对于迟还贷款的后果没有想太多，毕竟申请贷款还贷的事情都是宋宇一个人一手操办的，我了解不太多，"那现在怎么办，钱已经寄回去了，我也不可能让他们再寄过来啊。"

"不怎么办，凉拌。"宋宇阴阳怪气地来了一句。

我急了，上前拉住他的手："你别这样，咱有话好好说，我再去找于灿借点钱，先把贷款还了，下个星期你发了工资，我们马上还给她好不好？"

"我当时也说了，下个星期马上就把钱寄回去，你为什么就不肯呢？你看，你妈也没什么大问题，就非要那么急着寄钱。现在说这个话，哼，贝小米，你心里只有你的父母，还有没有我这个家啊？"宋宇冷笑着，再度甩开我的手。

然后，在我还没反应过来的时候，他居然就摔门而出了。把门摔得那么响，我还担心门板会被他摔坏呢。

晚上八点多，宋宇还没有回来。我们都还没吃晚饭呢，一心等着他回来做饭，我忍得住，可是我肚子的孩子不能忍。实在是受不了了，随便找了一点饼干吃。

晚上九点多，宋宇依旧是没有回家，我又吃了一碗泡面。

到了十点多，不只是他的人没有回来，打他的手机居然是关机。好家伙，我的肚子这么大了，居然给我玩离家出走，看你回来我不收拾你。

到了十一点，宋宇还是没有回来的时候，我的心里开始止不住地担心了，刚才他是气冲冲地离开的。会不会，一个没注意出了啥事啊，比方说过马路的时候……

我越想越是心惊，越是不安，同时心里也有一点委屈，好你个宋宇，当时我们买房到最后差几千块钱，叫你打电话回家借你死活不肯，都是我找父母朋友帮忙的。如今我妈生病了，我才会急着把那个钱寄回家的，你居然会那么说我。

想起更多，为了他的父母我的父母，我们也不知道吵过多少架呢。甚至，在他心里，他姐姐的分量都要比我重。有这么一个“顾家”的老公，我真不知道是幸运还是不幸啊。

这都到了晚上十二点了，他居然还没有回来，电话也没一个。也不想想，家里还有一个大肚婆呢，挺着七个多月的大肚子，这要是万一我早产了，在家里肚子疼得要死，谁能帮我？

这个时候，门铃响了，透过猫眼往外一看，是宋宇的同事，扶着醉醺醺的宋宇在那里等着我开门呢。

打开门之后，宋宇的同事冲我尴尬地笑了一下，然后才把浑身都酒气熏天的宋宇扶到沙发上坐着了。

“嫂夫人，宋大哥不知道咋回事，突然打电话叫我出去喝酒。估计是心情不好，我把他送回来了，就麻烦你好生照顾了。”

闻到这一屋子的酒味我就觉得难受，强忍着恶心的感觉倒了一杯茶给宋宇灌了进去，那个家伙还在一个劲儿地嚷嚷着：“我没醉，再来一杯，来，来……”

幸好，他的酒品还是不错，一杯浓茶下肚之后，只是歪在沙发上睡大头觉。没有吐得乱七八糟，也没有拉着我唧唧歪歪的。

不想看到这个样子，我回里屋继续构思我的小说，既然宋宇已经回来了，我就不用为他太担心了。还是继续构思我的小说吧，我想写一个凤凰男的故事，结合自己的生活实际，还有来S市这么多年的所见所闻，我相信写出来之后会是一部不错的小说，至少，绝对会充满了真情实感。

死男人，本事没长，脾气倒大了，居然给我学会了晚归，还不高兴就出去喝酒。这要不是他的同事好心送回来，还不得流落街头，在外面睡一夜啊？

说是要专心做自己的事情，却无法完全地集中精神，注意着，外面突然有了响动，宋宇又怎么了？

我不耐烦地起身，一手揉着不算舒适的腹部，一边慢慢地往外走。

“你怎么了，好些了吗？”

宋宇不知道是什么时候醒的，早就坐起身坐到沙发上，用迷惑的眼神茫然地看着我。似乎，他也不知道到底发生了何事。

“真是的，明明就不会喝酒，还学别人出去买醉，也不知道你爹妈怎么教的，好的不学，净是一堆坏习惯。”

宋宇霍地一下站起来，冷冷地说道：“我爹妈怎么了，我爹妈靠着种田也能把我养到这么大，比你那对号称是城里人，却好吃懒做的父母强多了。”

我刚才也只是一时生气才说了那样的话语，说了之后心里就有一些后悔了，没想到宋宇会回我一句这样的话语。一晚上的担惊受怕，还有委屈齐齐地涌上了我的心头，想也没想的，我就脱口而出：“你以为你父母就很好啊，小气得要死，又邋遢得要命，跟叫花子一样。还有你的姐姐——”

啪的一声脆响回荡在屋子里，打断了我未出口的话语，也打散了我心中对某人的浓情蜜意。

第二十二章　我来接你回家了

“他居然敢打你？”贝太太双手叉腰地站在沙发前，义愤填膺地说着。

那架势，很像要去跟人打架，听说有人打了我，可比有人打了她自己还要气愤一百倍一千倍。那是自然的了，我这个护短的母亲一向疼爱他们家贝小米，她都舍不得打舍不得骂的闺女被一个臭男人打了，能不生气吗？

“好了，你先坐下，身体才刚好一点儿，别太激动，小心又惹出一点儿什么事来就不好了。还说呢，这次他们吵架还不是为了你。”一把将老妈拉到椅子上坐好，老爸转身问我，“到底是怎么一回事，宋宇打了你，然后你一气之下就回来了？”

“嗯。”我点头，然后将那个时候的情形再说了一遍——

“你打我，你居然敢打我？”捂着脸颊，我不敢置信地望着宋宇，一遍又一遍地低喃着。

宋宇没有说话，只是耷拉着脑袋瓜子，眼睛一直盯着自己的右手看。

我也不想再说话了，没有力气，也没有心情再说什么了，还有什么好说的？为了他的父母跟我争吵，如今还为了他的父母打我，我也没真干什么啊。要是有那么一天，我真的干了点什么，对他父母不好，这日子还怎么过得下去啊。

好吧，我承认，自己刚才那话说得不对，宋宇可能也是一时气极了才会动手。可他也不想想，他自己又说了什么话，怎么能这么说我爹娘呢？

打完之后他就继续坐在沙发上发呆，不道歉也不说过来扶我，我肚子有点儿难受，就一个人慢慢回房，躺在床上望着天花板，一夜无眠。

第二天宋宇上班去了，我继续躺在床上发呆，心里很难过，肚子很难受，不知道老妈到底怎么样了。越想越窝火，好你个宋宇，老虎不发威，你当我是病猫，这些日子我坐在家里吃闲饭，所以每天像老妈子一样伺候你。就养成你骄纵自大的性子，真以为自己就是大老爷们了？也不想想，我也不是真的吃闲饭啊，肚子越来越大，行动很不方便了，还经常会睡到半夜腿抽筋痛醒。

以前晚上腿抽筋的时候，宋宇都会及时醒过来，帮我按摩着小腿，慢慢地减轻我的不适感。昨天晚上，我的腿疼，依然只是疼着，再也没人心疼理会。

好吧，你不心疼，总会有人疼的。我贝小米也不是没人要的，我娘家人会怜惜我的。于是我买了火车票，连夜就赶回家了。走的时候宋宇还没下班回来，在火车上倒是看到他给我打电话，我二话没说，将手机关机了。

“小米，你不要太任性了，你这样说走就走，宋宇还不知道你到底去了哪里，他会担心的。”老爸实事求是地说着。

我也有点小心虚，将心比心地想着，他晚上晚归我担心得不得了，急怒攻心才会说出不理智的话语。现在赶上我突然就不告而别，离家出走，宋宇肯定也是着急上火，担心得要死吧？

可我还是很生气，那个男人真是越学越坏了，喝酒打人，什么不好的招数都学会了，我这次要不发狠心治治他，以后还不知道会怎么样呢。

这些话我不想对父母说，只是拉着贝太太的手撒娇道：“妈，我这不是担心你，就回来看看吗？怎么了，女儿出嫁了，你就不欢迎她回娘家了？”

“欢迎，怎么会不欢迎呢，这里永远都是你的家。可是——”最初的愤怒过去之后，贝太太也冷静了许多，说出的话语开始比较中肯理智了，“可是小米，我觉得呢，夫妻之间呢，两个人闹点小矛盾小意见什么的都是正常的。感情再好的小两口也都会有一点儿磕磕碰碰的。可人家都说，夫妻吵架是床头吵床尾和，再怎么打闹，关起门来都是你们小两口自己的事情，你离家出走回娘家就不好了。一次这样，他给你台阶回来接你，二次也是这样，次数多了他也会不耐烦，到时候不接你了，看你怎么办。又或者说，像这次，你自己就跑回来了，他以工作忙没时间为借口，不到这里来接你回去。那你该怎么办，除非你真不想跟他过了，否则又能怎么样，自己灰头土脸地回去？那样就更没面子，以后更没底气了。”

不愧是我的老妈，真是我肚子里的蛔虫啊，我不说，她也明白我这是赌气治气的举动。“我真的就很生气很难过嘛，再怎么样，也不能动手打人啊。”

“嗯，这点小宋的确是做错了，等他来了我一定会好好训斥他的。不过我看他也已经很后悔了，小米，你不知道，你没到家的这一天里，宋宇起码打了不下十个电话回来问情况。他也猜到你肯定是回娘家了。他说目前公司里有一点儿紧急的事情要处理，等下周周末，他会请假回来接你的。”老爸说。

原来，他们其实已经知道了事情的详细经过，问我，只是想求证一下，看看宋宇有没有跟他们说实话。

那倒是一个实诚人，把事情的经过都一五一十地对老爸老妈讲了，甚至包括他动手打了我一巴掌的事。老妈说，宋宇其实已经很后悔了，在电话里不断地跟他们忏悔着。当时也是我的脾气冲，本来为了还贷款的事，他已经是忙得焦头烂额了，我先是说他没钱，说了侮辱他男人自尊的话，后来又说他的父母。

宋宇一气之下，这才动的手。

“我把他骂了一顿，再怎么样，男人也不该动手打女人啊。这一点在他们乡下是很普通的，把女人不当回事，动辄打骂。宋宇已经出来了，还号称名牌大学的学生，高才生呢，怎么也有这个品性？”事情已经过了好几天了，说到这个，老妈依然是很生气。

话说，自从那天我一气之下回娘家之后，已经过去五天了，宋宇没有过来接我回去。倒是一天一个电话，关心地问我肚子里的孩子怎么样了。

哼，假惺惺，要真这么关心，那天晚上我肚子不舒服怎么就不管不问，还敢打我？要真关心，怎么不马上回来接我，非要说什么工作忙，有任务，要等到周末？

恐怕，是为了我的孩子才勉强说周末来接，要是没孩子，巴不得我跑了就跑了，他还乐得轻松，去找一个更年轻漂亮的美眉吧？

回家的这几天，老妈每天挖空心思地为我补身体，说这个时候营养最重要了，在娘肚子里就调养好，以后生出来的孩子才会健康，身体棒。不知道是因为要陪我，还是真的听了我的话，这些天老妈倒没有再出去做事了，老爸在给别人看仓库，是一个朋友介绍的。反正也不累，就是每天需要在那里守着，偶尔才会遇到紧急特殊情况。一个月也有800块钱，他舍不得辞去不干，我也去看过，那个老板居然就是王二丫的老公，也算熟人知根知底了。包一日三餐饭，工作也不算繁重劳累，看老爸在那里干得还可以，仓库附近还有一些小店，店主都是爸妈的朋友。没事的时候，老爸还会跟他们闲磕牙，总比每天待在家里跟老妈相看两相厌要强。

如此，我也就没有再反对他做事，又能调适心情又有钱拿，何乐而不为？

除了想法子研究吃的，然后就是每天在这个县城里面散步，老妈还帮我做了许多小衣服小鞋子。她说孩子太小，买的哪有自己做的贴身保暖啊。

这倒是，我在医院产检的时候看见过新生儿，那么点大，许多新父母都不知道该如何抱孩子，不知道手脚该往哪里摆呢。看到那一幕的时候，我不由得感慨，父母将我们由那么丁点大养到现在五大三粗的样子，多不容易啊。

养儿方知父母恩，也就明白了宋宇的感受，他一贫困家庭的乡下孩子，父母将他养大，还供他上大学确实挺不容易的。

而且他当时正为房贷愁着，心里也确实着急，我跟他吵，正好是火上添油。可就算如此，他也不能动手啊，我最讨厌动手打女人的男人了。

“小米，你看，这个小区里面就有花园，还有休息娱乐的场所。小区门口就有菜场超市，买东西也方便，这要不是你，靠我和你爸爸，我们哪能住得上这么好的房子啊。”老妈指着小区里面的一切，笑眯眯地跟我说着。

是啊，房子，又是房子，如今这社会，不论男女老少，是不是一辈子都要为了房子愁啊？

像老爸老妈这样年纪一大把的，说好听一点是工人阶级，实际上，现在中国的工人阶级是比农民还不如的。许多人还想办法，想要给孩子上一个农村户口呢。

因为在农村，好歹还能分块地，不论怎样，有自己的根。像我父母这样的，所谓的八十年代的工人，他们上班的时候，薪水低得要死，又是住在单位宿舍，倒是没想过买房子的问题。然后突然就下岗了，甚至没有了以后的退休工资。别说买房子了，生活都很愁呢。

而像我们，哪怕是相爱的青年男女，房子，都是压倒我们的最大一座山。在现实面前，爱情哪有房子的诱惑力大啊，没有房子的话，女孩可能会跟男孩分手；没有房子的话，男人可能会赖上一个有钱女人。

别说我们在S市，这天价的房子买不起，就是搁在我们H县这样的小县城。比方说爸妈住的这个小区，还亏得我买得早，现在也要将近两千一个平方了。在老家，一般至少是三代同堂，一家五六口，要买房起码得三房以上。一套房子下来，怎么着也得一二十万。

而老家的工资低，H县大部分人的月收入都在一千多块钱，就是不吃不喝，一年也才能存十万，也要两三年才能买得起房子。更何况，还要结婚生孩子，要赡养父母，现在多是独生子女，要赡养的是两家的父母，那一千多块钱能干得了什么？

房子，一套房子压死人啊。

靠着我工作几年的积蓄才帮爸妈买了这套房子，虽然他们晚年总算多了一个安身立命的好去处，老妈却由此更加担心了。如此我等于空身嫁入男方家里，没有多余的钱财，他们，会不会打从心眼里瞧不起？

原本宋宇是一天一个电话的，虽然我还没有接电话，我心里实在有气，不想在电话里跟他叽咕，有什么事还是当面说清楚比较好。于是宋宇就每天打电话给我的父母，询问我在这里的情况，老爸说，宋宇说是准备周末过来的。

今天才星期三，还要好几天呢，而且，他平日里都是一大早打了电话再去上班的。现在已经是上午十点了，他的电话怎么还没打过来？

“要我说啊，这件事小米你也有错，如今你们已经成家了，你怎么还分得那么清楚？老是你爸你妈怎么样，我爸我妈怎么样，这个样子各为各家，你们还如何成家啊？”怕我走累了，贝太太拉我到一边的长椅上坐着休息。

听到老妈这样说，我暗暗地心惊，一向最为护短的老妈这次也觉得我做错了，难道我真的错了？宋宇也是这样想的，所以他干脆不打电话来了？或者，他干脆借由这个机会不要我算了？

知道我的担心之后，老妈笑着拍了拍我搁在大腿上的手：“你啊，就别胡思乱想了，宋宇是一个老实人，我看他不会这样的。怀孕的女人就是敏感，喜欢想东想西的，没事给自己心里添堵。你就不要担心这么多了，也许他是太忙了或者有什么事才没打电话，这不才上午吗，今天一天还没过呢。”

然后，贝太太又说了：“小米，这次回去之后你就不能这样了，都快做妈的人了，要收拾自己的脾气，不要动不动就跟宋宇使小性子。他每天在外面上班，压力也很大的。孩子生了之后，你的公婆也要一起过去带孩子，他们年纪大了，又没见过大世面，肯定有很多地方跟你会有矛盾冲突。他们有做得不对的，你跟宋宇讲清楚就可以了，千万不要对你的公婆发脾气啊。”

老妈好声好气地说着，又跟我讲了许多婆媳相处之道，这可都是她跟我奶奶一起生活了十多年，亲身体验出来的经验之谈啊。

到最后，我将头搁在贝太太肩上笑着说：“妈，我都知道了，我已经快三十岁了，你还当我是小姑娘一样，唠唠叨叨说个不停。”

老妈敲了一下我的脑门：“怎么，嫌我烦了？别说三十岁了，哪怕你现在五六十岁，在父母心里，还是那个不懂事的小姑娘。”

“妈，孩子生了之后，你们肯定要过去看看的，正好也快过年了，你和爸就留在S市跟我们一起过年吧。我们那个房子虽然是两居室的，不过客厅和卧室都很大，住七口人也完全没问题的。”其实我这么说，想将父母一起接过来，还是有自己的私心的。

别的不说，听人家讲，坐月子是女人一生之中最重要，也是最麻烦的。要是月子没坐好，以后会落下许多病根的。那个时候的情绪也会不稳，还要每天赔小心地面对公婆，我怕自己很难做到。

跟自己的父母在一起，又另当别论了。爸妈一起去S市过年，到时候正好可以一起照顾我坐月子啊。

贝太太的脸上有一丝迟疑，还有一点向往，慢慢地说："你公婆大人还在，我们一起去跟女婿过年，这不太好吧？"

"有什么不好的，妈，我就要跟你们一起过年。人家去年都没回来，难道你们今年就不想跟我一起过年吗？妈，你不爱我这个闺女了？"我吐吐舌头，冲老妈扮鬼脸。

贝太太笑了，捏着我的脸蛋，还把我当孩子那样，搂在怀里疼爱着。

母女俩正嬉闹着，我突然发现自己头顶被一片阴影笼罩着，抬头，就看见了宋宇带笑的英俊脸庞。他伸出一只手，满脸真挚笑意地对我说：

"小米，来，我来接你回家了！"

第三卷　沦为孩奴

第二十三章　差点在火车上生孩子

原来，宋宇没有一大早准时给我们家打电话，是因为他在火车上，他想给我一个惊喜，所以提前就过来了。

既然宋宇都亲自来接了，爸妈也都没再说什么，打包行李让我跟着宋宇一起回去了。这次就当回家看望他们，住了一个星期也够了。离孩子出生还有一个月，老爸老妈答应了等孩子出生之后，过年之前，他们会一起到S市，跟我们过年的。

宋宇的工作繁忙，不能在这里久待的，下火车的时候已经买好了票，准备连夜赶回S市。因为老总临时决定的，这个周末要到北京去出差，所以他就提前来接我回家了。

回家，多好的名词啊，这是在火车上，宋宇跟我说的。

“哎呀，这么说，这个周末只有我一个人在家？那不太好吧，要万一，孩子提前出生了，我一个人在家该怎么办啊？”

明明买了两张卧铺票的，可是我好多天没有看见宋宇了，好多天都是一个人睡觉，孤枕难眠了，于是两个人挤在一张铺上。就是火车卧铺，那小小的床位，两个人挤在一起手脚都没地方摆呢，心里却都是乐滋滋的。

宋宇一撇嘴：“我要是再不来，你肯定以为我说出差是找理由找借口，指不定会气成什么样子呢。”

这话倒对，真说中了我的性格，我只能嘿嘿傻笑以对。这就是夫妻，因为长时间的共同生活，对彼此的生活习惯、品性都已经十分了解了。

要不然怎么会说夫妻脸夫妻相？其实就是说，到了一定程度，两个人已经互相成为对方身体的一部分了。

“可要是我真的提前生了怎么办？要是刚好赶上你在北京，我要生孩子了，难道要我痛着肚子自己坐车去医院啊？”前几天又碰到王二丫了，看见我也大着肚子了，王二丫很兴奋开心，传授了我许多妈妈经。

她告诉我，生她宝贝儿子的时候，她早产，孩子提前一个月就出生了。偏偏赶上那个时候她老公到隔壁县去进货，幸好她父母离得近，赶紧打电话给父母求救。要不然，一个人在家里生孩子，那情景可真凄凉啊。

我把这个事情跟宋宇一说，他也愣住了，心里没底：“不会那么巧吧？”

这话说得是十分没底气。

可事情已经这样了，这次出差对宋宇来说很重要，他说老总刚刚给他加了百分之二十的薪水。这次出差是要到北京和一家公司谈合作，技术上的事只有他能搞定。如果不去的话，以后的工作肯定不好展开。

也幸好涨了工资，那天他是找那个同事紧急救命借钱，还了银行贷款。江湖救急只是道义上的事情，金钱利益却算得很清楚，同事再三叮咛发了工资要马上还给他，而且一天给他算了一分二的利息。

“一天一分二的利息？你的同事也未免太奸诈了，他怎么不干脆去抢银行算了？”

一分二的利息，一百块钱就是一块二，一千块钱就是十二块。而宋宇借了他5000块钱，那一天就要60块钱的利息，真的比高利贷还厉害啊。

“那能怎么办，毕竟人家是借了钱，帮我解决了一个大难题啊。”

宋宇越是这样说，我心里越觉得愧疚，搂着他的腰讷讷地说：“老公，对不起啊，我没想这么多。当时只是因为老妈进医院了实在是太着急了，以为贷款迟两天还无非就是多给一点利息，倒不知道还有什么信用记录的问题。”

“我也有不对的，妈病了你肯定着急，我这个做女婿的却没有想得那么贴心。小米，还疼吗？”突然，宋宇伸手抚摸着我的脸颊，轻轻地问着。

愣了一下，我才反应过来宋宇说的是什么，笑着冲他摇头：“早就不疼了。不过老公，我希望这是第一次，也是最后一次，你可千万不要养成了习惯。”

“一次我就懊恼得要死，恨不得砍了自己的手，哪里还能有下一次。”宋宇望着自己的右手，愤愤地说着。

我抓过他的手，放置在自己的手上，两个人相视而笑。

牵手，牵着你的手，一辈子到老！

现在当然有闲心调侃娱乐了，等我回到家，差不多过几天就可以发稿费了。然后如果我能在生孩子之前顺利写完新书，明年有望出版拿到稿费。

这是一则好消息，另外一则，宋宇加了百分之二十的薪资之后，每个月就应该可以拿到一万三。这样子还了房贷也还有九千左右，我们的生活压力就会小了许多。

钱，还真是好东西，我们的喜怒哀乐已经完全被钱控制住了。

火车快到终点站的时候，我的肚子已经开始有点痛了，然后去上厕所，居然在内裤上发现了血迹。

回到卧铺车厢，跟宋宇一讲，他也急了：“小米，怎么会有血呢，不会是、不会是流产了吧？”

“呸呸呸，你瞎说什么，我的孩子好得很。”瞪了他一眼，我仔细地算着日子，离预产期还有一个月，现在这种情况，是不是生产前的征兆？

也确实，有好多人提前一个月就生了，上次我去产检的时候，医生也说了，子宫内的胎儿已经发育完全，随时有降世的可能性了。

我仔细研读过关于生育保健方面的书籍，还有医院里的讲座，阵痛前的征兆是什么，是不是我这样的呢？好像一般是先破水，然后肚子痛，然后见红，然后，就要生了；像我这样，腹部隐隐作痛，已经见了一点点血，是不是要生了的预兆呢？

“小米，你在想什么？瞧你满头大汗的，是不是很疼？你说话啊。”宋宇问着，还帮我擦拭着额上的汗珠。

正想得出神呢，被宋宇这么一打岔，我倒忘记书上怎么说了。随意地一挥手，我嚷嚷道：“别吵，我正在想事情呢。”

不知道是不是火车上空调温度开得高，我总觉得热，身体从内至外地冒汗。冒的是冷汗、虚汗，这些情况加起来，怎么那么像是临产的预兆啊？

而且，腹部的疼痛感加剧了，刚才是差不多十几二十分钟痛一次，现在已经频繁了许多，不到十分钟就痛上一次了。

紧紧地抓住宋宇的手掌，我对着他苦笑：“你的孩子，恐怕，已经迫不及待地要出来跟你见面了。”

“啊——”宋宇尖叫起来，然后不只是他，还有列车员、列车长、好心的乘客们，大家都慌乱成一团了。

火车不能临时停靠，已经快要到站了，列车长只说让我再坚持一会儿。他们已经帮我们联系好医院的车了，在出站口等着，只等我们一下火车，马上就把我送到医院去待产。让我再坚持一下，坚持一下下，胜利就在前方了。

可是，真的很难坚持啊，肚子一阵阵地痛。我不知道自己现在是什么样子，起码肯定是脸色发白，头发散乱，而宋宇也好不到哪里去，也是急得满头大汗了。我紧紧地抓住他的手，怕吓到其他乘客，努力控制着自己不大喊大叫。实在控制不住了，就抓着宋宇的手紧紧地咬着。

用力地咬着，甚至，闻到了淡淡的血腥味。宋宇没有说什么，只是紧张地望着我，不住地叫我放松；可是我放松不起来，只觉得，痛！

他妈的，早知道生孩子这么痛，我才不生呢。我冲宋宇大叫着：“啊——我不要自己生，我要剖腹产。”

“小米，无论如何，不能在火车上生孩子吧？你再忍一忍，忍一下，到了医院再说。你是贝小米，是坚强勇敢、快乐大方的贝小米，小米，这个世界上没有什么是你做不到的，也没有什么困难可以打倒你。加油，相信你一定可以给我生一个健康快乐的宝宝的。”宋宇的声音虽然不大，却很坚定地传入我的耳膜，给了我坚持下去的力量和勇气。

于是，我继续忍受着腹部的疼痛感，还有下半身不断涌出的血！一边痛着，一边看着列车上洁白的床单被我染成红色。

不知道为什么，越是这种时刻，越是觉得时间过得慢。还有十分钟就到站了，可是这一分一秒，我都觉得比一辈子还要长啊。

幸好，最终我胜利了！火车一靠站停车，我们就被优先送下火车，几个人抬着我，马上就出了站，送到等在一边的救护车上了。救护车一路急鸣，很快就到了医院，那边医生护士也早就准备好了，一下子就把我送进了产房。

羊水已经破了，孩子的头颅清晰可见，我听见医生这么说。又经过一阵撕心裂肺的疼痛，好像有什么东西从我身体里面涌出来，很多很大块的东东。

然后就听见医生说："恭喜你，宋太太，生了。"

生了，已经生了？怎么感觉就跟便秘很久的人，终于拉出来的感觉一样，那是怎样一个爽字了得啊。

这场艰难的仗终于打完了，我浑身虚脱一般地躺在床上，有气无力地问着："医生，是男孩还是女孩啊？"

"恭喜你，宋太太，你生了一个千金。"

千金？千金好啊，不是说了，女儿是妈妈的贴心小棉袄吗？不过，宋宇的父母恐怕就不会这么高兴了吧？

产房外传来某个男人急切的喊叫声："医生，我太太怎么样了？医生，生了吗？医生……"他不断地喊着叫着，护士小姐说他太吵了，将他赶到外面大厅去了。医生说我现在身体虚弱，需要在产房待两个小时，他们好生观察一下，确认没有事两个钟头之后才可以出去。让我躺着休息一下，宝贝千金也很好，现在正在旁边躺着呢。

宝贝千金，我和宋宇早就想好了男女通用的名字，宋念嘉，小名嘉嘉。嘉嘉出生的时候，身长59厘米，体重2.9公斤，是一个健康快乐的小宝宝呢。

我生嘉嘉的时候是星期四傍晚，按照原定计划，宋宇星期六一大早就要坐飞机去北京出差了。而公公婆婆在老家种了油菜，想等着油菜花开施了肥再过来，本来已经买好了下周末的火车票。

只是没想到，我会比预产期提前了一个月，现在就生了。这下子，我和宋宇都是一筹莫展，不知道该怎么办好了。

“我明天一大早就给经理打电话请假，说我不去北京出差了，将家里的情况说明。经理也不是不通人情的人，我想，他会体谅的。”宋宇一边使劲地摇着奶瓶，让奶粉充分溶解，一边说着。

他望着旁边小婴儿床里面的嘉嘉，是一脸幸福满足的傻笑。真是一个好父亲，标准的有女万事足。

打从我们出了产房，医生告诉他，母女平安，太太为他生了一个宝贝千金开始，宋宇就是一脸傻笑。都一个多钟头了，脸上还是笑容不断，在医院里，还逢人就说我老婆给我生了一个女儿，很漂亮的女儿。

幸好，大家也都很理解，没把他当成精神病人。

看到宋宇这个样子，我也很欣慰，宋某人没有重男轻女的偏见，即使我生的是一个“赔钱货”的丫头，他也是高兴的。

虽然比预产期提前了一个月，嘉嘉却也算足月出生的，医生说孩子很健康。只是，因为我是从火车站直接进的医院，就有了一些小麻烦。

最麻烦的是，浪费钱啊。家里其实已经准备好了奶瓶、奶粉、尿不湿、小衣服、孩子的包被等等用具，可是这么匆忙地就来了医院，哪有机会拿啊。没办法，宋宇临时紧急地去超市买回来的，贵不说，还不是我喜欢的品种。

我是刚从火车上下来的，营养上肯定不算好，而且生完孩子要早下奶水比较好。护士小姐建议吃一些催奶的东西，要多喝汤水，可这在医院，也不方便做饭炖汤啊。宋宇跑到隔壁的汤品店买了一碗所谓的排骨藕汤，巴掌大小的一个小碗里面装着汤，看不见一丁点排骨，只是漂浮着藕渣，也要12块钱呢。

“理解是一回事，你最好是不要请假。你才刚刚涨了薪水，北京的那个项目你又是负责人，如果换了别人去帮你接洽，很有可能会取代你的位置。老公，以后家里房子孩子都要靠你养，不能失业啊。”

宋宇一脸的为难："可是，你一个人在医院里，我不放心啊。我爸妈又要下周才能到，你说我们该怎么办啊？"

说到这个，我还真是有点生气，我生了嘉嘉之后，宋宇首先给我父母打电话报喜。老爸老妈都很开心，也说了，过一段时间会到S市来看我们，顺便跟我们一起过年的。

老妈还特意叮嘱宋宇让他好生照顾我，嘱咐我坐月子的许多注意事项，比方说要多躺着，不能碰冷水，不能吹风，不能吃生冷的东西等等。唠唠叨叨说了一大堆，直至宋宇说孩子哭了才挂了电话。

在医院里洗晒衣服、尿片都不方便，用的只能是尿不湿，两个新上任的父母都傻乎乎地望着嘉嘉拉的一堆黑屎发呆。天啊，这个小小的人儿，会不会一捏就碎，这纸尿裤该怎么给她穿上啊？

幸好，有医生护士的照料，教我们如何给孩子穿衣服，如何换尿片，又说了泡奶粉的注意事项。

稍后，宋宇再给他父母打电话，说孩子提前出生了，让他们把买好的火车票退掉重新买票。如果能买到今晚的火车票就赶过来最好，实在来不及买不到今天的票，最迟也要买明天的票。

就算宋宇不上班，他没有带孩子的经验，我还在病床上躺着，两个人也都忙不过来啊。尤其是，嘉嘉一哭，我们就手忙脚乱，根本就不知道该如何是好了。

公公先是很高兴，然后又问宋宇，我生的是男孩还是女孩。宋宇没有多想，马上就说，是一个漂亮的小丫头。当即，电话那头就沉默了许久。

宋宇还不停地喂喂着，以为是在医院里手机信号不好，过了一会儿公公才说，既然票都已经买了，又何必退了重买，这根本就是浪费钱。还是按照原定计划，下个星期再上火车吧，说完就把电话挂了。

宋宇只能对着嘟嘟响的手机发呆，一打通电话时他就开了扬声器，所以公公说的话我也能很清楚明白地听到。我心里明白得很，才不是因为怕浪费钱不想退票呢，如果我生的是男孩，只怕他们是借钱坐飞机，也要马上就飞过来吧？

最后，在医院的帮助之下，宋宇给我请了一位临时看护照顾我们母女俩。每天从早上八点到下午五点，看护阿姨主要是看顾孩子，给她泡奶粉换尿片，还有就是给我买饭吃洗衣服，就是做这些，一天150块钱。周末两天宋宇要去出差，阿姨就要在医院里守夜了，所以算加班费，这样的话，七天一共给她1200。这要是让公婆大人知道，他们因为想省钱不想退票，而宋宇却花1200请了一个人照顾我，还不知道要做何感想呢。

在医院的这些天，最辛苦的就要算老公大人了，白天要去上班，晚上还要伺候我们母女。我还好，因为是顺产，能够自己照顾自己；嘉嘉就全要靠宋宇一个人了，换尿片、泡奶粉，一个晚上要起来七八趟。从最开始的手忙脚乱，过了几天，他的动作已经开始十分熟练了。抱着嘉嘉，细声细气地哄着，真像是一个奶爸爸啊。

才过了几天，宋宇整个人都憔悴了，瘦了一大圈，两只眼睛下方都是青黑色，生了好大的黑眼圈呢。

第二十四章 妈妈，你不要哭

“这一个月，你最好就在床上躺着休息，有什么需要都跟妈说，妈会好好照顾你的。”婆婆拉着我的手，笑眯眯地说着。

我很感激婆婆，真的，在医院住了一个星期之后，回到家，正好公婆大人也到了。有他们照顾我和嘉嘉，宋宇也就松了一口气，放心了许多，也可以好好休息了。

宋宇将可爱的小嘉嘉抱到公婆面前献宝，这一个星期他都是最开心的父亲，逢人便说他有了一个可爱的女儿。

看得出来，他是真的很爱嘉嘉的。

公公只是随便地望了一眼，就将头撇向一边；倒是婆婆，很高兴地搂在怀里，仔细端详打量着。

虽然嘉嘉的一张小脸还是红皱皱的，那个模样根本就看不分明，婆婆却也很是开心，不住地叫道：“哎呀，这跟宋宇小时候简直就是一个模子印出来的。”“哎呀，小丫头长得真好。”“哎呀，她的眼睛很大，以后一定会是一个很漂亮的姑娘。”

“老头子，你看，这丫头长得像不像她姑？跟宋婷小时候也很像呢。”将嘉嘉抱到公公面前，婆婆献宝似的说着。

公公勉为其难地多看了几眼，嘴里念叨着：“好看有什么用，长大了……”

婆婆踩了他一脚，公公这才咽回下面的话没有说。看到婆婆小心翼翼地睨了我一眼，我在心里笑，真是一个善良的母亲。

然后，婆婆又告诉我许多有关坐月子的注意事项。

听着听着，我开始头皮发麻，觉得一个头两个大了。

产妇由于分娩时出血多，加上出汗、腰酸、腹痛等，非常耗损体力，气血、筋骨都很虚弱，这时候很容易受到风寒的侵袭，需要一段时间的调补，因此产后必须坐月子才能恢复健康。

也就是从生产之后的30天内，都要卧床休息，这就是俗称的坐月子。坐月子的目的是在这段期间内作适度的运动与休养、恰当的食补与食疗，能使子宫恢复生产前的大小，气血经过调理也都能恢复，甚至比以前更好，也就将不好的体质在这段时间慢慢改变过来。在坐月子的过程当中，实际上是妈妈整个的生殖系统恢复的一个过程。恢复得不好，会影响产妇的身体健康。

以社会学的论点，坐月子是协助产妇顺利度过人生转折。因为婴儿产出让身体、生活有所改变，从人妻到人母、从外人到家人，坐月子的仪式促使产妇进入神圣地位，周边的人甘愿为她付出，产妇趁此机会发泄累积的不平情绪，消除长期积劳。

无论是产褥期或坐月子，都意味着产妇要卧床休息，调养好身体，促使生殖器官和肌体尽快恢复。

在中国人的传统观念里，坐月子是很神圣很重要的，无论是我的父母还是公婆大人，都拼命地跟我强调坐月子的重要性。告诉我生完孩子以后，一定要好好休息，于是在怀孕期间，闲暇时候我也曾经上网查过坐月子的相关注意事项。鉴于坐月子有如此重大的作用和神奇的功能，我自然要万分注意了。

只是婆婆说的许多，和我在网上看到的大部分都不一样呢。婆婆说，坐月子时不能刷牙，免得以后牙齿疼；不能洗头洗澡，不然以后会偏头痛，会浑身酸痛。

一个月不刷牙，不洗头洗澡？我想，我会疯的，而且网上不是说要勤加洗漱，保持个人清洁卫生吗？

婆婆说，不能吃蔬菜水果，这也是不正确的，难道天天猪油拌饭就有营养了？

特别是生下嘉嘉之后，我的奶水一直都不算多，每天要喂两三次奶粉才能让小家伙心满意足地继续睡觉。为了让我身体恢复好，在医院的那几天，宋宇和看护阿姨每天给我买的饭菜都是肉汤之类的。

公公很是心疼，一罐奶粉要两三百呢，婆婆说其实这都怪宋宇，刚生完孩子怎么能马上吃肉呢？他们老家的说法是，生完孩子三天之内不能吃肉，要不然奶水会很少。

……

按照婆婆的说法，他们M城还真奇怪呢，坐月子有许许多多的说法。我妈说，坐月子时要吃许多好东西，都是发奶水的。可是婆婆说不用，光吃鸡蛋就好了，一天吃十来个，而且要多放一点猪油，吃了保证奶水多。

My god！一天十来个鸡蛋，可是一碗鸡蛋加上好几勺子的猪油，这不是要我的命吗？我记得医书上看到过，人一天只能接受一个鸡蛋的营养，吃多了，反而是过犹不及。要我一天吃十多个，而且都是漂着猪油星子的，我还真吃不下去了。吃到最后，我闻到那股子味道就想吐了。

而且，婆婆就真的只是煮鸡蛋给我吃，我偷偷地让宋宇买骨头，特别是买猪脚炖汤。买回来之后，婆婆的脸色很不好看："吃这些东西有用吗？还不如多吃几个鸡蛋呢。"

我很委婉地告诉她："妈，我真的吃不下那么多鸡蛋，觉得身子难受得慌呢。不知道为什么，老是觉得口里干得很，就是想喝点汤。"

然后，我听到婆婆悄悄地对宋宇说："你媳妇怎么这么难伺候啊？吃个东西还挑来拣去的，嫌我做的不好吃、不卫生是吧？"

我只能当做没听见一样，继续没事人一般坐我的月子，而且还要捏着鼻子每天吃很多很多的鸡蛋。

公公美其名曰是来给我带孩子的，可是嘉嘉不是他所一心期盼的男孙，心情一下子就低落了许多。刚来的那几天，由于不熟悉环境，每天坐在屋里看电视。慢慢地，就会经常出去逛逛，在小区里逛，到附近的公园去玩。说着他的M城普通话，居然也和附近的老头老太太打得火热。

婆婆就没有这么好的福气了（这是她自己的原话），每天要给我做吃的，因为坐月子时不能让肚子有饥饿感，一天要吃很多顿；要洗尿片，自从他们来了之后，就没有让嘉嘉用尿不湿了；要给孩子泡奶粉……要做许多许多的事情，忙都忙不过来，哪里还有闲工夫到公园去玩啊？

在医院里的时候，护士小姐就提醒过我们，每次给孩子喂奶或者喂奶粉的时候，最好把孩子抱在怀里喂。这样子，喂奶的过程也是一种与孩子之间心与心的交流，对孩子的成长是很有益处的。

公婆大人来之前，宋宇就是这么做的，可是现在，婆婆觉得没必要。反正是用奶瓶喂，把孩子放在床上，奶瓶塞进她嘴里就可以了，省时又省力，犯得着那么费劲吗？

省时省力，我真的是很无语了，难道就因为不是她的孩子或者说不是男孩，就可以不放在心坎里疼爱吗？

嘉嘉，我的宝贝嘉嘉，每次看到你奶奶给你泡奶粉我都很难过呢。跟婆婆说过许多次了，小孩子不比大人，受不起细菌的侵袭。奶瓶要经常洗，而且每次用之前都要用开水泡一下，可是婆婆把我的话当做耳边风。看她用自来水洗了奶瓶，直接倒开水放奶粉进去，我就提醒她，婆婆就会说她忘了。说多了还怪我，说她带了那么多个孩子，自然是有经验的，不用我多说。

我知道她很有经验，可是那个时候的经验能跟现在的一样吗？婆婆也跟我念叨过他们以前的贫困生活，那个时候生完宋婷一年，她就接着生宋宇了，宋宇小时候奶水不够他吃的，都是直接喝米汤，也能长到现在这么高这么壮。

宋宇的爷爷奶奶去世得早，我的婆婆生完孩子是没有公婆伺候的，什么都得自己来。生完孩子之后就要去干活了，不干活没得吃啊，就把两个孩子锁在家里让他们自己玩，不也活到现在？

哪像现在的孩子，爷爷奶奶爸爸妈妈四个人伺候着，还经常哭闹。

听着听着，我的耳朵都长茧了，我不知道婆婆老在我面前念叨这些话语是什么意思。可现在的条件普遍比以前强太多了，只能说是你生不逢时，难道三十年前整个中国的贫困，大家日子都不好过，是我造成的吗？

最离谱的是，按照说明书，我让婆婆每30毫升的水加一勺子奶粉，一点一滴地教她，30毫升的水是多少，加多少奶粉合适。婆婆竟然说，干吗要加那么多粉，泡稀一点儿，一罐奶粉不就可以多泡几次，也可以省一点钱吗？

钱，是这样省下来的吗？

我跟宋宇讲，他就会说，老人家的想法很多地方跟我们不一样，又是穷怕了的人，自然会比较俭省。你就不要跟她一般见识了，很多事情，他们做得不好，你就自己动手做啊。

自己动手，自己泡奶粉，自己换尿片？那干吗特地要他们过来给我带孩子，我还坐的什么月子啊？

说到换尿片，我又是一阵郁闷了。我妈总是打电话叮嘱我，让我坐月子时尽量躺在床上休息，不要老是坐起来，更不要四处走动，不然以后会腰酸胳膊疼的。

“贝小米，你给我听着，别仗着自己年轻就胡搞乱搞的。等以后年纪大了，有你后悔的。”

老妈说，她就是坐月子时没注意休息，到现在一到变天的时候，胳膊和腿都很酸痛。尤其是右手，简直就跟断了一样，提都提不起来了。她还说我现在身子虚，不能抱重东西，尤其是不能抱孩子。反正嘉嘉现在还小，主要时间都是在睡觉，换尿片喂奶粉之类的事情都让我婆婆帮着做，抱孩子也让婆婆或者宋宇。

一开始，婆婆每天换尿片，新生儿每天屎尿多，一天要换十几二十次尿片呢。而且经常拉屎，每次拉了都要用温水擦洗她的小屁屁。

可能婆婆年纪大了，手脚迟缓动作慢，每次等她慢悠悠地给嘉嘉脱下裤子，再慢悠悠地解开尿片换上一个干净的，都要过好几分钟。孩子手脚都冻得冰冷，虽然说S市没有冬天，可每年也会有一个月稍冷的时候。气温差不多在六七度，大人都要穿毛衣厚外套，何况是那么丁点大的毛孩子？

而且每次婆婆给嘉嘉换尿片穿衣服的时候，都把她的衣服穿得乱糟糟的，几层衣服皱巴巴地塞进裤腰里，尿片也是皱巴巴地裹在身上。我看了都觉得不舒服，没办法，只好亲自动手给嘉嘉换尿片了。

坐个月子还清闲不得，什么事都要自己亲自动手，有时候也会跟宋宇抱怨。一开始他还会安慰我，说多了，他也烦了，就说：“我每天工作那么辛苦，你都闲在家里，这么点小事也不能体谅一下吗？”

我的心，拔凉拔凉的。

最可恶的是，我从网上查了一些发奶水的方法，说给婆婆听，先让她照样炖那些东西给我吃的时候，婆婆说，你们现在的小年轻真是娇气，生活条件这么好了，还会说什么没有营养，奶水不足。哪比得上我们从前，喝米汤也能发奶水。

“小米啊，别怪妈说实话，你啊，就是没吃过苦的人。”婆婆有模有样地说着，宋宇也跟在一旁大声附和着。

我怒，当即吼道：“好啊，那你天天煮米汤给我喝啊。”

NND，以为我急着发奶水是为了什么啊？我奶水多一点，嘉嘉吃得饱一些，也会乖一点，就可以少吃一些奶粉。现在的奶粉这么贵，还会经常遇到这样那样的问题，我奶水多还不是想让嘉嘉吃得饱一些，少喝点奶粉，也是为了给这个家省钱啊。难道我想方设法地发奶水，只是因为自己贪吃啊？

我这么一说，婆婆觉得我说话不客气，是对她的不尊重。一怒之下，甩门而去，雪上加霜的是，她出门的时候不知道咋搞的，扭伤了脚。到了晚上居然脚踝那里肿得很厉害，无奈之下，宋宇带她去医院检查，医生一拍片，说是粉碎性骨折。上了石膏，让在家里好好休养，最好是卧床休息。

好好地走个路，在平地上没摔跤也能弄出一个粉碎性骨折，我的婆婆还真不是一般的厉害啊。

没办法，只能让她在家卧床休养了，我这个媳妇没在床头端茶倒水地伺候病中的婆婆大人已经是很不应该了，又怎么能继续让她伺候我坐月子？

于是，白天宋宇去上班之后，家里的许多事情都只能让公公帮着我做了。一来他本就不是很高兴，不是特别喜欢嘉嘉，尤其是他听宋宇说，要符合国家政策，遵循优生优育的原则，绝对只生一个孩子之后，那个脸色，冷得更好像是我们欠了他百八十万一样。

就这样子，能保证我每天有饭吃就算不错了，还想他伺候我坐月子？衣服都是我自己丢进洗衣机里去洗的呢。

更何况，公公这样一个封建思想的大老爷们，更加觉得，他是一个男子汉，许多事情他不能做的，比方说：做卫生，晾衣服，洗尿片。

家里已经是乌烟瘴气一团乱了，我姑且当做没看见，就像一个朋友说的，忍一个月再说吧，千万要顾好自己的身体啊。地板上的脏污，你老公看不见不去理会，你也就当做没看见。反正脏一点，日子也是一样可以过的啊。

好吧，力所能及的事情我自己做，其他的，姑且忍耐吧。

最起码的一点，坐月子时不能受寒，不能出门吹冷风，这个大家是一致认同的。于是，婆婆就强忍着脚伤去阳台上晾衣服。宋宇看见了，十分生气，当即回房就对我说："贝小米，你还有没有良心啊，我妈脚受伤了，你还让她做事？"

"那我怎么办？坐月子是不能吹冷风的。"谁让你爹不肯去，觉得洗衣服是女人家的事，没办法，你娘只好自己出动了。

"哪有那么多讲究，我妈以前也没人伺候坐月子，我也是冬天生的，她不也好好的。再说了，这里又不冷，你出去还可以顺便晒太阳，对自己身体也有好处啊。"宋宇如是说。

我当即就怒了，自己给孩子换尿片，为了让婆婆少洗一点尿片，我冒着被公公用冷眼冻，被老公大人骂不节约的危险，每天给嘉嘉穿纸尿裤，自己给孩子泡奶粉，孩子哭了自己抱着哄。这就是我坐的月子，这些我都忍了，如今宋宇还叫我自己去洗衣服晾衣服，还让我自己倒水给孩子擦澡。

是不是体谅你老娘的脚伤了，干脆要我这个坐月子的人起来做饭伺候你们几个大人才好啊？

果然是应了那句话，男人要先是儿子，然后才是丈夫。所以才会说，男人不可靠啊。

当天晚上，我将宋宇赶出房间让他去客厅里睡，美其名曰是怕我晚上要给孩子换尿片、泡奶粉，吵着孩子睡觉了。自己一个人抱着嘉嘉，躺在床上，想着这些天发生的一切，突然就觉得很委屈了。

明明是我给宋宇生了一个宝贝千金，辛辛苦苦、吃苦受罪才生下了嘉嘉。想想那怀胎十月的辛苦，想想生孩子时那撕心裂肺的痛，我都觉得委屈难受。为什么我生完了孩子，没有得到应有的照顾，还要让我觉得委屈万分？我为什么要替他生孩子，替这么一个心里只有他老娘，没有老婆的男人生孩子，值得吗？

就这么想着，真是越想越难过，眼泪就这样不争气地开始往下掉了。

贝小米，你争气一点，为了这样的一家子生气，你犯得着吗？这样安慰着自己，却依旧是忍不住，眼泪就像是断了线的珍珠一样继续往下掉。

这个时候，原本一直躺在床上熟睡的嘉嘉突然醒了。睁着圆溜溜的乌黑大眼睛望着我，眼睛眨也不眨一下，全神贯注地望着我。

过了一会儿，嘉嘉望着我，突然就笑了一下。那模样好似在说，妈妈，你不要哭，嘉嘉乖，嘉嘉疼妈妈。妈妈，你不要哭哦。

望着嘉嘉的小脸，奇迹般的，我的委屈全部消失不见了。抱着她，好像，全世界都被我抱在怀里了！

第二十五章 婆婆不是妈

已经半个多月的嘉嘉真是一个可爱的乖孩子，圆圆的脸蛋，大大的眼睛，粉嫩的唇瓣，好可爱哦。

她大部分时间都是在睡觉，肚子饿了，醒过来也不会立马就哭闹。只是睁开她圆碌碌的大眼睛，好奇地打量着这个世界。手啊脚啊都不停地动弹，就跟四脚朝天的小乌龟一样，折腾个不停。

每次看到，我都想摸摸她的小脸，亲亲她的小嘴。

嘉嘉滑嫩的小手肉肉的，摸起来非常舒服，小身子上全部是奶香，抱着她也很柔软舒适。抱着她，就跟拥有整个世界的感觉差不多了。

“宝贝，不管发生什么事，就算全世界都背叛了我，妈妈也不后悔生下了你。因为妈妈知道，有了嘉嘉，妈妈就等于拥有了全世界。”

真的，刚才那一瞬间，宋宇帮着他妈那么说我，我真的很伤心很崩溃，有一种被全世界的人背叛了的感觉。女人在产后，无论是身心恢复都有一个过程，特别是有了孩子，生活重心就会改变，就会忙碌许多。这个时候，最需要的是家人的陪伴和支持了。

本来呢，为了我好，保护眼睛和身体，宋宇和婆婆都禁止我看书看电视玩电脑。说最好的休息就是躺在床上睡觉。

我又不是猪，也不可能一天到晚躺在床上只知道睡觉啊，可是公公婆婆有他们自己的世界，宋宇白天要上班，晚上回来要陪父母，我所拥有的只是嘉嘉了。

嘉嘉就如同绝大部分新生儿那样，每天做得最多的事情就是睡觉，醒来不是饿了就是尿湿了。也不可能有那个能力跟我去沟通交流的，白天守着一个不懂事的孩子，等到晚上老公回来时，他也没工夫理会我。

一开始是说公婆刚到这边来，不适应，宋宇总是每天一下班回来，就问问他们一天干了什么，感觉如何，在这里待得习惯吗等等。而后，婆婆的脚受伤了，宋宇每天回来的第一件事，就是问他妈："脚现在觉得好点了吗，今天还疼吗？"

他从来没有说一回来就进房来问候一下我们母女俩今天过得怎么样，也就是吃完饭回房玩他的电脑时，顺口问一句："小米，嘉嘉今天乖吗？"

而从来不会问一句，你今天还好吧？

因为按照"习俗"，坐月子这一个月，我要待在房里不能出门。每天晚上，他们一家三口坐在外面餐桌边上吃饭，而我只能躺在床上吃。他们一家三口说着他们的M城话，其乐融融，没有人管房中的人。

一般宋宇都是盛了一碗白米饭，夹一些菜放在饭尖上，端进房给我，然后就出去和他的父母一起吃饭了。边吃，还边说些社会热点一天见闻，三个人说说笑笑的，可热闹了。

而我一个人，在房里冷冷清清地吃着，我的白饭和一些所谓的"肉"。

公公婆婆是节俭惯了的人，在老家的时候，在农村，一般都是吃自己地里种的新鲜菜。萝卜白菜诸多，日日吃月月吃年年吃，偶尔买块豆腐或者炒鸡蛋吃就算是加餐了。吃肉的话，往往是过年过节才能享受到的特殊待遇。以前来的时候是我做饭，倒没什么，公公只是偶尔抱怨几句："宋宇，怎么你们天天吃肉，日子过得这么奢侈啊？"

现在是婆婆做饭，厨房就是她的天下了，早上是吃白粥，再炒一个大白菜；中午宋宇不在家，我们三个人吃饭，就炒一把小白菜，煎一块豆腐，照顾我这个产妇要多喝汤汤水水的东西，再做一个紫菜汤，他们就觉得这是非常丰盛的了。

我也喜欢喝紫菜汤，不过一般我喝的是紫菜蛋花汤或者紫菜虾米汤，而婆婆做的紫菜汤，真的就是紫菜汤。

清清楚楚的，汤碗里只能看得见紫菜，总共材料也就紫菜、清水和油盐的汤。

晚上因为宋宇要回家吃饭，他也喜欢喝汤，而且要喝的是肉片汤。婆婆心疼儿子一天辛苦工作，就给他做好料的补充营养了：大白菜、冬瓜、豆腐、蘑菇肉片汤。宋宇送饭给我吃的时候，也会端进来一碗汤，我找了半天，也只能看到一片肉丝和丁点儿蘑菇。

我还曾跟他开玩笑："怎么，好的都藏起来，不给我吃了？"

宋宇笑得好不尴尬，可是任凭我再三追问，却不肯告诉我到底怎么回事，于是第二天晚上，婆婆将饭菜摆上桌子的时候，我借由上洗手间的机会，到客厅仔细观察了一下，饭桌上摆着三菜一汤。汤依旧是蘑菇肉片汤，可以看得见的几个蘑菇和数得出来的四片肉片。

做了一碗汤，就放了四片肉片，一人一片？这饭吃得，婆婆怕我吃不饱，甚至还会好心地将属于她名下的那片肉分给我。可是婆婆年纪大了，现在照顾我们一家子好几个人又那么辛苦，我怎么好意思剥夺她的营养？

现在他们对S市也算有一些熟悉了，宋宇利用周末时间带着公婆在附近转悠了许久。婆婆要照顾我，加上她不识字，不会说普通话，所以每天都是公公去买的菜。

每次，公公会买一棵大白菜一斤豆腐加上其他时令蔬菜，回来乐滋滋地告诉我们这些菜可以吃好几天了。一分钱当作两分用的公公，买菜自然舍不得买肉，买的都是素菜，而且都是打折特价便宜烂了的。

以前我们买特价菜是因为刚买房时手头确实紧，而且也会买特价肉的，哪会像公公这样，基本上都是素菜。现在除了我要吃，我还要喂饱嘉嘉，光是这些，我吃着营养自然不够，于是宋宇晚上下班回来的时候，会买一些肉和鸡蛋带回来。

他让婆婆第二天做给我吃，而后公公总是对他儿子说，你上次买的肉还没吃完，不用急着买，过几天再说吧。工作辛苦繁重的宋某人哪会将这些小事放在心上，自然也没注意到，他上次买肉已经是半个月前的事了，也只买了一斤肉。

一斤肉我们四个人吃了半个月。

我是郁闷得无话可说，而且总是一堆青菜，我吃得肚子也不舒服，所以每次宋宇拿饭给我吃的时候，就少夹一些白菜青菜之类的。不夹这些菜，自然就是没菜了。

我吃完碗里难得可见的一丁点荤菜之后，慢慢地扒拉着白饭，耳朵里不断地传来客厅里那三个人的欢声笑语。宋宇一直都想将父母接来的，如今他自然是高兴的，能和儿子一起生活，那二老也很开心。毕竟这些年宋宇一直在外面工作生活，一年也就回去几天，而过年的时候总有许多事情忙。

哪能像现在，每天父母儿子一起交流？于是，宋宇很开心，问着父母这几年生活的情况，说着自己工作上的事情；公公很开心，炫耀地告诉儿子，村里还没有谁比宋宇考的大学好，工作比他的工资高；婆婆也很开心，不间断地回忆宋宇小时候如何如何，现在如何如何，将他们姐弟俩养到这么大还真是不容易啊。

三个人都说得很开心，没有人注意房里那个将碗端在手上，半天没往嘴里送一口饭，刚给他们添了宝贝千金的儿媳妇。

给嘉嘉吃了一次奶粉，她很快又睡着了。刚开始，我们都还很担心呢，因为嘉嘉一天到晚就只知道睡，睡，睡，早上起来睡到中午，吃了奶又接着睡，睡到下午，醒来之后给她洗澡吃饭，然后又继续还是睡。没见过这么能睡的人，当时我和宋宇着急万分，还特地问了医生，医生说这是自然现象，新生儿是比较嗜睡的。

我陪着嘉嘉一起睡，可是躺在她的身侧是了无睡意，越想越觉得窝火，觉得自己受了天大的委屈。

我知道女人刚生完孩子，情绪上是会有一些不正常。刚好又碰上这么极品的一家人，也许都只是生活上的琐事，在别人听了，也就一笑置之，还会说我心胸不宽阔。可这些小事堆积在一起，搁在自己身上，就不会那么好受了。

于是，我又重新爬了起来，外面已经没有动静了，估计他们都睡了吧。

习惯早睡的公婆估计已经睡着了。电脑在房里，夜猫子的宋宇没有作案工具，自然也只能睡觉了。我拿起手机，拨通了家里的电话。

刚刚听到贝太太的大嗓门，不知道为什么，鼻子一酸，眼泪就开始止不住了。

“小米，你干吗，哭了？坐月子时不能掉眼泪的，要不然以后会眼睛痛，你知不知道？”贝太太很严厉地训斥着。

我努力地挤出一丝笑颜，将脸上的泪痕擦干：“妈，我没哭，只是心里有些不痛快罢了。”

“不痛快？”电话那头的人怔了一下，继而理解地一笑，“小米，刚生完孩子，许多事情跟以前不一样了，你还没有适应，再加上公婆也过去了，自然会有一些矛盾摩擦。也不要想太多了，将心胸放宽一些，日子，忍一忍不就过去了？来，小米，乖，有什么不痛快你都跟妈讲。讲过，心里就舒服了。”

于是，我就竹筒倒豆子般，将我心里的憋屈一股脑地说给贝太太听了。我告诉老妈，公婆太小气了，坐月子也不给我吃好一点的；告诉老妈，公婆太不讲卫生了，不拖地不说，吃完饭不擦桌子，婆婆洗碗从来只洗两次，不肯用清水多涜一遍；告诉老妈，那两个老人记性总是不好，跟他们说过多少次了，剩菜要先用保鲜膜套好再放进冰箱，总是不听，搞得冰箱里现在很重的味道；告诉老妈，你看宋宇多欺负人，回家之后只顾着跟他父母说话也都不理我；告诉老妈……

唠唠叨叨地说了许多，把我以为所受到的天大的委屈都讲给老妈听，讲了之后才发现，我所以为的天大的委屈，真的，只是一些非常琐碎的鸡毛蒜皮的小事啊。

到最后，我以告状性的话语作总结：“你看宋宇多欺负人，也只是让他妈去晾一下衣服，居然就吼我。”

不曾想，贝太太没有马上安慰我，反而问了一个风牛马不相及的问题：“上大学的时候，体育课上，你曾经崴了脚，还记得吗？”

记得，怎么会忘记？那个时候体育选修课我选的是篮球，上篮的时候用力过度，一不小心就把脚崴了。当时那个疼啊，一股钻心刺骨的疼痛伴随着我整整两周，也没去上课，吃饭睡觉等活动都在宿舍的床上完成的。当时，林志远也还在学校里，每天买好饭菜送到宿舍里给我吃；每隔一天背着我去医务室换药，我们宿舍在五楼，没有电梯，每次趴在他背上，看着志远哥哥汗流浃背地爬着楼梯却从来没有抱怨过一句。当时我就在心里发誓，这一辈子，都会和林志远在一起的。

只是没有想到，誓言不可靠诺言不诚心，没过几年我们就成了陌路人了。

“那你觉得粉碎性骨折会不会比你崴了脚更痛？”

终于，我明白贝太太的意思了，握着手机，半天没吭气。道理上我明白，只是心里还是很不服气，小气的公公，重男轻女的公公，爱唠叨，嫌我挑剔的婆婆，愚孝不体贴的老公。摊上这么些人，我坐月子的日子真是不好过啊。

“妈，也不要等到过年了，你和爸现在就过来，一起照顾我坐月子好不好？”

“贝小米。”连名带姓的，贝太太叫了起来，难得地她用一种严肃正经的口吻训斥我道，“做事要深思熟虑，讲话要经过大脑，你的公公婆婆不远千里，离乡背井地跑到那里去照顾你，帮你带孩子，他们还在那里，且已经住了半个多月，你现在却叫我和你爸也过去帮着一起伺候你们，这算个什么事？这是打你夫家的耳光，明里面里嫌弃他们，你知道吗？”

我也知道这样不妥，可是我还是说：“妈，我真觉得日子很难熬，觉得我一个人孤立无援好难受，特别想要得到你和老爸的关爱照顾啊。”

“离过年也没差几天了，过年之后我们再去。小米，你不要光顾着抱怨自己现在的不如意，你也替你的公婆好好想想。其实对于老人来说，不一定要锦衣玉食日子才好过，他们主要是日子过得舒心。也许在老家生活条件没有你们那里好，可是他们每天生活得很自在。田里地里忙一些，不愿意干活了，就到村里逛逛，和乡亲们闲磕牙。为了你们，他们放弃那熟悉的，生活了一辈子的环境，到你那个所谓的大城市享福。能享什么福？什么都要学着重头做，年纪一大把了，还要被儿子媳妇挑剔。也没有一张熟面孔，出门坐公交车都不适应，恐怕他们去了那么长时间，还只是在你家附近那个圈子打转吧？”

这，我承认，老妈这话说得很对。我只想到自己一个人闷在屋里难受，却没有想过，他们比我怕也好不了多少吧？公公且不说，很多时候，婆婆没事做，就一个人坐在沙发上，望着窗外发呆。

发呆，无目的地发呆，因为她也不知道自己要做什么，要想什么吧？

刚来的时候，婆婆总是小心翼翼地做着事，因为我这个做媳妇的，不会当面直接说什么，他儿子却会帮我表达：宋宇经常吼她，说她碗没有洗干净，菜炒得不好吃，做事太慢，孩子没照顾好等等。

我记得在M城时，婆婆看着我，讨好的笑容里有着三分客气，也有着三分飞扬的神采。毕竟那是她的地盘，她要把自己家里美好的一切都展示给媳妇看。而来了S市之后，婆婆的笑容却变得小心翼翼起来了，她总是担心自己又会做错事，又要被儿子吼了。

脚踝受伤也不是她愿意的啊，毕竟受痛楚的那个人是她啊。医生检验结果，婆婆的脚是粉碎性骨折，正所谓的伤筋动骨一百天，我只是崴了脚都哼哼唧唧地痛了一个礼拜，更何况是骨折这么重的伤？上了那么厚的石膏，本应该卧床休息的，可是儿子要上班，老公不管事，媳妇躺在床上，家里许多事都只能自己去做了。

才刚从医院回来，婆婆已经开始一瘸一拐地在屋里四处走动了，我经常看到，她坐在沙发上，小心地揉着自己的脚踝，一脸痛苦的样子。其实他们都是善良的好人，只是不同的价值观成长环境造成了现在的差异。

老妈还在电话里继续唠叨着什么，我已经听不见了，又重新想起了自己的心事。不知道为什么，最近实在是闲得无聊，于是就开始不断地想心事了。天马行空不着边际地乱想着，还经常会回忆往昔，甚至会想起，如果我嫁的不是宋宇，如果当初林志远没有越走越远，或许现在就会不一样了吧？

林太太也是H县的人，至少在语言和生活习惯上不会和我有太大的差异，她和老妈斗嘴归斗嘴，却确实是几十年的老朋友了。嫁到他们家，应该不会嫌弃欺负我这个儿媳妇的。

如果嫁的也是H县的老公，我会干脆回老家生孩子。不论是在婆家还是娘家，坐月子都很方便的。

想了许多如果，可是这个世界上最最缺少的，就是如果了。也许是因为自己老了吧，人只有老了才会那么喜欢回忆，才会那么喜欢胡思乱想啊。

“婆婆不是妈，你不能用那么高的要求去对待人家。”老妈的这一句话拉回了我的思绪，我定定神，继续听她说着：“面对自己的妈时，你可以任性，可以撒娇，有什么话都可以当面直说。哪怕当时还会吵架，可是母女之间不会有隔夜仇，第二天两个人还是可以笑眯眯地说话。婆媳却不一样了，总想着和对方处好一点，小心翼翼地对待讨好，结果却适得其反。就是这份小心翼翼的客套，让两个人的关系显得虚伪了许多。小米，你要设身处地为他们想一下，他们老了，本该享儿女的福，是你们要照顾他们。凭什么，你还要嫌弃他们做得不好，还要他们给你带孩子？用一颗宽容的心去看待问题，事情就会简单许多了。也不要生宋宇的气，父母才到外面，许多地方不适应，所以才会只顾着陪父母啊。他肯定觉得你都在那边生活了好几年，年纪轻轻的，哪需要人经常陪啊？当然了，他不是女人，没有经历生孩子坐月子这种事情，许多事他不明白，回头让你爸爸打电话给他，也好好跟他说一下。”

“小米，你换个角度想想，事情就不一样了。公婆小气省钱是为了什么，他们只有宋宇一个儿子，他们省钱还不是为了让你们日子更好过一点，难不成还能把钱带到棺材里去？有什么不卫生的，宋宇不也被养到这么大了？而且，环境是可以改变一个人的，以前在农村，大家都邋遢，现在进城了看见你们那里人怎么做的，慢慢地，你婆婆自然也会改变了。你不能光是要求他们改变，你也要学会去接受，慢慢地，你们一家五口人的生活才会越来越好啊。其实，有什么话你直接跟你婆婆或者宋宇说开了比较好，一个人闷在心里，自然容易出问题了。”

没想到平日里我嫌唠叨的贝太太，讲大道理也是很行的，跟老妈发泄一下之后，心情好了许多。其实，说来说去，我是一个人闷着了，觉得宋宇没有花更多的时间陪我吧？到最后，手机提示电量不足，无奈之下我只好挂了电话。

回头一看，床上居然坐着一个男人，吓了我一跳。

“你是怎么进来的？好大的胆子，我还在生气，谁让你回房睡觉了？”白了他一眼，我作势把宋宇往外推。

“好老婆，沙发又窄又矮，睡得很不舒服。你就让我回房睡吧，不抱着老婆孩子我睡不着啊。”宋宇一边拱手求饶，又伸手搂着我的脸，嬉皮笑脸的样子让人看了就来气。

我还是板着一张脸，躺在床上，却往里挪了挪，空出一大半床位，“哼，哪里需要老婆孩子，有你爹娘不就够了吗？”

“哪里啊，我这么做，还不是为了你，为了我们这个家吗？”

“为了我？”切，我就看不出来，他把我丢在一边不管不问，只关心爹娘，哪里是为了我啊。

宋宇在我身边躺下，一边帮我按摩着腰部一边说道：“以我们的条件，目前还请不起保姆，而且保姆带孩子也不放心啊。势必，就要让我的父母帮你带孩子了，他们上次来住过一次之后，就觉得很不好了。这里的物价太高，他们怕我们负担重了，加之又不适应这里的生活，一直都嚷嚷着不愿意过来呢。要是一个人带孩子，你肯定会很辛苦，而且你不是以后还准备做自己的事情吗？那更需要他们的帮助啊，我努力让他们适应这里的生活，这样子我们以后一家人生活在一起，我也不用老是惦记家里的情况，不也挺好的？小米，我知道，你生嘉嘉辛苦了，你为了这个家做的一切，我都记在心里呢。”

我还真不知道，原来宋宇是这么想的，真是一个闷葫芦啊。可是这些他都不说，不告诉我，任由我一个人在这里胡思乱想，我当然难过了。

“以后我会跟爸妈讲，让他们炒菜的时候多放一点肉，妈的脚还没好，需要休息，我会叫爸多做点事情。刚才真是对不起，妈的脚又肿了许多，今天带她去复查时，医生就说她是没休息好，康复情况不算好，我才急了起来的。”

听了宋宇的话，我也有点着急：“怎么，妈的脚伤越来越重了？”

宋宇上午特地请假带婆婆去医院复查的，因为时间来不及了，只是把婆婆送到楼下就急匆匆赶回公司了。婆婆回来之后，我和公公问她情况如何，她只是笑着说，一切都好，再换几次药就可以拆石膏了。

然后，装作若无其事地去洗碗，那是早上我们吃完早餐之后，公公收了放进水槽的碗筷。洗碗，洗菜，做饭，给孩子洗尿片，婆婆今天还做了许多事情。其实我也不是没有看见，空闲的时候她的一只手总是按在受伤的那只脚上，还不住地皱眉头。

其实老妈说错了一句话，是的，婆婆不是妈，没有之前二三十年共同生活的基础，婆媳之间的感情自然赶不上母女。

可就如同最早我去M城见公婆的时候婆婆说的一样，小米，以后我们就是一家人了，我会把你当作自家女儿一样的。

宋宇将我紧紧地抱在怀里："小米，以后我们都是一家人，就不要计较那么多了。我知道，辛苦你了，委屈你了，可是我上班的确很忙，周末的时候我会帮着你一起照顾嘉嘉的。我的父母，他们有做得不好的地方，请你多体谅，好吗？"

我笑了，其实，女人不就是那样，再辛苦再累，也是为了这个家在付出。只要这个男人看得到，一句辛苦了，已经可以让你的心灵得到最大的补偿，不是吗？

第二十六章 谁偷走了我的"性福"

谈开之后，我放开心胸去面对，于是也就发现了，日子，其实不是那么的难过；不用那么挑剔的眼光去看，公婆大人也不是那么极品。

很快地，嘉嘉满月了，带她去打了预防针，我就正式结束了坐月子的日子。只是现在天气冷了一些，为了多保养，我还是没有碰冷水，洗洗刷刷的事情还是婆婆在做。不过因为我可以自由出入家门了，自己去买菜，自己做许多事情，还可以带嘉嘉和公婆大人到附近的公园散心。白天的时候，我们几个人的日子过得倒也算舒心。

然后，贝先生贝太太一起到S市来了，我们一家七口，度过了一个非常热闹的新年。特别是，越来越大的嘉嘉已经开始不仅仅是满足于纯睡觉，她每天会有更多清醒的时刻，会要人陪着她玩。那四个大人会争着抢着要抱嘉嘉，虽然还是不喜欢女孩子，可是公公也很难对一个可爱的孩子摆冷脸。

爸妈在S市住了一个月才回去，过年没有走亲访友，起码要回去过元宵啊，这是贝太太坚持的。这一个月，她都是和我，还有婆婆、嘉嘉四个人睡在主卧室的大床上。有一个能说会道的妈也是很有好处的，以前我总以为婆婆性格内向拘谨，其实不然，那是因为她不熟悉这个城市，而且跟我这个年轻的城里媳妇有代沟，不知道说什么好。

自从老妈来了之后，两个人用各自的家乡话交流，居然也能说说笑笑，开心不已。主要是，她们有太多的共同话题了：一起抱怨着这个所谓的大城市物价太高，饭菜没有老家好吃，一起抱怨现在的年轻人太懒，总是太阳晒到屁股才起床，一起抱怨如今的日子真是好太多了，想当年她们生孩子时候多可怜了……抱怨多了，自然也可以抱怨出深刻的战友感情，老妈和婆婆感情好了，自然地，婆婆就更加把我当闺女一样对待了。

而后，老妈就放心地回去了，让我好好地照顾孩子，好好地和那一家子过日子。

“有什么委屈，你尽管打电话跟妈说，过一段时间，我和你爸再来看你。”当然了，临走之前贝太太还是加了这样一句。

哪怕我已经为人母了，在她心里也还只是小姑娘，还有许多事情不放心的啊。

因为坐月子，之后又赶上过年，我写小说的时间中断了两个月。正好，好好休息将身体调养好一些，再开始努力工作。到时候，嘉嘉也大了一些，公婆帮我们带着，我和宋宇就努力地存钱了。不论如何，今年要攒几万块钱，本金多还一点，每个月的利息就可以少还一些了。

宋宇三四个月的薪水，加上年终奖，加上我的稿酬，总算是还完了除了银行贷款之外其他的借债。再加上生孩子的费用，以及多了三五口人花销自然也大了。年后，我们又是一穷二白，又要从零开始了。

白天的时候，除了喂奶，其他的时间我都可以专心地看书写小说，公公婆婆帮我照顾着嘉嘉。现在开春了天气暖和许多，公园里的环境气氛也要好一些， 还有许多其他的孩子。两位老人经常带着孩子到公园里去玩，他们也认识了一些朋友，日子比之前好过了许多。

我在家里上班最大的好处就是，要是想休息了，也可以去陪陪嘉嘉。看着她可爱的小脸，我就有了继续努力工作的动力。

因为，我要努力地，拼命为孩子创造更好的生活环境啊。

吃过晚饭之后，公婆大人就去睡觉了，我准备哄嘉嘉睡觉。躺在床上给孩子喂奶，却一边要努力地保持着自己的清醒。

“小米。”从吃过晚饭之后就专心坐在电脑前忙碌的老公突然转头望了我一眼。

我漫不经心地回了他一句：“咋啦？”

脑海里想的却全部是其他的事情，明天，嘉嘉恰好就满两个月了，要带她去打预防针了；她手上被虫子叮咬了两个红疙瘩，也要给医生看一下，问一些注意事项；嘉嘉也长大了许多，要去给她买新衣服了……

哎，我发现，从孩子出世到现在，就没停歇过，想这儿想那儿，每天所有的思维都围绕着孩子打转了。现在，每天都有三四个人伺候，嘉嘉的日子真过得跟小公主一样。

不过那位小公主他爸，有时候还真不靠谱。他下班回家之后第一件事就是逗弄一下嘉嘉，有时候嘉嘉正在睡觉，他也会想办法把孩子弄醒。摸摸她的小脸，捏捏她的小手，一会儿之后就会开始大叫起来："小米，嘉嘉哭了。"

我没好气地笑他："还不是被人弄哭的，你就不会帮我哄哄她啊？"

更多的时候，嘉嘉会毫不客气地在宋宇身上画地图，这个时候的宋某人双眼圆瞪，那副惊恐的样子就好似嘉嘉在他身上放了一颗定时炸弹。

当然了，换尿片这种小事他是不屑于去做的。

男人就是命好，一句我要工作辛苦养家，堵住了女人嘴里所有的抗议。好像他做的才是大事，你给他生儿育女操持家务都是应该的，再苦再累也没什么。

像我们家的宋同志，下班回来就等着吃饭，吃完饭就一头钻进了电脑世界，一直到我哄了嘉嘉睡觉，然后叫他去洗澡才出来。

前几天打电话给段心蓝，说着说着忍不住就诉苦起来了，她却还笑话我："贝小米，你还有什么不知足的，你们家宋宇每天下午六点钟准时下班，七点多准时回家，雷打不动，从来不出去玩。周末还在家陪你，帮你做饭，不抽烟不喝酒，这样的男人你还嫌弃，我们这样的还咋活啊？"

这倒是，卓越的公司经常要加班，晚上忙到十点多回家是常有的事情，周末也大部分时间都是在公司里度过的。搞得心蓝总是一个人在家，她还跟我抱怨，这有男朋友跟没男朋友有什么区别呢？

好吧，我该知足，有夫有女，我们家还有房有车——房子，二手的旧房，欠了一屁股债，还欠了银行四十万的贷款，也不过六十平方的蜗居；车，产后我买来恢复身材的脚踏车——我们也算有房有车一族，对生活还有什么好抱怨的？

"你认真点听我说话好不好？"宋宇离开电脑桌，走到床边，拉着嘉嘉的小手玩弄着。

听到这抱怨十足的话语，我这才收敛心神，很认真地望着他："老公大人，有啥指示，请吩咐。"

一手居高到头顶，望着他，做了一个敬礼状。

却悄悄冲他吐舌头，我知道，宝贝女儿出世以后，我差不多全部心神都放到嘉嘉身上，很少顾及到老公的感受了。

于是这个家伙就吃醋了，时常跟我抱怨呢。亏得我坐月子时还会怪他只顾着父母不理会我了，我现在做的事情也跟他差不多了。

没办法，谁叫嘉嘉这么可爱，我无法不为她投入更多时间呢？其实我知道，宋宇对嘉嘉的爱不会比我少，只是很多时候，他不知道该如何去爱孩子，毕竟，嘉嘉现在还太小了。

初为人母是辛苦的，初为人父是紧张的。

我跟宋宇开着玩笑，谁知道，我一个动作过大，身子歪斜了，乳头滑出了嘉嘉的小嘴。小家伙非常不满意，呜呜地叫唤着。小脑袋不断地往我怀里乱钻，婆婆经常戏称，这跟小猪拱食差不多呢。

我也笑了，赶紧又重新捏好乳房，将乳头送至嘉嘉口中。

这个性急的家伙，肚子饿了马上就要吃，一会儿没给她吃到就会大哭起来。哭得那叫惨烈哦，好像我毒打了她一般。

我白花花的乳房就这么露在空气中了，产后胸部比以前大了一个码不止，宋宇眼睛里闪过一丝火光，紧紧地捏着我的另外一只乳房。

"老婆，你不能偏心，嘉嘉饿了你要喂；你老公我也饿了，你怎么不理呢？"

一边揉捏着我的胸部，一边还拉着我的手朝他的下半身摸去，暗示性十足。

我羞红了脸，赶紧缩回手，望了专心吃奶的嘉嘉一眼，回头瞪着宋宇："你这个家伙，当着孩子的面，做这种事。"

"什么这种事那种事的，没有我们的这种事，嘉嘉怎么生得出来？自从你怀孕到现在，我们已经一年多没做事了，再这样下去，你老公都要肾亏了。"宋宇说得是一脸正经，毫无愧色。

我不禁怀疑起来，是谁说这个家伙老实木讷、不苟言笑的？结婚三年多了，他跟我说话越来越放肆，而且是荤腥不忌。

“这跟肾亏有啥关系？好了，别胡说八道了，忙你的去吧，银行还款的日子又要到了呢。”

为了提高生活质量，说得俗气一些，就是为了多挣一点钱，现在每天晚上宋宇都会在电脑前捣鼓着。他想在网上找点私活做做，想多几个渠道增加一些收入来源。没法子，现在一下子多了好几口人吃饭，压力自然是大了许多。

昨天就听他提过，要给南京的一家公司写一个手机驱动程序，完成之后可以得到一万块的报酬，为此，他最近几天晚上都要加班加点。

提到钱，宋宇的脸色就黯淡了下来，没精打采，耷拉着脑袋的样子，我看了十分不忍心。而且，那个啥，说句不那么高尚的话，我也——“上周我去复查了，医生说我的身体情况恢复良好，已经、已经不需要忌讳什么了。”

“真的？”宋宇重又抬起头，神采飞扬地问着，一脸的贼笑，“老婆，这么说，是不是你也想——”

“一边去，我要哄嘉嘉睡觉了。”我拿脚踢他。

老夫老妻了，我一个想法一个动作都别想逃过他的眼睛，宋宇自然明白我那么说的意思，他脸上的笑容已经越来越邪恶了。

说实话，听见他那么说，我也心里痒痒的了。我们确实好久没在一起了，刚才摸到宋宇家的“小弟弟”，灼热得烫手，也烫到我的心坎里去了。

想起以前，几乎是每天晚上，宋宇都要我陪着义务劳动一番才能睡觉的，我都怀疑这一年多宋宇是怎么忍下来的。

又不禁开始胡思乱想起来，没有我，他会不会去找别人发泄啊？

也因此下定了决心，今晚一定要让他彻底解放，满足一下。

没有被这点小挫折打倒，宋宇同志继续眉飞色舞着：“好好，我去努力做事，赚钱养老婆。小米，你快点哄嘉嘉睡觉吧。”

忍不住白了他一眼，如果不是他在这里干扰，嘉嘉早就睡着了。

一会儿工夫，小家伙已经闭上眼睛安然地睡觉了，我起身，将她的头挪正，放在小枕头上。

一转头，却看见了一张大脸。

“老婆，嘉嘉睡了啊？”

“你不是在忙吗？”还真能一心二用，嘉嘉一睡着，他马上就发现了。

奸笑了一下，宋宇不再说话，他突然就扑了过来，一下子将我压倒在大床上。

我紧张地往右侧望了一下：“别压着嘉嘉了。”

他舔了一下我的颈项，我笑着躲开了，这家伙，明知道我很怕痒的。宋宇不甘，又凑过嘴唇轻咬着我的耳垂，带着一丝惩罚的味道。

我哈哈大笑起来，一边也没忘记分出一只手来拍着嘉嘉的小身子，她刚刚入睡时一般都很不安稳，没有人哄着很快就会醒来的。

“老婆，我知道，嘉嘉出生以后你辛苦了。”宋宇温柔地在我耳边低语着。

“嗯。”我笑了，发自内心的。

辛苦为这个家付出是为了什么？有时候，他一句肯定的话语就可以让我乐上半天了。我只是一个小女人，很容易被满足的。

我扬起了脑袋，对上了他明亮的黑眸：“也谢谢你。”

谢谢你给我们母女提供一个安稳的家，一个良好的生活环境。

为了嘉嘉我们才下定决心买房的，我知道，房子买了以后，宋宇的工作压力就大了许多。用他的话说，这一辈子都要被房子套住，成为名副其实的“房奴”了。尤其是，前段时间我的情绪不好，还老是没事找事的跟他争吵，其实他的心情也很不好的。

不用多说，我们都明白对方的心意，两两相望，都能在对方的眸中看见自己的倒影。

全心全意的。

低下脑袋，宋宇的脸朝着我慢慢地靠近，很近很近，一直到——他开始疯狂地吻我，狠狠的，久久的。

我几乎要不能呼吸了，却享受着这缺氧的快感。

而他，继续输送着氧气给我，维持着我的生命。

心脏，剧烈地跳动，像要炸开般，我只觉得自己不再可以承受。

庞大的身躯重重地压了上来，他灼热的呼吸重重地吹在我的脸上，久违的熟悉感席卷而来。

我伸出双手，抚上了他的胸膛。

衣物成了碍眼的隔膜，我拼了命地想要扯掉。

可一阵酥麻感让我怎么也使不上劲，此刻的他却已经一把扯开了我的睡衣，一手就捏上那白花花的乳房，他的力气可真大，可我并不觉得疼痛。

唇舌往下移，宋宇深深地含住了那胸前的柔软，几近疯狂地揉捏着，挑逗着我的感官。浑身酥痒难耐，我反手紧紧地抱住他宽阔的肩背，努力地将身子往上拱，贴近他，情欲迅速将我们包围了。

压在我身上的男人调整好了姿势，突然一下子就猛烈冲了进来。

这久违的致命的快感传来，我几乎要忘了呼吸，等我有所适应的时候，他开始运动起来，剧烈地上下起伏着。

女性的呻吟和男性的粗喘合奏出了人类最为美丽的曲子。

我们，正在渐渐地迷失……

"哇——哇——哇——"突然，一阵洪亮的哭声传入我的耳膜，这个声音是如此的熟悉，这两个月来几乎无时不刻地折磨着我。

是嘉嘉醒了，残存的理智，让我转头想要看看宝贝女儿到底怎么了。

宋宇大手一挥，遮住了我的视线，身下却更卖力起来，更加地投入。

而我，差点又重新被他带入到了那深深的情欲世界里。

是差点，那哭声还在不停地回荡着，哭得那叫惨烈啊，让我的小心肝也跟着动荡起来。

"好啦，不要这样啦，你看嘉嘉都哭了。"我使劲地推搡着，拨开宋宇的手，想看看身边的宝贝女儿怎么了。

一转头却看见，不知何时醒转的宝贝嘉嘉正好奇地望着我们，黑白分明的大眼睛滴溜溜地转动着。

这下子，情欲全消。

“啊，我的神啊。”宋宇抚额低叹，兴致全无，他也早就停下动作，转头与嘉嘉对望着。

我只能摇头苦笑，不过看见这父女俩相像的大眼睛，心中满满的，充溢着叫做幸福的感觉。

是谁，毁了我们的“性福”？

是谁，又带给我们新的幸福了呢？

说实话，自从嘉嘉出生以后，我们的生活被搅得一团乱，那叫怎样一个累字了得。每天的每天，我只觉得自己非常睡眠不足，往往，坐在那里睁着眼睛都能睡着。

白天我想搞点事情，忙碌一天，公婆带着嘉嘉也辛苦一天。于是晚上他们就“下班”休息，我开始换个岗位上岗。

吃饭洗碗搞卫生，然后给孩子洗澡陪她玩耍，等忙完这一切的时候，已经差不多晚上十点了，宋念嘉该睡觉了。

小孩子要养成有规律的生活习惯，我们家的嘉嘉总是在晚上十点左右睡觉，早上六点多起床。其实，嘉嘉要睡觉的时候我也在不停地打呵欠了，可是我不能睡啊。把孩子哄睡了之后，我还要爬起来洗澡洗衣服，因为不喜欢总是只吃白粥，所以我就自己做早餐，总是在临睡之前将一家人第二天的早餐材料准备好。

还将嘉嘉爸爸第二天上班要穿的衣服熨好，等我忙完这一切的时候，时间已经过了十二点。

半夜里嘉嘉会醒来两三次，要吃奶，早上六点多钟她醒来的时候就要起床玩，于是，我也得跟着起床了。

这样折腾一个晚上，我哪里还能睡得够啊，白天，嘉嘉睡觉的时候，我也没时间趁机补眠。这个月要加油努力赶稿啊，我已经努力加速创作，还非常全神贯注，不再上网瞎逛了。

想起怀孕8个多月，肚子很大，做什么都不方便，巴不得孩子早点出世时，一个朋友对我说过的话：“等他真的生下来了，你就会觉得烦了，巴不得将他塞回去。”

这句话真经典啊，说到我的心坎里去了。

可是人就是这么奇怪，辛苦地忙碌这一切，我都是心甘情愿的。

看着嘉嘉咂吧咂吧小嘴，全心全意地吮吸着，看着她的笑脸，我都会有一种幸福的感觉。

就像宋某人常常说的，自从孩子出生之后，他在家里的地位直线下降，已经是从将军到奴隶了。

孩子出生之后，我们就注定了要为他操劳一生，注定了一生为奴；其实，又何止是孩奴，婚奴、房奴、卡奴、车奴……这就是80后的真实生活写照，据说泡在蜜缸里长大的80后的我们，却是最累的一代人。

记得以前在网上看过一首打油诗，是这样说的：

天价的房子需要买，
车需要买，
孩子得养，
关系面上的事情也得花钱办，
父母也得养……

哪一件事情都是必须得花钱办的，
但是，挣钱的能力却有限，
所有的事情都变成了老大难问题。
房价暴涨，物价走高，
80后就这样猝不及防地被贴上了“奴隶”的标签。
在外为奴，在家为子，为了摆脱奴隶的身份，
为了做一个孝顺的子女，
80后成为了最辛苦的一代人。

回想着这几年到S市为了生活打拼的日子，不禁感慨，说得真对啊。

从大学毕业到现在，我们长大成人了，于是开始要背负许多责任和负担。

为了生活，不能不努力着，上有老下有小，而我们退休以后还要靠自

己的养老保险，这，到底是怎样的日子啊？

考上大学之后，被人称赞是天之骄子，天之骄子又如何？结果毕业没几年，我们的地位就飞流直下三千尺。一切都转变得太快了，快到，我甚至要忘了，这一切都是如何转变的……

第二十七章 红杏出墙

“宋宇，小米，昨晚你们搞什么鬼？嘉嘉哭闹了好半天也不哄哄，我都差点从床上爬起来去看情况了。”

正吃着小笼包，婆婆的一句话让我咳嗽了起来，瞪了宋宇一样，我才笑着对婆婆说：“妈，没什么，刚好嘉嘉醒的时候我去上厕所了。宋宇哄她不住，所以她才会哭闹的。没事，您别担心。”

才不是呢，那会儿，我正被某只无耻的色狼按在床上就地正法，哪有空闲去理会哭将起来的女儿啊。要是婆婆真的过来看了，那情况还真是不得了，那个时候我们正在……如果她推门进来了，岂不……

公公婆婆不敲门就直接推门进入我们的房间是常有的事情，开始我还会抗议，可是公公总是说，一家人要注意那么多干什么。害得从此以后我要在房里干点啥私密的事，一定记得要将房门反锁。

我狠狠地瞪着宋宇，某人自知理亏，嘿嘿一笑，埋头专注地喝着稀饭了。

婆婆若有所思地看看我，又看看她儿子：“这种情况经常会出现吗？嘉嘉一晚上肯定会醒几次，是不是经常要吵醒宋宇啊？”

“还好吧，一个晚上嘉嘉也就醒两三次，一般我都会及时把她哄睡了。”这就是婆婆与妈的区别，婆婆担心的是吵到了宋宇，而老妈绝对会问小米你睡好了没有。

不过我已经想明白了，这就是为人父母的心情啊，好打比方说我自己，现在也绝对是以嘉嘉为重。以往睡觉的时候都很死，手机设好几个闹钟都别想弄醒我。现在呢，只要嘉嘉稍微动一下，我就会醒过来，看她是不是饿了，尿片是不是该换了，被子有没有盖好，有没有将她压着。

我重新拿了一个小包子，刚准备放进嘴里，突然又听到婆婆说：“要不这样吧，这几天还是我跟你睡吧。”

拿着包子的手顿了一下，我还在考虑，要不要吃进嘴里呢，旁边的公公又说道：“宋宇工作也辛苦，怎么能让嘉嘉吵到他睡觉？晚上没有休息好，第二天的工作也会做得不好的。小米，晚上就让你婆婆帮着你一起照顾嘉嘉吧，这样你也能休息一下。她的脚伤也好得差不多了，要起来泡奶粉或者换尿片之类的就让她做吧。说是来照顾你坐月子，结果这两个月还让你辛苦了，我们都觉得不好意思了呢。”

公公这话说得十分感性，能从大男人主义且重男轻女的公公嘴里听到这样的话还真不容易啊。于是乎，不顾一旁老公丢过来的若干眼神，我答应了，且马上就回房将宋宇的被子和婆婆的被子对调了。

于是，又变成了晚上我和婆婆同房，宋宇和公公同房的局面。宋宇故意让我送他下楼，说是有事要我帮忙，边往楼下走，老公大人边抱怨道：“小米，你怎么就答应了呢？你老公我都快变成柳下惠了，好不容易盼到解放了，可以过上性福生活，你居然——”

上一次给嘉嘉打预防针的时候，我也顺便体检了，当时宋宇曾很含蓄地问了医生是否可以同房的问题。医生当时也明确表示，只要动作不要过大，不要太激烈，我还是可以承受的。

这话说得，当时我和宋宇两个人都面红耳赤了。

“他们是怕你睡不好觉，又是体贴我想帮助我呢，你爸妈都把话说到这分上了，我要还不答应，那还算好儿媳吗？再说了，当时你也在一边听着，你怎么就不吭声了呢？”我也很想抱怨呢，以为我很想跟婆婆睡啊？

她打鼾的声音很大不说，婆婆也属于那种要么很难入睡，睡着了就很难醒过来的人。半夜里嘉嘉醒了，我叫她两声看没反应也不好意思再继续叫了，难道真的逼一个老人家半夜不睡觉，起来给你的孩子做牛做马啊？就算婆婆跟我一起睡，事情不还我做得多？而且婆婆口腔稍微有点异味，晚上睡觉前又不刷牙，就别说是睡到半夜醒来了。有时候就是白天，跟她说话的时候那一股子的异味一阵阵地传入鼻腔，也会让我十分受不了的。

宋宇没有说话，只是嘿嘿笑着，既然如此，于是，我们开始了正式分居的日子！

每天晚上吃过晚饭之后，婆婆早早地爬到我们的床上呼呼大睡，宋宇干脆搬了笔记本电脑到隔壁房间，玩一会儿就上床睡觉，和公公一人睡一头。

以前虽然不能做亲密的事，但是每天晚上，我抱着女儿，宋宇再搂着我。三个人紧密地贴在一起睡觉，我会觉得很安全，浑身都被一种浓浓的幸福感包围着。

现在，每夜都是婆婆的鼾声陪我入眠，睡到半夜醒来的时候，总能闻到婆婆的臭脚丫子。我十分郁闷，为什么她明明知道自己是汗脚，在屋里走动的时候也不喜欢换拖鞋。甚至，洗完脚还穿着一双胶鞋？

这天，于灿到家里来看干女儿，顺便找我说说话。我亲自下厨做了一顿丰盛的午餐，四个人吃了之后，公婆一起陪着嘉嘉午睡，我和于灿一起出门了。

一到家里来，于灿就跟我说了，她很烦恼，有许多心事想对我讲。我也好久没有出门逛过了，最近也只是每天在附近买了菜就回家，趁着这难得的机会，我和于灿一起在附近的麦当劳坐了一下。

一口气点了圣代、奶昔、奶茶，还有一份套餐，拿着巧克力圣代，我就迫不及待地往嘴里送，于灿翻了一个大大的白眼。

“女人，你还真够可以的，刚刚不知道是谁说要做一个好妈妈，为了嘉嘉的健康成长要忌口，好多东西都不能吃呢。这种洋快餐，可是标准的垃圾食品啊。”

“姐姐，我已经馋了近十个月，就让我吃一点吧。解放这一回，回去之后我继续做苦行僧还不行吗？”垃圾食品又怎么了，可就是这种垃圾食品，在中国还是很受欢迎的，特别是年轻人。

于灿笑了一下，喝了一大口奶茶，而后又突然来了一句：“小米，你现在觉得幸福吗？”

“幸福的定义是因人而异的，我常常将老妈的一句话谨记在心：做人，要懂得知足常乐。按照这样的论调，我也算幸福的吧。”每天的日子过得顺顺心心的，和公婆大人偶尔因为不同的生活观闹点小分歧，再让老公这块双面胶从中调节一下。

忙里偷闲的时候，也能到这里吃一口我最爱的冰激凌，这样的日子，对我而言就是很幸福的了。

我只是一个小女人，胸无大志，对生活并没有太高的要求。

“你喜欢现在的生活？对，宋宇算是一个好男人了，你当然会觉得幸福了。可我为什么总得不到幸福呢？小米，你说吧，我比你漂亮，比你身材好，比你家世好，甚至学历、工作能力也比你强。为什么，我的生活没有你幸福？”

“啊？”望着于灿一脸愁苦的样子，我傻眼，她刚才那是什么论调啊，是夸我还是损我啊？

打开杯盖，于灿拿着吸管拼命地在杯子里搅动着，让那褐色的液体生出一堆又一堆的泡沫，还在继续搅动着吸管，带着一股怨气，发泄的样子。

看来，她是情路不顺，遇到了麻烦，“我还等着喝你们的喜酒呢，怎么，又有什么麻烦了？”

“你说，女人是不是都必须要在爱情和事业中间作一个选择？为什么一定要选，不可以鱼与熊掌兼得吗？为什么作选择，作出牺牲的那个一定要是女人？似乎早就注定了，从盘古开天辟地以来，这就是男权社会，女人永远只能做被动的那一方。为什么，为什么这个世界那么不公平？”絮絮叨叨地说了一大堆，于灿此刻的表情就像一个十足的怨妇，跟她平日里的洒脱不在乎可不一样。

我没有说话，因为我知道，于灿也不需要我的答案，她只是想要找个人发泄一下罢了。虽然最近我很少出门，可是有了网络知天下，哪怕我足不出户也可以了解一些朋友的近况的。听其他的朋友说起过，于灿上课很认真，学得很不错，照那架势，很有可能念完硕士再去念博士，向着灭绝师太的方向发展；于灿的工作也做得很好，已经成了独当一面的市场部经理了；甚至，于灿已经付了首付，在南区买了一套一居室的房子。虽然是小户型的，可是能在靠海靠近港口那种寸土如金的地方买房子，可见这个女人这几年工作得非常好，攒了不少钱。

还说，于灿找了一个豪门世家的男朋友，两个人以前还是同学，是初恋，如今是破镜重圆鸳梦重温。感情好得不得了，如胶似膝，都在猜测于大美女什么时候脱下女强人的外衣，洗尽铅华嫁作豪门妇呢。

这些都只是表面上的风光，我看到于灿的QQ签名经常变，看到那些文字，我知道，生活中的于大美女其实是不快乐的。

果然，不待我说什么，于灿又继续说："妈的，那个老巫婆真难伺候，七年之前在学校里的时候，她嫌弃我，说我家穷，我就是一普通小姑娘，配不上她那个高贵大方的儿子；如今，她又嫌我，觉得女人事业做大了，以后肯定不顾家，不能照顾她的宝贝儿子，做不好他家的儿媳妇。妈的，凭什么就是我照顾她儿子，不能是她儿子伺候我啊？"

看来，于灿是和她的那个他的妈又发生了矛盾冲突，闹了不愉快啊。

发泄了一下，于灿的心情平静了许多，这才将近日发生的事情告诉我：他为了她来到S市，可是由于以前一直都只是在家族企业做事，没有到外面工作的经验，S市是一个竞争激烈到近乎残酷的地方。而他又眼高手低，很多工作都不愿意去做。于是，就一直那么吃闲饭，反正家里有的是钱，就算一辈子不工作，也不担心生活问题。

时间长了，这种无所事事的日子也会厌烦，特别是于灿白天要上班，晚上经常要加班，周末还要上课，哪有那么多时间陪他？在他们那里，也许他是二世祖，是他们家的太子爷，可S市有钱人多的是，有几个人认得他？于灿也不愿意他一个人出去吃喝玩乐的，玩乐场所待多了，男人很容易学坏的。

那个男人看着于灿上班上课，生活很充实忙碌，在对比着自己，任何一个有上进心的男人都会受不了的。两个人就开始争吵了，不止一次地，他对于灿说，你工作也挣不了多少钱，还不如跟我回家呢，你放心，我会养你的。

于灿这才知道，一直以来她那么努力地工作，只是希望能得到认同，能证明自己的价值。其实，他并不理解，他觉得于灿只是趁着年轻在玩，等嫁人之后，自然会在家里做贤妻良母，做他心目中的富太太。

当然不是了，这些年来，于灿已经深深地体会到了工作的乐趣。而且坚信嫁得好不如做得好，男人哪有工作可靠？虽然她也很矛盾，一方面，她也很心疼自己的男人，看着他在这个陌生的城市无所适从也很难过，有许多时刻，一时冲动想跟他回去就这么嫁了算了。

这个时候，她会想起那位鼻孔朝天，只会拿眼睛白的地方瞧人的母亲大人，如果就这么跟他回去，能不能进得了他家的门还不知道呢。而且她也舍不得这些年打拼下来的基业，从一个业务员做到如今市场部经理的位置，其中的艰辛努力付出又有几个人能明白呢？

然后，那个未来婆婆来了，来规劝儿子回家，同时很傲慢地告诉于灿，算了，看在我儿子对你一往情深的分上，我同意你们的婚事了。不过你嫁入我们李家，就要守我们家的规矩云云，云里雾里说了一大堆。最后还说了一番在于灿看来是很羞辱人的话语，忍了半天忍无可忍的于灿跟那个老女人就吵了起来，没想到那个男人居然对于灿说："我妈千里迢迢到这里来看我们，你不体谅她年纪大了，对她有孝心一点，还跟我妈吵架。于灿，你还有没有良心啊？"

"没良心，他居然说我没良心，那个死男人才没良心呢。我每天工作这么忙，想着他一个人在这里，大少爷又是被人服侍惯了的，还要把家里的事情全部安排好才能专心上班。哪天晚上不是过了十二点才能上床睡觉，早上六点不到就要起床的，我这是为了什么，还不是为了他，他居然说我没良心。"愤愤不平地说着，到了最后，我看见于灿低下头去，不停地用右手抹着眼角。

叹了口气，我递了纸巾过去："看来，你家那位也是一个孝子，在他心里老妈就摆在第一位。家家有本难念的经啊，宋宇也是如此，上一次，也是为了他妈，我们大吵了一架。我气死了，坐月子时都忍不住哭了。还打电话给我妈诉苦呢，现在想起来，不过就是一些鸡皮蒜毛的小事。可当时真的是气得要死,男人要首先是儿子，然后才是丈夫，你就看开一点吧。"

于灿扑哧一声笑了："贝小米童鞋，你也才多大啊，别弄得就跟我妈一样，还传授过来人的经验。"

为了顾及淑女形象，我没咋的，只是在心里不断地腹诽着。这么大个人了，还又哭又笑的，亏了她好意思。

"那你到底想怎么办，是干脆与他分手图个痛快，还是要继续珍惜你们之间的爱情？如果你还要你们之间的感情，势必就得委屈自己一点。做人不能太贪心，鱼与熊掌不可兼得的。”

“就是因为不知道该怎么办，所以我才会这么烦恼啊。”双手一摊，于灿很干脆地说着。

这说了不就跟没说一个样吗？看看手机，时间也不早了，我的垃圾食品也消灭得差不多了，就对于灿说道：“我该回去了，嘉嘉要是醒了哭闹起来，我的婆婆不一定罩得住的。要不，你跟我一起回去，在我们家吃晚饭吧。”

今天是星期三，这女人却翘班跑到我家来，能让如今号称时间不够用的于大美女做出如此的举动，势必，她家里的那些矛盾烦恼让她困扰得很厉害。

因此，我才会作出这样的邀请。

于灿犹豫了一下，我故作漫不经心地说道：“晚上宋宇也会回家吃饭，正好让你看看，我们一家五口的家庭生活到底是如何的。也好提前让你学习一下为人妻为人母为人媳之道，走吧，今晚我做你最喜欢的剁椒鱼头。”

走到门口的时候，于灿突然说道：“小米，呃，如果，我是说如果。如果宋宇背叛了你，在外面有了别的女人，你会如何？”

“不会的，我们家宋宇不是这种人。”我很肯定地说了一句。

于灿伸手敲了一下我的脑门：“瞧你那没出息的样子，你们家男人就那么宝贝啊？我是说如果，如果你懂不懂什么意思，贝小米！”

“没有如果。”看于灿又是一副准备扑过来的样子，我赶紧加了一句，“如果真是这样的话，我会跟他离婚的。”

“离婚？”于灿傻眼，“不会这么严重吧，你们才刚有了孩子，难道你希望嘉嘉有一个不健全的童年？”

“君既无心我便休，我现在会在生活里受委屈，会为了他忍气吞声，那是因为爱情。如果那个男人真的红杏出墙，我的爱情自然也会都没了，一旦爱情消逝了，我就会什么都不要了，这是我的原则。”也是我的底线，所以我才会在看见郑莉莉和宋宇躺在一起的时候那么生气。

在我的爱情字典里，是容不得一点瑕疵，掺不进一点瑕疵的。

于灿倒抽了一口气，讷讷地说："小米，你真有个性，为什么我就做不到你的原则性呢？刚才的话就当我没说吧，嘿嘿，其实你们家宋宇还算不错的，真的，很不错。"

这话听着，怎么就有一种欲盖弥彰的味道呢？

不过她不想说，我也就懒得追问，我们继续说着闲话，一路往家里走；只是不知道为什么，我的左眼皮开始狂跳起来，左眼跳灾右眼跳财，于灿，为什么要跟我说那番话呢？

一开始我们"分居"的时候，宋宇很是哀怨，每天晚上吃饭的时候都对我摆出一张"怨妇"脸。死活拉着我一起去洗澡，美其名曰节省水电煤气，公婆大人还挺高兴的。哪里知道的是，他们儿子是借洗澡之名，对我上下其手，想要一逞兽欲。

可是过了几天，他居然是一吃完晚饭就躲回他和公公暂时居住的房间，连多看我一眼都不愿意似的。

第二十八章 家花哪有野花香

在我们家吃过晚饭，见识了我家所谓的幸福之后，于灿笑了：“真没想到，我们的小米也会有这么一天。”

怪不得于灿，我自己想起来都觉得好笑呢，以前的贝小米是最爱干净的一个人了，甚至还有轻微的洁癖。可是现在呢，吃饭吃到一半，嘉嘉突然拉屎了，搞得我一身。

顾不得换身衣服，只是随便地把裤子刷了一下，然后就赶紧把嘉嘉抱回房，给她洗屁股换裤子了。

随意地将地板擦干净，洗了手又接着吃饭，除了婆婆一直在帮我的忙，宋宇和公公对这一切熟视无睹，照旧吃他们的饭。才不在乎饭桌旁边那黄黄的，飘浮着恶臭味道的某种物体。

没办法啊，大家都很习惯了，宋念嘉小朋友是一个害怕孤单的小姑娘。一般时候都是在她的小床上睡得香甜，一到我们吃饭时间她就会醒过来，而且会解决生理需要。

开始的时候，我还会觉得很恶心，都要吃不下饭了。慢慢地也就习惯了，再怎么着那是自己的闺女，我家的嘉嘉啊，拉的屎放个屁都是香的。

“我有些明白了，小米，谢谢你，你让我跟你回家一起吃晚饭就是想让我亲自去体会对不对？爱情和婚姻是两回事，远没有我们想象的那么浪漫美好，我回去之后好好地想一下，一定会作一个不让自己后悔的决定的。”

我送于灿下楼，去公交车站，上公交车之前，她突然对我说：“小米，你还有老公，生活圈子也不要完全就是孩子。有时候，也要适当注意一下老公的动向。”

她这话又是什么意思啊？还有刚才吃饭的时候，于灿总是用一种怀疑打量的目光看着宋宇，联想起她下午说的，还有无数电视剧所教导的，我心里的不安越来越浓重了。

随即又摇头，贝小米，你不要胡思乱想，疑神疑鬼，宋宇才不是那种人呢。

又过了一个星期，周末的时候宋宇要加班，在家里宅了许久实在是太无聊了。于是我抱着嘉嘉，带着公公婆婆一起坐车到附近的中山公园玩。中山公园很大，四个人在里面慢慢地逛着，走了许久，脚有点酸痛了。再加上轮流抱着嘉嘉，手也有点酸，于是中午就随便在外面找个地方吃饭。

点的是最普通的三菜一汤，结账的时候，我故意起身自己跑到柜台边去。要是让公公看到我们这四个简单的菜吃了多少钱，他又要念叨好久了。

等着老板找零的空闲，我四处看了看，目光在触及临窗那一桌的男女时愣住了。那个女孩穿着简单的T恤牛仔裤，扎着一个马尾辫，素面朝天的笑颜很耐看，年轻就是她最大的资本了。

对面的那个男的，姑且称之为男人吧，三十岁的老男人了，看着那个女孩，一脸纵容的笑容。不知道女孩说了什么，男人哈哈大笑起来，随之，女孩也发出银铃般的笑声。

很是惹人注目。

突然地，我不想让公公婆婆看到这一幕，结完账抱着孩子，马上催促他们离开了。匆匆地走出店门时，再回头看了一眼，宋宇还在和那个女孩子乐呵呵地说话。从来不知道，宋宇也是一个这么爱说话的人，只看见，在面对那个女孩子时他的嘴巴不停地张张合合。

对，那个男人就是宋宇，号称要在公司加班忙碌得很的宋宇。这就是他的忙碌吗，和一个小姑娘在外面吃饭，且谈笑风生。

贝小米，你不要这么多疑好不好，宋宇在外面上班，生活交际圈子比你广一点。认识一两个小姑娘，然后一起吃饭说说笑笑也是很正常的，你不要想太多好不好？

理智上我可以理解，只是心里有点不太舒坦，为什么宋宇不告诉我他中午要跟这么一个小姑娘吃饭？而且，我从来不知道他也可以这么口若悬河、谈笑风生，那个笑容，灿烂得我看了都心醉。

在我们分居将近二十天之后，终于，婆婆主动要求搬回自己的房间住了。原因是宋宇晚上和公公一起睡觉的时候，两个人总爱抢被子，在睡梦中无意识地抢。你一拉我一扯的，搞了没几次，被子就会被他们踢到地上去。

在有几个降温的夜晚，不盖被子睡觉的直接后果就是，两个人都感冒了。老人家抵抗力差一点，宋宇还只是咳嗽，公公咳嗽、流鼻涕，还有一点低烧。可见识了医院的手续繁杂，收费高昂之后，公公是死活不肯去医院，说自己煮点姜汤喝，再发发汗就好了。

婆婆自然是紧张万分，要去照顾公公，于是勒令宋宇搬回自己的房间。我正庆幸着，终于可以和自己的老公团聚了。还特地早早地就哄了嘉嘉睡觉，然后上床躺着。

宋宇在那里玩电脑，坐在电脑桌前，非常认真一丝不苟的样子。

“老公。”我叫了一声，宋宇依旧纹丝不动地坐在那里，以为他没有听见，我提高音量再喊了一声，而且还附加了详细的注解，“老公，我们该睡觉了，我在床上等着你呢。”

豁出去了，不顾一张老脸，我都把话说得这么清楚了，他应该听明白了吧？

没想到，宋宇头也不回地丢了一句：“我在忙，你先睡吧。”就再度沉浸在他的电脑世界里了。

将近一个月前，某人的急切我还记得十分清楚，仅仅才过了多久，他对我就没兴趣了？难道，是因为我生完孩子之后，身材变差了，不漂亮了，比不上外面年轻漂亮的小美眉了？我不该这么怀疑自己的老公的，他每天按时上班，准时回家，只是周末偶尔加班，我还有什么好说的？

睡觉就睡觉，以为我要求着你，巴着你啊？我气鼓鼓地躺下，还故意翻了一个身，背对着外边而睡。睡到半夜醒来的时候，我看到，床另外一侧睡着的那个男人，也是拿背对着我的。

嘉嘉满三个月的时候正好是周末，宋宇却又要加班，我只好与婆婆一起带她去医院打针了。同时，还把公公强制性地带过来了。

公公的感冒一直都没有好，可是他舍不得花钱，也一直都不肯去医院，总这样拖下去我怕病情会严重，而且传染给嘉嘉就不好了。因此，和婆婆一起使用强硬手段把他也拖来医院。

再来晚一步情况就真的很不妙了，医生如是说，于是打针吃药。忙活了一上午，光是一瓶点滴就花了一百多，我还在心里想着下次要如何说服公公来复诊呢。

一起往外走着，经过妇产科诊室，一不小心往里瞧了一眼，我又瞧见了那个年轻漂亮的女孩子，上次跟宋宇一起吃饭的那个，笑得很甜很美很灿烂。

这么年轻的一个女孩子，却到妇产科来看病，看的什么病？她的身边，还有一个男人陪着，依旧是我上次看到的那个，跟她说说笑笑很开心的男人。

我的老公，宋宇同志。

那个据说很忙要加班，没空陪女儿来打预防针，拜托我带他老爹到医院来看病的老公大人，这就是你的所谓忙，忙着陪别的女孩到医院妇产科来？

虽说是有两个人陪我一起到医院来，公公一心忙着心疼钱，以往只进过小诊所的婆婆第一次进这样的大医院，只顾着茫然发呆。结果我一个人去排队挂号交费，带嘉嘉打针。三个月打的是白日破，打完针一个小时之内不能吃奶。我只能任由嘉嘉哇哇大哭，想尽各种办法哄着，还要带那个固执老头去看病。

都不知道费了多大力气，可是亲爱的老公，此时此刻，你在干什么呢？我终于明白于灿两次三番的欲言又止是为了什么了，也终于明白了说与做之间的差距。

我可以很干脆地说，如果那个男人出轨了，我会毫不犹豫地跟他离婚。然后自己一个人带着孩子好好过日子，这些却都只是如果，是说大话时放话给别人听的。

真正的遇到这种情况的时候，我却只能傻愣愣地站在这里，连上前质问的勇气都没有了。

第二十九章 生活充满了狗血，但不俗套

回家之后，我马上就给于灿打电话，没有多余的客套，直接问她："你看见过宋宇和别的女孩在一起，是一个年轻漂亮的小姑娘，对不对？"

虽然是疑问句，我用的却是肯定的语气。

电话那头的人叹了口气，也不再隐瞒，一五一十地说了。她见到过，还不止一次。

一次是在公司附近吃饭的时候，一次是和男朋友去逛街的时候，还有一次，是在医院里。

"在，妇产科。"难以启齿的样子，犹豫了半天，于灿才说出了这几个字。

原来，已经有许多人知道了，这么明目张胆地公开在一起。只有我这个傻瓜，还被蒙在鼓里。

不由地，我哈哈大笑起来，笑着笑着，眼泪却不断地往外涌。

"小米，你怎么了，小米，你没事吧？你哭了？"于灿着急地问着，"哎，我就是怕你伤心，才一直犹豫着不敢告诉你。小米，你是我见过的最勇敢的女人，何必为了一个臭男人伤心落泪呢？"

"当然了，我才不会哭呢，他不值得。"擦干眼角滑落的泪水，只当做是眼睛发炎吧。

俗话说，会咬人的狗不叫，说的是不是就是宋宇这种人？我还真以为他是多么老实巴交，居家过日子的好男人呢，却原来——哼，臭男人，以为我贝小米多稀罕啊？

拉开衣柜门就开始收拾行李，也收拾嘉嘉的衣物。宝贝闺女是我的，我才不会把她留在这里呢，有一对重男轻女的爷爷奶奶，再来一个喜新厌

旧、水性杨花的爸爸，这日子还怎么过啊。

刚刚拿出一件衣服，却有一只手伸了过来，拦住了我收拾东西的动作。

“老婆。”宋宇低沉的声音在我身后响起，腰间一暖，感觉到他的双手紧紧地将我搂住了，“今天你在医院里看到的是真的，但是事情并不是你想象的那样，小米，我没有背叛你。”

我不理，继续收拾东西，结果拿出来一件，宋宇却又放进去一件。这样搞来搞去的，行李没收拾好，衣柜倒是被弄得乱七八糟了。

干脆转过身来面对着某人，我直接问他：“你和她一起吃过饭？”

某人点头。

“一起逛街，就像约会那样？”

某人继续点头。

“你对她动过心吗？”

迟疑了一会儿，某人还是点头了。

我怒：“宋宇，这还不叫背叛吗？你都陪着她去妇产科了，是不是要等到哪一天那个女人领着孩子来叫你爸爸，你才会认账？敢做却不敢认，你还是不是男人啊？”

这下子，某人也激动了，抓住我不断挥舞的胳膊，大声喊了起来：“不是我的孩子，我为什么要承认？我当然是男人了，可是我没有对她做过什么。”

见我依旧是一脸不信的样子，宋宇叹气，将我拉到床边坐下，很有一副长谈的架势。在他进来之前，就让公公婆婆抱着嘉嘉下楼去玩了，根本就是早有预谋的。

宋宇告诉我，那个女孩子叫做小雪，是他们公司新招的前台小妹。年轻漂亮、开朗活泼，爱开玩笑，也开得起玩笑，公司里很多人喜欢她。

却没有想到，这样一个被很多男人追逐捧在手心里疼的小姑娘，喜欢的却是一个老男人。

“当她对我表白的时候，说老实话，有那么一瞬间，我真的动心了。”见我动气了，宋宇苦笑了，拉住我的手，“先听我把话说完，好吗？我们结婚也有三年多了，早就没有了当初甜蜜恋爱的感觉，每天都是柴米油盐的琐碎。不是我喜新厌旧，爱慕虚荣，只是人总会有审美疲劳的。特别是，你生孩子之后，生活重心完全就是嘉嘉了。每天只会跟我念叨着嘉嘉如何，嘉嘉怎么样，要不，就是我的父母又有哪里让你看不顺眼了。日子一久，我也会觉得烦，觉得自己在这个家里根本就没有男主人的地位，每天被你念叨得一无是处了。”

“突然就有这么一个小姑娘，她年轻漂亮，用一种景仰的目光对我说着喜欢，我想是个男人，都会动心的吧？所以，我才会和她吃饭，陪她去逛街。却也只有那么一两次，而后，我很快就清醒过来了。”

宋宇絮絮叨叨地说着，我只顾着盯着自己的指甲看，不管最后的结果如何。事实是，确确实实的，你曾经出轨过。

哪怕只是精神出轨，那也是一种出轨啊，更何况，你们两个人还确实有过私下的接触。这就是我目前所有的想法，宋宇，你终究还是背叛了这个家。

“我觉得你现在就像一个家庭主妇那样烦，我自己呢？不也是一个三十多岁的老男人了，每天忙活着挣钱，不也就是为了家里的一切。没有你在家里的全心照顾，我能没有后顾之忧地安心工作吗？”看我依旧是无情打采，不是很愿意听的样子，宋宇突然伸手，抬高了我的下巴，注视着我的眼睛，一个字一个字地说：“今天我是陪小雪去了医院，上周也去了，我陪她去做掉孩子。”

啪，清脆的耳光声在房中响起，打了之后我自己的手掌都隐隐作痛。这一巴掌，我真的很用力很用力，几乎是用了自己全身的力气。

宋宇抚着自己的脸颊，先是用一种不可置信的目光看着我，而后自嘲地一笑：“我也曾经打过你，这下子，我们扯平了。不过还是我欠你更多，一个大男人动手打女人，真是该死得要命。现在，可以专心听我把话说完了吧？那个孩子不是我的，小雪自己也不知道是谁的。那天在公司加班到很晚，我拒绝她之后，她一个人哭着跑回家，在路上被人强奸了。”

啊——我愣住了，怎么故事剧情急转直下，变成这么狗血的一幕了？

因为他的关系，那个叫小雪的女孩子才会被人强奸；因为他的关系，那个女孩子才会遭受过这么可怜的伤害，以宋宇的大男人主义和保护欲来看，自然会承担起应尽的责任。起码，会陪小雪去医院的。

所以，才会隐瞒我？毕竟，这不是什么光彩的事情。

“老婆，在我心里，还是你最重要的，我真的没有做过对不起你的事情。那些欺骗，也是为了不让你多想，你就原谅我吧。”

抽出被宋宇紧握的右手，我将头撇向一边，不知道该如何回答他。

在理智上，我同情那个小雪，也无法对宋宇的作为说些什么；可是情感上，我还是无法接受啊。

我的丈夫陪别的女孩去医院妇产科，这是一个铁铮铮的，让我十分难受的事实。宋宇也知道这种事很难说清楚，干脆就什么都不说了。甚至算好了时间：我们一早就带嘉嘉去医院的，所以他近中午的时候才和小雪一起过去，就是想避开我们。

没想到，因为公公节俭惯了的性格，劝说了他好久才肯去给医生看的。也就耽误了时间，却正好让我看见了他们一起在妇产科门口的那一幕。

生活，总是这么的充满了狗血。

之后，我和宋宇的生活就陷入了无声的冷战之中，也不算冷战吧，只是我不想看见他，不想跟他说话而已。

每次看到宋宇，我都会想起那个年轻漂亮的女孩子，想起他们说说笑笑的模样，我就会觉得很难受。心脏从内到外的疼痛难忍，于是就不想再多看那个男人一眼，每天只专心地想着我的小说和我的宝贝嘉嘉了。

宋宇也没有再多说话，不过可能他自己也知道理亏在先，每天早上总是起得早早的，买我最喜欢的早餐，帮嘉嘉洗了澡再去上班；一下班就准时回家，吃过饭之后，也不再是一头扑在电脑桌前，总是带着嘉嘉出去玩，减轻我的负担。

公公婆婆是粗心大意的，完全没有感受到家里的低气压，每天依旧做着他们的事情。我觉得很闷很难过，可是，又不知道该如何才好。

原谅他？我过不了自己这一关。

不原谅？不原谅还能怎么样呢。

只是没有想到，生活虽然充满了狗血，却不会是俗套的。日子，也不是一成不变的。某一天晚上，宋宇下班之后又回来晚了。

已经到了八点，还没回家，也不打电话回来说明一下。我是又担心又生气，却又不肯主动打电话过去询问情况。

终于，在快到九点钟的时候，电话响起来了，却是医院打过来的，告诉我，我的丈夫正在手术室里急救。

那一刻，什么原谅出轨之类的情节全部被我抛诸脑后了。我心里所想的，就只有一件事了：宋宇，你千万千万不要出事啊。

让公婆在家里照看着嘉嘉，我一个人打的往医院狂奔而去，心里只有一个念头：老公，你一定要醒过来，我还有嘉嘉，都在等着你，都需要你；你是我们这个家最坚强的支柱啊！

——————全文终——————

谨以此文送给亲爱的老公大人，为了我们的这个家，为了房子，你辛苦了；也送给宝贝女儿嘉嘉，你的健康快乐，就是妈妈最大的幸福了。

————BY 等待我的茶